BASTEI LÜBBE TASCHENBUCH

Weitere Titel der Autorin:

Das doppelte Spiel des Jaguars
Die edle Kunst des Mordens

Über die Autorin:

Alex Wagner, geb. 1972, lebt in Wien. Ursprünglich Betriebswirtin, experimentierte sie sich durch die Jobwelt – von Private Banking und Versicherungsvertrieb über Coaching und Hypnose bis zum Weltretten bei Greenpeace. DAS SÜßE LIED DES TODES ist bereits ihr dritter Roman um Clara Annerson.

ALEX WAGNER

Das süße Lied des Todes

CLARA ANNERSON ERMITTELT

Kriminalroman

BASTEI LÜBBE TASCHENBUCH

BASTEI LÜBBE TASCHENBUCH
Band 17841

MIX
Papier aus verantwortungsvollen Quellen
FSC® C083411

Dieser Titel ist auch als E-Book erschienen.

Originalausgabe

Textredaktion: Stefanie Kruschandl, Hamburg
Titelillustration: © getty-images: Jens Magnusson | Luciano Lozano | filo
Umschlaggestaltung: U1berlin / Patrizia di Stefano
Satz: hanseatenSatz-bremen, Bremen
Gesetzt aus der Adobe Garamond Pro
Druck und Verarbeitung: CPI books GmbH, Leck – Germany
ISBN 978-3- 404-17841-4

2 4 5 3 1

1

Als ich Marion Schiller versprach, ein paar Tage in ihrem Grand Hotel in Kitzbühel zu verbringen, hatte ich eines völlig vergessen: dass die Welt der Reichen und Schönen nicht gut für meine Gesundheit war. Den letzten derartigen Ausflug, die letzte Einladung eines mir wildfremden Menschen zu »unvergesslichen Tagen in einzigartigem Ambiente«, hätte ich nämlich beinahe mit dem Leben bezahlt. Und das war erst wenige Wochen her. Ich kann als Entschuldigung für diese Torheit nur anführen, dass mein Verstand nicht richtig arbeitete, weil mein Herz …

Aber ich sollte wohl am Anfang beginnen. Also: Ich lernte Marion Schiller am Freitag, den 2. September, in der Wiener Staatsoper kennen, einem der berühmtesten Opernhäuser der Welt, wo an jenem Abend Beethovens einzige Oper aufgeführt wurde. *Fidelio*.

Leider schien der Abend unter keinem guten Stern zu stehen. Dieser Opernbesuch hätte romantisch werden sollen. Seeehr romantisch, mit Raffael an meiner Seite. Aber alles war ganz anders gekommen.

Warum hatte ich die Karten nicht einfach verfallen lassen? Das Einzige, was ich zu meiner Verteidigung vorbringen konnte, war, dass ich die Oper liebte. Die Oper im Allgemeinen und *Fi-*

delio im Besonderen. Diese Geschichte einer furchtlosen Frau, die ihr eigenes Leben aufs Spiel setzt, um ihren Mann vor dem sicheren Tod im Kerker zu retten. Dazu die Musik von Beethoven. Die Klänge eines fast tauben Komponisten, die einem schon bei stabiler Gemütslage die Kehle zuschnürten. Heute waren sie schier unerträglich.

»Ist nicht mein Grab mir erhellet?«, sang Florestan, der gerade inmitten der Düsternis des Kerkers eine Lichtgestalt erblickte. Eine Vision seiner Frau. Leonore, die gekommen war, um ihn zu befreien. Die Stimme des Tenors war wie flüssiges Karamell. Eine Stimme, die mich unweigerlich an *ihn* denken ließ. Den Mann, den ich liebte. Raffael.

Nein, ich hätte nicht herkommen dürfen. Und ich hätte Marion Schiller, die ich in der Pause nach dem ersten Akt beim Buffet kennengelernt hatte, nicht in meine Loge einladen sollen. Vor einer Fremden in Selbstmitleid zu zerfließen war einfach nur pathetisch.

Ich hatte ihr den Platz in meiner Loge freilich nicht aus purer Nächstenliebe angeboten, sondern um mich davon abzuhalten, auch den zweiten Akt mit sinnlosem Gestarre auf mein Handydisplay zu verbringen. In Gesellschaft würde ich mich vielleicht nicht so verloren fühlen, hatte ich mir gesagt. Und die Gegenwart einer anderen Opernliebhaberin würde mich hoffentlich davon abhalten, mein Telefon mitten in der Aufführung aus der Tasche zu ziehen.

Der Plan war aufgegangen. Das Problem war nur, dass ich inzwischen kein Handydisplay mehr brauchte. Denn ich kannte Raffaels letzte SMS mittlerweile auswendig, genau wie die achtunddreißig anderen davor, die er mir seit seiner Abreise nach Hamburg geschickt hatte. Statt dem Geschehen auf der Bühne sah ich nur Buchstaben, immer wieder die gleichen.

Es tut mir leid, Clara. Ich glaube, es klappt doch nicht mit uns. Ich weiß, es ist feige von mir, dir das auf diesem Wege zu sagen, aber ich sehe einfach keine Zukunft für uns. Bitte verzeih mir. Leb wohl.
Raffael

Die Nachricht war vor vier Tagen gekommen. Am Montag, den 29.8., um 20.21 Uhr. Selbst die Zeit wusste ich mittlerweile auswendig.

»Ich muss für ein paar Tage nach Hamburg«, hatte Raffael mir eine Woche zuvor, am 22.8., verkündet. »Ein Freund braucht meine Hilfe.«

Ich hatte das nicht weiter hinterfragt. Raffael war oft unterwegs, in seinem Beruf als Kunsthändler, aber auch aus anderen Gründen. Gründe, die mir noch immer unklar waren.

Die Loge in der Oper hatte Raffael reserviert, bevor von der Reise nach Hamburg überhaupt die Rede gewesen war. Er hatte die Karten heimlich gekauft und mich damit überrascht. Die ganze Loge, alle sechs Plätze. Privatsphäre für zwei Jungverliebte. Eine unglaublich romantische Geste, fand ich, als er mir die Karten in einem schmalen Päckchen mit kitschiger Schleife überreichte.

Und hier saß ich nun alleine. Oder besser gesagt: neben einer fremden Frau. Ich starrte den in Ketten gelegten Tenor auf der Bühne an, der seine Leonore mit einem Engel verglich. Und zerbrach mir zum hundertsten Mal den Kopf, was ich falsch gemacht hatte.

Die achtunddreißig Nachrichten, die Raffael mir vor dem Ende geschickt hatte, waren voller Liebe gewesen. Eher angedeutet als offen ausgesprochen zwar, aber das war allein meine Schuld. Ich war es, die ihm bei jeder passenden und unpassenden Gelegenheit erklärt hatte, dass ich gar nicht beziehungsfähig war. Es gab jede Menge gebrochener Herzen in meiner Vergangenheit – mein eigenes inklusive. Und zwar mehr als einmal. Ja, es war sogar so weit gekommen, dass ich es als etablierte Autorin von Liebesromanen nicht einmal mehr fertigbrachte, meinen Leserinnen ein neues Buch zu liefern.

Was nur war schiefgegangen zwischen Raffael und mir?

Du fehlst mir!

Diese Nachricht hatte ich Raffael am Abend des 28. August geschickt. Das war zwar nicht das originellste Statement in drei Jahrtausenden Liebeslyrik, aber doch wohl kaum ein Grund, mit mir Schluss zu machen? Es war noch nicht spät gewesen, als ich die SMS abschickte, erst kurz nach neun. Raffael konnte unmöglich schon geschlafen haben. Und dennoch erhielt ich an diesem Abend keine Antwort. Auch den ganzen nächsten Tag nicht. Bis dann um 20.21 Uhr die Abschieds-SMS gekommen war. Und danach kein Wort mehr.

Es ergab einfach keinen Sinn.

Ich schrieb nichts zurück. Was hätte ich auch sagen sollen? Eine Erklärung verlangen? Ihn anflehen, es sich noch einmal zu überlegen? Stattdessen ging ich alleine in die Oper.

Als ich in der Pause nach dem ersten Akt – vom dem ich nur die Ouvertüre und den Gefangenenchor mitbekommen hatte – an einem wackligen Stehtisch im Mahlersaal einen Sekt hinunterkippte, sprach mich eine schlanke Frau mit platinblondem Pagenkopf an. Sie trug ein Kleid, das von einem der Laufstege in Paris oder Mailand hätte stammen können, und stellte sich mir als Marion Schiller vor. Vermutlich hatte ich ihr Mitleid erregt, wie ich so alleine, an mein Sektglas geklammert, vor mich hin brütete. »Ein herrlicher Gobelin, finden Sie nicht?«, sagte sie und deutete auf den Wandbehang unmittelbar hinter mir. Eine Szene aus Mozarts *Zauberflöte*.

»Sehr schön«, murmelte ich, ohne wirklich hinzusehen. Ich

weiß nicht mehr, was Marion als Nächstes sagte, irgendwann redeten wir über die aktuelle Aufführung. Sie goss mir Sekt nach und erzählte von ihrer Tochter Leonore, die nach der Heldin aus *Fidelio* benannt war, aber dem Namen leider keine Ehre machte. Als sie schließlich erwähnte, dass sie sich erst im letzten Moment zum Besuch der Vorstellung entschlossen hatte und daher ganz oben auf der Galerie hinter einer Frau mit Hochsteckfrisur saß, lud ich sie spontan in meine Loge ein.

»Ich habe Platz«, sagte ich. »Jede Menge Platz. Viel zu viel Platz.«

Irgendwann spürte ich eine Hand auf meiner Schulter. »Zeit zu gehen«, hörte ich Marion Schiller neben mir sagen. Was natürlich nicht stimmen konnte, denn der zweite Akt hatte ja gerade erst begonnen. Doch als ich mir unauffällig die Augen wischte und mich umsah, strömten die Menschen bereits zu den Ausgängen.

»Kommen Sie, ich lade Sie auf einen Drink ein«, sagte meine neue Freundin.

Ich ließ mich von ihrer Hand in meinem Rücken wie eine Schlafwandlerin aus dem Opernhaus führen, gleich um die Ecke ins Hotel Sacher, wo sie offensichtlich logierte.

Bei einem klebrigen süßen Cocktail in der Hotelbar erzählte ich ihr alles. Dass Raffael mich verlassen hatte – per SMS. Wie lange er und ich zusammen gewesen waren – nur ein paar Wochen. Dass wir eigentlich gar nicht richtig zusammen gewesen waren – was an meiner verkorksten Einstellung zu Beziehungen lag. Wie wir uns kennengelernt hatten – bei einem Mordfall, der uns beinahe beide das Leben gekostet hatte. Ich erwähnte auch, dass ich Schriftstellerin war, was Marion – wie die meisten Menschen – sehr aufregend fand. Eine Schriftstellerin, die eigentlich Liebesromane schrieb, jetzt aber ins Krimifach wechseln wollte, wo ich allerdings über die Anfänge eines vagen Plots noch nicht hinausgekommen war. Nicht nur in meinem Liebesleben herrschte Chaos.

Nachdem Marion mir – keine Ahnung wie lange – geduldig zugehört hatte und ich beim dritten oder vierten Cocktail angelangt war, lud sie mich in ihr Hotel in Tirol ein. »Ein paar Tage Urlaub vom Kummer« nannte sie es. Ich weiß nicht, wann sie mir offenbart hatte, dass sie ein Hotel ihr Eigen nannte, aber es besaß offensichtlich fünf Sterne und lag an einem der schönsten Flecken in den Alpen: *Kitzbühel*.

»Ein Tapetenwechsel tut Ihnen sicherlich gut«, sagte sie. »Und so kann ich mich für die freundliche Einladung in Ihre Loge revanchieren. Das war wirklich nett von Ihnen, ich habe die Vorstellung sehr genossen.«

Tja, dann hatten Raffaels Opernkarten ja doch noch jemanden erfreut, dachte ich bitter. Ich nahm Marions Einladung an, ohne groß nachzudenken. Urlaub vom Kummer war genau das, was ich jetzt brauchte.

Verrückt? Ja, das war es ganz bestimmt.

2

Das Schiller Grand Hotel war vor über hundert Jahren von Marions Vorfahren erbaut worden, die zuvor ein Vermögen im Silberbergbau gemacht hatten. Das jedenfalls erzählte sie mir auf der Rückbank ihres Mercedes Jeeps. Gelenkt wurde der Wagen von Marions persönlichem Assistenten, einem gewissen Daniel Crane. Der gute Mann schien den Jeep mit einem Ferrari zu verwechseln und 190 km/h auf der Autobahn als entspannte Reisegeschwindigkeit zu empfinden. Ich klammerte mich an den Türgriff und vermied es, auf die Straße zu sehen, während Daniel Crane lässig mit einem Arm am Fenster lümmelte und mit lediglich drei Fingern der anderen Hand den Wagen steuerte.

Außerdem erfuhr ich, dass Marion auch privat im Hotel wohnte und zahlreiche weitere Hotels besaß. Die Schiller-Grand-Hotel-Kette zählte mittlerweile dreiundvierzig Niederlassungen, die über den gesamten Erdball verstreut waren, von Oslo bis Muskat, von Peking bis Rio de Janeiro.

»Ich fahre übermorgen nach Kitzbühel zurück. Da kann ich Sie doch gleich mitnehmen«, hatte Marion mir in Wien erklärt, nachdem ich ihre Einladung angenommen hatte. »Das ist bequemer als mit dem Zug.«

Während der Fahrt bestätigte sie den ersten Eindruck, den ich von ihr gewonnen hatte: Sie war eine erstaunlich geduldige Zuhörerin. Teilweise fühlte ich mich wie auf der Couch einer Psychiaterin, nur dass die Couch im Höllentempo zwischen LKWs und Touristenbussen über die Autobahn jagte. Marion ließ sich von mir geduldig alles über meine Beziehung zu Raffael erzählen, solange bis ich es selbst nicht mehr hören konnte. Ich an ihrer Stelle hätte mich weinerliches, in Selbstmitleid zerfließendes armes Opfer schon zwanzig Kilometer nach Wien auf dem Pannenstreifen ausgesetzt.

Kurz vor Salzburg gelang es mir endlich, mich zusammenzureißen und das Thema zu wechseln. Ab da sprachen wir über aktuelle Thriller und persönliche Lieblingsautoren – worüber ich zum Glück in jeder Gemütslage plaudern konnte.

Marion Schiller war eine belesene und sehr kluge Frau, das wurde mir rasch klar. Ich mochte sie. Vielleicht hatte mir der Verlust meines Geliebten zumindest eine neue Freundin eingebracht. Kein Tausch, den ich freiwillig gemacht hätte. Aber auf lange Sicht war eine gute Freundin wertvoller als jeder Mann – das behaupten zumindest die Frauenzeitschriften.

Das Schiller Grand Hotel lag südlich von Kitzbühel. Es thronte hoch oben auf einem bewaldeten Hang und bot einen spektakulären Blick über die Stadt tief unten im Tal und die schneebedeckten Berggipfel in der Ferne.

Ich hatte einen pompösen Kasten im Alpenschick erwartet, aber das Haus entpuppte sich als architektonische Kühnheit allererster Güte: ein gut hundertfünfzig Meter langes, dreistöckiges Ensemble mit viel dunklem Holz und tiefhängenden Dächern, wie sie bei Tiroler Bauernhäusern üblich waren – aber das war es dann auch schon mit den traditionellen Anklängen. Zwischen den Holzelementen funkelten Stahl und Glas, die wie aus einem Science-Fiction-Film anmuteten, und über Teile des Erdgeschosses rankte sich Efeu. Eine postmoderne Zurück-zur-Natur-Idylle. Vor dem Hotel erstreckte sich eine Panoramaterrasse mit

Lounge-Möbeln und weißen Sonnensegeln, die Rückseite des Hauses bildete die Felswand, in die es hineingebaut war.

»Ich kümmere mich um Ihre Suite und lasse Ihren Koffer auspacken«, sagte Daniel Crane im vollendeten Kammerdiener-Tonfall und griff nach meinem Gepäckstück, einem gut fünfzehn Jahre alten Lederkoffer, der mir mit seinen abgewetzten Ecken und Kanten auf einmal sehr schäbig vorkam. Ich hatte nicht damit gerechnet, hier wie ein Staatsgast empfangen zu werden. In meinem ganzen Leben hatte noch niemand zu mir gesagt, er *lasse meinen Koffer auspacken*.

Für einen Sekretär besaß Daniel Crane bemerkenswert muskulöse Arme, aber sein gut sitzender Anzug und der perfekte Scheitel verliehen ihm eine gewisse Eleganz. »Sie möchten bestimmt erst einmal in Ruhe zu Mittag essen«, sagte er. Sein Deutsch war fehlerfrei, aber er sprach mit einem Akzent, der eine amerikanische Herkunft vermuten ließ.

Marion hakte sich bei mir unter und führte mich auf die Panoramaterrasse, die zu der frühen Nachmittagsstunde fast verlassen dalag. Eine russische Familie war mit ihren temperamentvollen Kindern beschäftigt, und am hinteren Ende der Terrasse blätterte eine ältere Dame in einer Illustrierten. Ihre blonde Löwenmähne war so augenscheinlich eine Perücke, dass ich den Blick rasch abwandte.

Ein auffallend attraktiver Mann mit teurer Sonnenbrille hob die Hand zum Gruß, als er Marion erblickte. Sie nickte etwas steif zurück und führte mich zu einem Tisch ganz am Rand der Terrasse, der im Schatten einiger gewaltiger Fichten lag. Die Baumwipfel schaukelten sanft in der warmen Luft.

»Ein beeindruckendes Anwesen«, sagte ich, nachdem eine Kellnerin in Tiroler Tracht meine Bestellung aufgenommen hatte. Marion ließ sich nur ein Mineralwasser bringen.

»Nicht mein Verdienst«, sagte sie mit einem bescheidenen Lächeln, aber doch unüberhörbarem Stolz in der Stimme. »Ich habe es nur geerbt … und ein wenig modernisiert. Erwin führt jetzt die Geschäfte. Mein Mann. Er ist gerade in der Hohen Tatra, wo wir nächstes Jahr ein Schiller Mountain Resort eröffnen werden. Er ist ein sehr fähiger Manager.« Ihr Lächeln wurde breiter. »Deswegen habe ich ihn geheiratet. Ich selbst widme mich ganz meiner Stiftung, die …«

Weiter kam sie nicht. »Mum!«, kreischte eine Sopranstimme hinter uns, die mich vor Schreck beinahe aufspringen ließ.

Ich fuhr herum. Eine junge Frau war es, die da angestürmt kam. Noch keine zwanzig und das gleiche platinblonde Haar wie Marion. Nur war es wesentlich länger und so perfekt geglättet, dass es ihre Schultern wie Quecksilber umfloss. Nicht einmal mein fürstlich entlohnter Friseur konnte eine solche Prachtmähne zaubern.

Das Mädchen hatte einen seidenen Morgenmantel an, auf dem sich tropische Blumen rankten. Er war so lose gebunden, dass man ihre Brüste mehr als nur erahnen konnte. Einen BH trug sie nicht. Dafür bühnenreifes Make-up. Dahinter aber war ihr Gesicht zart, und sie strahlte trotz ihrer Aufmachung eine Art von Unschuld aus. Beinahe wie eine Elfe, die sich aus dem dichten Wald, der das Hotel umgab, hierher ins Sonnenlicht verirrt hatte.

Eine verdammt wütende Elfe allerdings. »Er war in meinem Zimmer, Mum!«, rief sie und knallte einen Steinbrocken vor Marion auf den Tisch. »In *meinem* Zimmer!«

Direkt hinter mir zerbarst mit lautem Klirren ein Glas. Erneut wirbelte ich herum. Eine der Kellnerinnen stand da wie vom Blitz getroffen, das silberne Serviertablett, das eben noch das Glas getragen haben musste, wie einen Schild vor die Brust gepresst. »Der Bergmann!«, stieß sie hervor. »Er ist zurück!« Die Wangen der jungen Angestellten hatten sämtliche Farbe verloren.

Die Augen aller Anwesenden waren auf sie gerichtet. Sogar die tobenden russischen Kinder verstummten einen Augenblick und gafften zu uns herüber. Stille. Nichts außer dem sanften Rascheln der Baumwipfel in der warmen Brise des Nachmittags.

»Entschuldigung, Frau Chefin! Ich …« Die Kellnerin kniete sich hin und klaubte mit zitternden Fingern die Scherben zusammen. »Wie ungeschickt von mir. Ich werde das sofort …«

»Schon gut, Alice«, sagte Marion und lächelte bemüht.

Das Mädchen im Morgenmantel ließ sich indessen unaufgefordert in den freien Stuhl an unserem Tisch fallen und stöhnte. Anklagend deutete sie auf den Steinbrocken, den sie Marion vor die Nase geknallt hatte. Er war faustgroß und von unauffälligem Grau. »Ich hab 'nen Scheißschrecken gekriegt. Ich …«

»Leonore, du vergisst dich«, zischte Marion ihr zu. Sie blickte über ihre Schulter, doch die anderen Gäste hatten das Interesse bereits wieder verloren. Bis auf den attraktiven Mann mit der Sonnenbrille, der ungeniert zu uns herüberstarrte. Als er meinen Blick auffing, lächelte er, nickte mir zu und wandte sich dann wieder dem gewaltigen Eisbecher zu, an dem er schon seit unserer Ankunft löffelte.

Marion seufzte. »Darf ich vorstellen: meine Tochter Leonore. Leo, das ist Clara Annerson, *mein Gast.*« So wie sie die beiden letzten Worte betonte und Leonore dabei mit verengten Augen fixierte, war offensichtlich, dass ihr das Betragen ihrer Tochter in höchstem Maße peinlich war.

Leonore jedoch schien das entweder nicht zu bemerken oder – was ich für wahrscheinlicher hielt – nicht zu kümmern. Sie gab mir zwar artig die Hand, ein lascher und kaum spürbarer Händedruck, aber dann setzte sie ihren Zornesausbruch auch schon fort. Nicht ganz so lautstark immerhin, aber mit einer Vehemenz, die man einem so zarten Geschöpf kaum zugetraut hätte.

»Das ist alles deine Schuld, Mum! Es reden schon alle drüber, das ganze Personal und so! *Du holst die Toten aus ihren Gräbern.* Das sagen sie! Echt toll, wenn man so 'ne Mutter hat.«

»Leonore! Es reicht! Ruf Daniel an, er soll sich das ansehen. Stellt fest, ob etwas fehlt, und dann lass dein Zimmer aufräumen. Du …«

»Daniel, Daniel. Immer nur Daniel. Er wird's schon richten, nicht wahr! Kannst du dir vorstellen …«

Was Marion sich vorstellen sollte, erfuhr ich nie, denn in diesem Augenblick trat besagter Daniel an unseren Tisch. Es handelte sich um Marions Sekretär, wie ich bereits vermutet hatte. Er warf Leonore einen Blick zu, den ich nicht deuten konnte, wandte sich dann aber sofort Marion zu. »Frau Schiller, ich muss Sie dringend sprechen.« In seiner Rechten hielt er ein Mobiltelefon, das er zusammenpresste, als wolle er es auswringen.

3

»Frau Annersons Essen wurde noch nicht serviert«, erwiderte Marion, die jetzt kerzengerade in ihrem Stuhl saß. »Treffen wir uns nachher im Büro.« Ihre Lippen bewegten sich kaum beim Sprechen.

Die höfliche Gelassenheit war aus Daniels Miene verschwunden. Stattdessen wirkte sein Gesicht jetzt hart und angespannt. »Ich fürchte, es kann nicht so lange warten, Frau Schiller.«

Marion sog hörbar die Luft ein. Kurz dachte ich, sie würde den Frust, den ihre Tochter ihr bereitet hatte, an Daniel auslassen. Doch schließlich stand sie auf und schob ruckartig ihren Stuhl zurück.

»Entschuldige bitte, Clara ...«, begann sie. Seit der Autofahrt duzten wir uns.

»Gar kein Problem«, sagte ich rasch. »Ich schaffe das schon allein.« Mein Lächeln geriet vermutlich etwas schief, da ich befürchtete, dass mir jetzt womöglich Leonore statt Marion beim Essen Gesellschaft leisten würde. Neugierig wie ich nun einmal bin, interessierte mich zwar, was es mit dem Einbruch in Leonores Zimmer und dem Gesteinsbrocken auf sich hatte. Aber die zornige junge Dame im Seidenmantel verspürte bestimmt wenig Lust, für einen Gast ihrer Mutter die Gesellschafterin zu spielen.

Zum Glück erübrigte sich das. Kaum war Marion ihrem Sekretär mit hart klackernden Absätzen ins Hotel gefolgt, erschien eine junge Frau in Kniebundhosen und schweren Bergschuhen auf der Terrasse. Als Leonore sie sah, hellte sich ihr Elfengesicht auf. »Naomi! Hier drüben!«

Die junge Frau – sie wirkte ein paar Jahre älter als Leonore – winkte und fädelte sich zwischen den Tischen zu uns durch. Sie verpasste Leonore Luftküsschen auf beide Wangen und streckte mir ihre Hand entgegen. »Hallo, ich bin Naomi. Ich bin die Wanderführerin hier im Hotel.« Sie war braungebrannt, hatte schulterlange braune Locken, und ihr Mund wirkte ein wenig verkniffen. Doch ihr Lächeln war warm und ihre Stimme ruhig und unaufgeregt. Eine Wohltat nach Leonores Auftritt.

Wir tauschten ein paar Höflichkeiten aus: Woher ich kam, wie meine Anreise verlaufen war, wie mir das Hotel gefiel … Als ich erwähnte, dass ich zum ersten Mal in Kitzbühel urlaubte, und Leonore einwarf, ich sei ein »Spezialgast« ihrer Mutter, lud mich Naomi gleich für den nächsten Tag zu einer gemeinsamen Wanderung ein. »Ich zeige Ihnen ein bisschen die Gegend, wenn Sie möchten – die Streif, unsere berühmte Skirennstrecke!« Darauf schien sie besonders stolz, vermutlich zu Recht, denn selbst ich als hundertprozentiges Anti-Sportstalent hatte schon von der Streif gehört.

Als ich fertig gegessen hatte, sprang Leonore auf und zerrte ihre Freundin mit sich fort. Ich protestierte nicht. »Dann bis morgen«, sagte Naomi. Leonore legte den Arm um sie, und noch bevor die beiden im Hotel verschwunden waren, steckten sie die Köpfe zusammen. Ich sah, wie Leonore begann, aufgeregt auf Naomi einzureden. Was sie zu sagen hatte, konnte ich allerdings nicht mehr hören.

Ich lehnte mich zurück und genoss für einen Augenblick das Alleinsein. Bauschige weiße Wolken zogen über den Himmel, die Dächer der Stadt tief unten im Tal glänzten in der Nachmittagssonne, und ich sagte mir, dass dieser Urlaub eine hervorragende Idee war. Ich würde wieder schreiben, vielleicht endlich den Krimi aufs Papier bringen, den ich mir schon seit vielen Monaten vornahm. Und auf keinen Fall würde ich an Raffael denken! Doch noch während ich mir das einredete, sah ich ihn schon wieder vor mir. Ohne dass ich die Augen schließen musste. Seine große, schlanke Gestalt, die Katzenanmut seiner Bewegungen, die dunklen Haare, die ihm bis auf die Schultern fielen, die tiefblauen Augen … Sie hatten die gleiche Farbe wie der Himmel über Kitzbühel. Noch vor knapp zehn Tagen hatte ich in diesen Augen gelesen, dass Raffael mich bis ans Ende aller Tage lieben würde.

Wie man sich irren kann.

Die Kellnerin, die meinen Teller abservierte, war die gleiche, die vorhin das Glas hatte fallen lassen. Ich bestellte einen Kaffee bei ihr, und als sie ihn brachte, begann ich ein Gespräch. Mittlerweile saßen nur noch die alte Frau mit der Perücke und ein asiatisches Pärchen auf der Terrasse und wurden von einer anderen Kellnerin bedient. Zeit für ein paar Fragen also. Ich musste mich dringend ablenken.

»Alice, nicht wahr?«, sprach ich sie an. »Sie Ärmste sind ganz schön erschrocken vorhin.« Ich setzte ein mitfühlendes Lächeln auf.

Alice verzog gequält das Gesicht, sagte aber nichts.

Ich redete weiter. »Ich habe nicht ganz verstanden, worum es eigentlich ging. Was hatte es denn auf sich mit diesem Gesteinsbrocken, den Leonore in ihrem Zimmer fand?«

Alice wurde blass. Rasch sah sie sich um. Einen Augenblick schien sie unentschlossen. Ihre Stirn legte sich in Falten, dann glättete sie sich wieder. Vermutlich fochten Angst und Klatschsucht in ihrem Inneren gerade einen Kampf um die Vorherrschaft aus. Die Klatschsucht gewann. Alice beugte sich zu mir herab und flüsterte: »Im Hotel geht der Geist eines Bergmanns um! Und heute war er wohl im Zimmer von Fräulein Schiller.

Er hinterlässt oft dieses Fahlerz. Wie eine Unterschrift, verstehen Sie?«

»Ein Bergmann?«

»Ja. Ein Minenarbeiter, Sie wissen schon.« Da war jetzt Ungeduld in ihrer Stimme. Sie sah mich an, als wäre ich eine besonders begriffsstutzige Touristin.

»Und er hinterlässt das hier?« Ich deutete auf den Steinbrocken.

»Fahlerz. Ja. Das ist silberhaltiges Gestein … wie es früher in den Minen hier abgebaut wurde.« Alice warf einen raschen Blick über ihre Schulter, als könne die bloße Erwähnung dieses Bergmanns ihn selbst im hellen Sonnenlicht der Terrasse heraufbeschwören.

»Er spukt im ganzen Haus herum«, fuhr sie leiser fort. »In den Lagerräumen, dem alten Keller, in den Gästesuiten, selbst im Personalquartier. Eine rastlose Seele, verstehen Sie!« Sie sah mich durchdringend an.

Ich nickte, als wüsste ich bestens Bescheid über rastlose Seelen.

»Und was hat Frau Schiller mit dieser Sache zu tun?«, fragte ich.

Alice wurde noch blasser. »Frau Schiller? Sie … Sie meinen mit ihrer Stiftung?«

Ich hatte keine Ahnung, was ich meinte, aber wieder nickte ich rasch.

»Bestimmt nichts! Das ist nur übles Gerede!«, rief Alice. »Nein, ganz bestimmt nichts!«

Das Personal mochte alles Mögliche hinter Marions Rücken über sie sagen. »Du holst die Toten aus ihren Gräbern«, wie ihre Tochter es ausgedrückt hatte. Aber vor Gästen redete man im Schiller Grand Hotel anscheinend nicht schlecht über die Chefin. Zumindest nicht Alice.

»Er ist gefährlich, dieser Berggeist!«, fuhr sie in aufgeregtem

Flüsterton fort. »Böse und gefährlich! Bestimmt will er Rache für ein Unrecht, das ihm widerfuhr!« Erneut blickte sie sich um. »Die Vorfahren der Schillers haben ein Vermögen gemacht im Silberbergbau, wissen Sie. Während die Arbeiter … natürlich wurden sie ausgebeutet und so … aber sie starben auch, verstehen Sie? Ganz viele von ihnen! Als das Schwarzpulver aufkam und nicht mehr von Hand geschürft wurde, da gab's jede Menge Tote! Davor natürlich auch schon. Eingestürzte Stollen und so. Bestimmt starb dieser Bergmann hier in unserer Mine!« Sie deutete auf die Felswand, in die das Hotel hineingebaut war. »Und jetzt rächt er sich an den Gästen!« Ihr Busen bebte im ausladenden Dekolleté des Trachtenkleids.

»Wurden denn schon Leute angegriffen?«, fragte ich. Die Krimischriftstellerin in mir war erwacht und witterte eine Story. Ein Mörder, der sich hinter einer Geistergeschichte versteckte und auf diese Art unliebsame Menschen ins Jenseits beförderte? Na ja, vielleicht nicht ganz der Geschmack des modernen Lesers.

»Dieser verunglückte Wanderer, wissen Sie …«, riss mich Alice aus meinen Gedanken. »Also Elena, eins der Zimmermädchen, sie sagt, das war auch der Bergmann. Dass er ihn … Sie wissen schon. Dass er ihn geschubst hat!«

»Welcher Wanderer?«

»Hat Ihnen Frau Schiller das nicht erzählt? Ein Hotelgast, der am Berg in den Tod gestürzt ist. Ist erst zwei Wochen her. Angeblich ist er abgestürzt! Aber Elena glaubt … Und ich denke, sie hat recht …« Alice kaute an ihrer Unterlippe, während ihre weit aufgerissenen Augen den Berggipfel fixierten, der hinter dem Hotel aufragte. »Wir sind alle in Gefahr!«, rief sie. Es klang eher genussvoll als ängstlich, aber bevor ich weitere Fragen stellen konnte, strich die junge Kellnerin ihre Dirndlschürze zurecht und huschte davon.

4

Kurz nach 18 Uhr klopfte es an meiner Zimmertür. Als ich öffnete, stand Daniel Crane vor mir. Er überragte mich um mehr als einen Kopf und hatte wieder sein schönstes Kammerdiener-Lächeln aufgesetzt. »Frau Schiller bat mich, Sie zum Dinner zu geleiten«, sagte er. Mit seinem amerikanischen Akzent klang das herrlich gestelzt.

Ich hatte den Eingang zum Hauptrestaurant bereits am Nachmittag entdeckt – es lag auf dem gleichen Stockwerk wie mein Zimmer –, aber dennoch ließ ich Daniel vorangehen und mich *geleiten.*

Ich hatte eigentlich angenommen, dass Marion mit mir gemeinsam essen würde, aber offensichtlich war sie noch beschäftigt.

»Oh, Frau Schiller …«, sagte Daniel, als ich ihn nach Marion fragte. »Sie folgt einer ganz speziellen Diät. Gemeinsam mit den Mitarbeitern der Foundation. Wir haben unseren eigenen Koch und essen oben in der Lounge.« Er lächelte.

Die Foundation, das musste die Stiftung sein. Die gleiche, die die Toten aus ihren Gräbern holte, wie Leonore es ausgedrückt hatte?

Mir blieb keine Gelegenheit, Marions Sekretär dazu weitere Fragen zu stellen, denn wir hatten schon den Restaurantempfang erreicht. Daniel nahm den jungen Mann, der dort mit einem Klemmbrett hinter einem Pult stand, kurz beiseite, flüsterte ihm etwas zu, das nach »persönlicher Gast der Chefin« klang, und dann war er auch schon verschwunden.

Der Empfangsmitarbeiter führte, nein *geleitete*, mich zu einem Tisch an einem der raumhohen Fenster und rückte mir ergeben den Stuhl zurecht.

Der Blick ins Tal war Romantik pur. Urige kleine Häuser, die sich aneinanderschmiegten, funkelnde Lichter, die reinste Postkartenidylle. Auf der schneeweißen Tischdecke flackerte ein Teelicht in einer kunstvoll geschliffenen Glasschale, und das Zirbenholz, mit dem die Wände vertäfelt waren, verströmte einen aromatischen Duft. Nur der Stuhl mir gegenüber trübte die Stimmung. Denn er blieb leer. Kein Raffael, der bei Kerzenlicht aussah wie der Engel, dessen Namen er trug. Kitschig, ich weiß. Tja, damit war es vorbei. Ab jetzt würden meine Abende in nüchterner Sachlichkeit verlaufen. Nur ein leerer Platz mir gegenüber und neben mir der Kellner, der mir die Weinkarte in die Hand drückte. Vielleicht sollte ich endlich mit dem Trinken anfangen …

Wie erbärmlich! Ich verscheuchte den Gedanken. *Reiß dich zusammen, Clara.* Ich bestellte Mineralwasser, sprang auf, kaum dass der Kellner sich entfernt hatte, und steuerte das Buffet an.

Es war wie ein Marktplatz gestaltet. Viele kleine Tresen und Stände, in einem Halbrund arrangiert. Düfte und Farben, die einen mal hierhin zogen, mal dahin. An den größeren Stationen wurde live gekocht.

Die ersten beiden Gänge verschlang ich wie Burger in einem Schnellrestaurant, ohne auch nur einmal von meinem Teller aufzusehen. Den leeren Stuhl mir gegenüber blendete ich aus.

Ich weiß nicht, wie viel Zeit vergangen war. Irgendwann sagte eine Stimme neben mir: »Sie sehen aus, als könnten Sie eine Mousse au Chocolat vertragen.« Als ich aufblickte, stand der

Mann vor mir, den ich schon am Nachmittag auf der Terrasse bemerkt hatte. Der gutaussehende Hotelgast mit Sonnenbrille, der neben uns sein Eis gelöffelt hatte. Jetzt allerdings trug er keine Brille. Dafür hielt er in jeder Hand eine Schale Mousse au Chocolat mit üppigem Sahnehäubchen.

»Viktor Kössler aus Basel«, sagte er mit unverkennbar schweizerischem Akzent. Er stellte die beiden Schalen ab und streckte mir seine Hand entgegen. »Darf ich Ihnen Gesellschaft leisten?«

Ich nickte mechanisch und bot ihm den verhassten leeren Stuhl an. Und kam mir im gleichen Augenblick so erbärmlich vor, dass ich zornig auf mich selbst wurde. Ich richtete mich auf und atmete tief ein. Dann machte ich mich über die Mousse au Chocolat her. Pure Medizin.

Erst danach wurde mir bewusst, dass ich mich nicht vorgestellt hatte. »Clara Annerson«, sagte ich rasch und streckte meinem neuen Gegenüber die Hand hin. »Sie … reisen auch allein?«

»Ja«, sagte er, und es klang kein bisschen wehmütig. Für einen Augenblick sahen wir uns an, zu lange vielleicht, zu neugierig …

Ich wandte rasch den Blick ab, ließ ihn durch den Raum schweifen. Und da bemerkte ich all die Paare im Saal. Abgesehen von der alten Frau mit der auffallenden Perücke, die ich schon am Nachmittag gesehen hatte und die jetzt ein Buch bei Tisch las, saßen überall um uns herum nur Menschen im Zweierpack. Junge Paare, alte Paare, Paare, die sich verliebt anlächelten, die Köpfe zusammensteckten, sich küssten …

Ein Mann strich seiner Begleiterin eine Haarsträhne aus dem Gesicht. Was für eine zärtliche Geste. Und schon sah ich wieder Raffael vor mir. Wie ihm seine dunklen Haare ins Gesicht fielen, wann immer er sich über einen Teller beugte. Oder über eins der einzigartigen Kunstobjekte, die er für Sammler aus aller Welt beschaffte. Oder über mich. Am liebsten über mich.

»Sie essen nicht oft allein«, bemerkte Viktor Kössler und riss mich in die Gegenwart zurück. Ich fühlte mich ertappt.

»Nein«, sagte ich knapp und zuckte die Schultern, so gleichgültig es mir möglich war.

Nach dem Kaffee verabschiedete ich mich von meinem neuen Bekannten, ohne dass wir über etwas Small Talk hinausgekommen waren, und ging auf mein Zimmer.

Mein Bett war für die Nacht bereitet worden, auf dem Kopfkissen thronte eine Praline in glänzender Folie. Ich kletterte unter die Decke, knipste das Licht aus und ließ mich fallen. In die Dunkelheit, in die gnädige Auslöschung des Schlafs, ins Vergessen.

Und damit war der Teil meines Urlaubs, in dem ich die Muße hatte, in Selbstmitleid zu schwelgen, zu Ende.

5

Als ich am nächsten Morgen erwachte, fühlte sich mein Kopf an, als hätte ich ihn nachts gegen die Wand geschlagen. Schwer und dumpf und viel zu groß. Vor den Fenstern zogen Nebelschwaden vorüber, und ein ganzer Chor aus Vogelstimmen pfiff, trillerte und krähte, als gäbe es etwas zu feiern.

Ich rollte mich auf die andere Seite, um noch einmal einzuschlafen – da sah ich den Stein. Er lag auf meinem Nachttisch, direkt neben dem Telefon. Unauffällig grau mit einem winzigen blauen Fleck. Als gehöre er dort hin. Einen schlaftrunkenen Augenblick lang hielt ich ihn für eine Art Briefbeschwerer.

Doch dann registrierte mein Gehirn endlich, was es da sah. Mit einem Schlag war ich munter. Fahlerz! Ich rappelte mich hoch. Das gleiche Gestein, das Leonore Schiller ihrer Mutter gestern Nachmittag vor die Nase geknallt hatte.

Der Berggeist! Natürlich war mir bewusst, dass Geister blanker Unfug sind. Nichtsdestotrotz hämmerte unvermittelt der Puls in meinen Schläfen. Jemand war hier gewesen! In meinem Zimmer, in der Nacht. Wie war das möglich?

Dann sah ich das Graffiti. Beinahe hätte ich laut aufgeschrien. Große schwarze Buchstaben, die sich über die halbe Wand zogen:

Es war kein Unfall.

Einen Augenblick lang saß ich wie vom Blitz getroffen da, japste nach Luft und krallte mich an meiner Decke fest. Dann tat ich das Gleiche wie Leonore am Tag zuvor, als sie das Opfer des Spuks geworden war: Ich rief nach Marion. Auch wenn sie nicht meine Mutter war. Mit klammen Fingern wählte ich ihre Mobilnummer, die ich in meinem Handy eingespeichert hatte.

Zehn Minuten später stand sie vor mir, Daniel Crane an ihrer Seite. Mit zornrotem Gesicht starrte sie auf den Schriftzug an der Wand. Daniel ging hin und strich mit den Fingern darüber, kniff die Augen zusammen und untersuchte jeden einzelnen Buchstaben. Schließlich roch er sogar daran. »Vermutlich Textmarker oder etwas Ähnliches«, sagte er, als er sich wieder umwandte.

»Ein moderner Berggeist«, murmelte ich. »Und eine schöne Handschrift hat er auch.« Den spöttischen Worten zum Trotz nahm mich die Sache doch ziemlich mit. Mein Magen fühlte sich an, als hätte ich einen Eisklumpen verschluckt.

»So ein Unsinn!«, fuhr Marion mich an. Sie explodierte förmlich, ihre Stimme war ein schrilles Kreischen. »Nicht du auch noch, Clara!«

Ich zuckte zusammen. Stammelte dann eine Entschuldigung, obwohl ich nicht genau wusste, wofür eigentlich.

»Wie ist er hier reingekommen?« Sie sah mich herausfordernd an.

»Das weiß ich doch nicht! Denkst du, ich habe ihn eingeladen?«

»Hast du?«

»Marion … was soll das? Von wem reden wir hier überhaupt? Ich habe keine Ahnung, wer das getan hat. Aber ein Geist war es ganz bestimmt nicht.«

»Schon gut, schon gut, tut mir leid.«

Marion verstummte, doch die Art, wie sie mich ansah, gefiel mir überhaupt nicht. Was dachte sie – dass ich das alles selbst inszeniert hatte? Meine eigene Wand beschmiert?

Es war kein Unfall. Das konnte sich wohl nur auf den zu Tode gekommenen Hotelgast beziehen. Den Mann, der in den Bergen abgestürzt war. Aber was hatte ich damit zu tun, die ich gerade einmal gestern hier angereist war? Warum brach jemand in mein Zimmer ein, um mir das mitzuteilen?

Daniel Crane begann, mir Fragen zu stellen, ganz knapp und sachlich. Wann hatte ich den Einbruch bemerkt? Vermisste ich Wertsachen? Hatte ich in der Nacht nichts gehört? Wann war ich zu Bett gegangen? Es fühlte sich an wie ein Verhör.

»Wir haben eine massive Sicherheitslücke«, sagte er schließlich, an niemand Bestimmten im Raum gerichtet.

»Was Sie nicht sagen«, zischte Marion.

»Habt ihr die Polizei schon verständigt?«, fragte ich. »Wenn ich das recht verstehe, spukt dieser vermeintliche Geist ja schon länger hier herum.« Meine Benommenheit ließ langsam nach, meine praktische Seite gewann die Oberhand. Die Seite, die sich nur allzu gerne in Dinge mischte, die mich eigentlich nichts angingen.

»Nein.« Marion zögerte. »Bitte keine Polizei. Dieser Unfall, auf den dein nächtlicher Besucher zweifelsohne anspielt«, Marion deutete auf das Graffiti, »der hat dem Hotel schon genug negative Publicity eingebracht. Ein Gast ist beim Wandern in den Tod gestürzt. Schreckliche Geschichte. Zum Glück blieb es auf die Lokalzeitung beschränkt. Die liest kaum jemand von den Touristen. Aber wenn jetzt noch bekannt wird, dass hier irgendein Verrückter nachts in den Zimmern herumspukt … das können wir uns nicht erlauben! Das wäre eine Katastrophe für unseren Ruf.«

»Ich kümmere mich darum«, brummte Daniel. Seine Kiefermuskeln traten deutlich hervor.

Marion schien sich zu fassen. Sie kam auf mich zu und legte ihre Hand auf meine Schulter. »Arme Clara, es tut mir so leid. Nach allem, was du durchgemacht hast … Du solltest dich doch hier erholen. Wir werden herausfinden, wer hinter diesem geschmacklosen Streich steckt, das verspreche ich dir!«

»Du hältst das für einen Streich?«

»Was denn sonst? *Es war kein Unfall.*« Wieder deutete sie auf das Geschmiere an der Wand. »Natürlich war es ein Unfall! Die Polizei hat das gründlich untersucht.«

»Hat es zuvor auch schon Botschaften gegeben?«, fragte ich.

»Nein. Bis jetzt hat er immer nur diese Steine hinterlassen.«

»Und dieser Gast … der abgestürzt ist? Wer war das?« Meine Neugier hatte mich jetzt fest im Griff.

Daniel Crane wollte antworten, aber Marion kam ihm zuvor.

»Ein gewisser Matthias Rothenach, aus Hamburg.«

Ich holte mein Notizbuch aus der Schublade, das ich eigentlich mitgenommen hatte, weil es die spärlichen Grundzüge meines geplanten Kriminalromans enthielt. Nachdem ich eine leere Seite aufgeschlagen hatte, notierte ich mir den Namen. Marion sah mir dabei über die Schulter. Wortlos, aber mit einem merkwürdigen Zucken ihrer Mundwinkel.

»Ein Stammgast?«, fragte ich.

»Nein. Er war zum ersten Mal bei uns.«

Als ich wieder aufsah, fing ich einen misstrauischen Blick von Daniel Crane auf. Seine grauen Augen waren so hart wie der Klumpen Fahlerz, den er an sich genommen hatte und auf seiner Handfläche balancierte.

Ich konnte mich des Eindrucks nicht erwehren, dass sowohl er als auch seine Chefin mehr über den vorgeblichen Berggeist wussten, als sie zugaben. »Hast du wirklich keinen Verdacht, wer hinter diesem Spuk stecken könnte?«, fragte ich Marion.

»Nein«, sagte sie, aber es klang nicht überzeugend.

»Warum lässt du denn keine Überwachungskameras in den Gängen installieren? Das würde die Sicherheit hier im Hotel doch deutlich erhöhen.«

»Denkst du, auf die Idee sind wir nicht auch schon gekommen? Aber wir sind hier nicht in den USA. Meine Gäste würden so eine Überwachung niemals akzeptieren. Die legen Wert auf ihre Privatsphäre.«

»Ich glaube, ich brauche jetzt erst mal einen Kaffee«, sagte ich und klappte mein Notizbuch zu.

»Gute Idee.« Marion sog hörbar die Luft ein und rang sich ein Lächeln ab.

»Du bekommst erst mal ein anderes Zimmer. Und dann werden wir hier … aufräumen lassen.« Sie blickte zu Daniel hinüber.

»Ich kümmere mich darum«, sagte der mit einem knappen Nicken. Anscheinend war das sein Lieblingssatz.

Ich griff nach dem nächstbesten Kleid in meinem Schrank und machte mich – während sich in meinem Kopf die Fragen überschlugen – auf den Weg ins Restaurant.

Das Frühstücksbuffet war nach dem gleichen Prinzip aufgebaut wie schon das Dinner: Marktstände und Show-Cooking-Stationen – nur dass es nun freie Platzwahl im Raum gab. Ich lud zwei Croissants auf meinen Teller und bestellte eine große Kanne Kaffee. Jetzt war nicht der Zeitpunkt für gesunde Ernährung.

Was hatte es mit diesem angeblichen Geist auf sich? War er wirklich ein Bergmann, der auf Rache sann, Erzbrocken aus seiner Mine hinterließ und Wanderern den Tod brachte? Waren die Worte *Es war kein Unfall* sein Bekenntnis zu der Tat? Prahlte er damit, dass er für den Absturz dieses Matthias Rothenach verantwortlich war?

Das ergab einen gewissen Sinn, nur dass ich natürlich keine Sekunde an einen echten Geist glaubte. Eher an einen Wahnsinnigen aus Fleisch und Blut, was aber nicht weniger angsteinflößend war. Und was mich vielleicht noch mehr beunruhigte: Warum hatte er seine Botschaft an *meine* Wand gemalt?

Als ich gerade das erste Croissant verschlungen hatte, ohne auch nur auf den Geschmack zu achten, kam mir ein neuer Gedanke. *Es war kein Unfall* konnte noch etwas anderes sein als das Bekenntnis zu einem Mord: ein Hinweis darauf, dass – wer immer diese Worte geschrieben hatte –, er die Meinung der Polizei nicht teilte. Der vorgebliche Geist musste nicht selbst der Mörder sein. Er konnte etwas gesehen haben, etwas wissen. Und hatte vielleicht nicht den Mut, damit persönlich an die Öffentlichkeit zu gehen. Dann sollte die Botschaft wohl lauten: *Es war kein Unfall, es war Mord.*

Mit Mord hatte ich gewisse Erfahrungen. In der Sache in Niederösterreich, in die ich erst kürzlich hineingestolpert war, hatte ich es genau damit zu tun bekommen. Und die offizielle Theorie der Polizei war in diesem Fall schlichtweg falsch gewesen. Davon war ich so überzeugt gewesen, dass ich mich schließlich als Amateurdetektivin betätigt und eigene Nachforschungen angestellt hatte.

Doch es war nicht davon auszugehen, dass sich das Graffiti aus diesem Grund an meiner Wand befand. *Es war kein Unfall* war bestimmt keine Einladung an mich, erneut die Schnüfflerin zu spielen. Meine detektivische Glanzleistung im Lohenstein-Mord hatte sich wohl kaum bis hierher nach Kitzbühel herumgesprochen. Abgesehen von dem Kommissar, der die Ermittlungen damals leitete, und einer Handvoll weiterer Menschen hatte niemand von meiner Einmischung in diesen Fall erfahren. Auch nicht davon, dass ich letztlich Erfolg hatte, wo die Polizei gescheitert war.

Nichtsdestotrotz: Noch bevor ich meine zweite Tasse Kaffee geleert hatte, beschloss ich, den Ereignissen hier im Hotel auf den Grund zu gehen. Dem angeblichen Geist und dem vermeintlichen Bergunfall. Denn in welcher Form auch immer – diese beiden Dinge hingen offensichtlich zusammen.

Meine Beweggründe hinter diesem Entschluss mögen nicht die edelsten gewesen sein. Vielleicht ging es mir bei dieser Entscheidung nicht so sehr um das wahre Schicksal des verunglückten Touristen als einfach darum, nicht mehr Tag und Nacht an Raffael denken zu müssen. Alles war besser als dieses sinnlose, selbstquälerische Schwelgen in verlorenen Erinnerungen. Jede Ablenkung war mir willkommen. Ich würde dem Unbekannten mit dem Textmarker und der Vorliebe für Fahlerz auf den Zahn fühlen, statt mir *Zeit für die Trauerarbeit* zu nehmen, wie das Psychologen so gerne formulierten. Ich war miserabel in Trauerarbeit, dafür verspürte ich eine Leidenschaft für ungelöste Kriminalfälle, die ich wohl nicht mehr leugnen konnte. Wenn Marion keine Polizei wollte, so bekam sie eben *Clara Annerson – Amateurschnüfflerin.*

Als ich aufstand, um mir noch ein drittes Croissant zu holen, betrat Naomi das Restaurant. Die Wanderführerin. Sie blickte sich um, als suche sie jemanden. Als sie mich schließlich entdeckte, winkte sie und kam an meinen Tisch.

»Ich habe gehört, was Ihnen heute Nacht … Dass der Geist …« Sie unterbrach sich. Dann setzte sie neu an, mit etwas festerer Stimme: »Wenn Sie heute lieber keinen Ausflug machen wollen …«

»Nein, nein. Ein bisschen Bewegung und frische Luft werden mir guttun.« Und vielleicht ein paar Fragen an die Wanderführerin, die sich in der Gegend hier bestimmt bestens auskannte, fügte ich in Gedanken hinzu. Jemand, der einzuschätzen vermochte, wie groß die Wahrscheinlichkeit für einen tödlichen Unfall in den Bergen tatsächlich war.

»Okay«, sagte Naomi, »dann in einer halben Stunde oder so bei der Rezeption?«

Ich stimmte zu und ging noch einmal zum Buffet.

6

Als ich um kurz vor zehn in der Lobby eintraf, hatten sich dort Naomi, Leonore und Daniel Crane versammelt.

»Leo begleitet uns«, sagte Naomi, und Marions Tochter lächelte mir zu wie ein Hollywood-Star, der das gemeine Volk mit seiner Anwesenheit beehrt. Heute trug sie Shorts, aus denen die halben Pobacken hervorquollen, ein bauchfreies Top und farblich abgestimmte Wanderstiefel. Das blonde Feenhaar hatte sie zu zwei Zöpfen gebunden, den üppigen Mund tiefrot geschminkt. *Lolita* war alles, was mir dazu einfiel.

Daniel Crane fuhr uns in einem Geländewagen des Hotels zur Talstation der Hahnenkamm-Bahn, wo er uns offenbarte, dass er uns auch auf den Berg begleiten würde. »Frau Schiller möchte Ihre Sicherheit gewährleisten, nach dem Vorfall heute Nacht«, erklärte er mir. »Ich werde mich unauffällig im Hintergrund halten.«

Das tat er dann auch. Während der Bergfahrt mit der Gondel starrte er teilnahmslos aus dem Fenster, und oben angekommen hielt er sich einige Schritte hinter Naomi, Leonore und mir. Weit genug entfernt, um uns nicht zu hören, wenn wir uns in normaler Lautstärke unterhalten hätten.

Was Leonore augenscheinlich nicht vorhatte. »Armer Kerl«, sagte sie laut. »Mum behandelt ihn wie einen Sklaven.« Und dann, eine Minute später, kichernd an Naomi gewandt: »Na ja, wenigstens kann er so auf meinen Hintern glotzen!« Ein paar Schritte lang wippte sie aufreizend mit den Hüften.

Naomi prustete in die vorgehaltene Hand und schielte zu mir herüber. »Du bist echt unmöglich, Leo!« Dann leiser: »Zieh ihn doch nicht noch auf. Er ist doch schon scharf genug auf dich.«

Leonore grinste zufrieden. »Ich würd ihn ja ranlassen – sein Body ist echt scharf, dafür dass er schon uralt ist. Aber wenn er mich flachlegt, würde Mum ihn feuern, ganz bestimmt!«

Ich musste unwillkürlich lächeln angesichts dieser beinahe ehrlich wirkenden Sorge um Daniels berufliche Zukunft. Was hingegen das *uralt* anbelangte: Daniel war höchstens Ende vierzig, und nicht nur für dieses Alter war sein Körper in bestem Zustand. Heute, in Bermudas und T-Shirt, war das noch deutlicher zu sehen als zuvor im Anzug.

»Nimm du ihn dir doch«, sagte Leo zu Naomi. »Du kannst ihn haben – wenn ich zusehen darf!« Sie kicherte schrill. »Wird höchste Zeit, dass du mal wieder 'nen Mann hast, bevor du dich noch in eine Bergziege verwandelst!«

Naomi wurde rot. »Nein danke«, zischte sie nach einem hastigen Blick über die Schulter. »Ich werde erst dann Sex haben, wenn ich wieder … einen Freund habe.«

»Du kleine Spießerin!« Leonore lachte, drehte sich um und warf Daniel eine Kusshand zu.

Er blieb stehen. Sein Gesicht verriet nicht die geringste Regung, aber seine Augen hatte er nicht so gut im Griff. Die Gier darin war nicht zu übersehen. Naomi hatte zweifellos recht: Er war scharf auf Leonore. Und Leonore gefiel es sichtlich, diese Macht über ihn vor unseren Augen auszukosten.

»Hey, Danny«, rief sie, »willst du mich oben im Starthaus flachlegen – und die beiden Mädels dürfen zusehen?«

Daniel schwieg beharrlich und wartete in stoischer Ruhe, bis wir uns wieder in Bewegung setzten. Leonore grinste triumphierend, dann wirbelte sie herum und stapfte mit wippendem Hinterteil voran.

»Daniel ist ein ehemaliger Navy Seal«, flüsterte Naomi mir zu. »US-Elitesoldat. Deswegen ist er so durchtrainiert.« Die Bemerkung klang eher nach professioneller Anerkennung – ein sportlicher Mensch, der die Leistungen eines anderen Athleten würdigte. Ohne erotische Untertöne. Wenn Naomi doch an Daniel interessiert war, wusste sie es gut zu verbergen.

Ehemaliger Navy Seal?, ging es mir durch den Kopf. Dann war Daniel wohl mehr als nur Marions Sekretär. Vermutlich auch eine Art Bodyguard. Wer eine Hotelkette mit 43 Häusern besaß, machte sich offensichtlich Gedanken über die eigene Sicherheit.

Das Starthaus – das erste Ziel unserer Wanderung – war jene kleine Hütte, aus der die Skirennfahrer sich beim berühmten Hahnenkamm-Rennen in die Tiefe zu stürzen pflegten. Der Blick auf die umliegende Bergwelt war atemberaubend von hier oben, aber ich musste meinen ganzen Mut zusammennehmen, um bis an die Startkante vorzutreten. An Naomis Arm geklammert blickte ich den fast senkrecht abfallenden Hang hinab. Das also war die Streif, die legendäre Kitzbühler Rennstrecke, die schon für so manchen Skiläufer das Ende der Karriere bedeutet hatte.

Weltbestes Skigebiet, zum 4. Mal in Folge, hatte eine Tafel an der Talstation mich stolz informiert, aber keine Macht der Welt hätte mich dazu gebracht, mich in diesen Abgrund zu stürzen. Weder auf Skiern noch mit einem Fallschirm, der mir angesichts des haarsträubenden Gefälles angebrachter erschien.

Naomi knipste ein Foto von mir in gestellter Rennfahrerpose, wie es anscheinend für Touristen hier Pflicht war, und dann gingen wir los in Richtung einer nahegelegenen Hütte. »Super Aussicht und die besten Germknödel der Welt«, versprach mir Naomi.

Auf dem Weg dorthin, der zum Glück nicht allzu steil war,

wandte Leonore sich mir zu. Marion musste ihr erzählt haben, dass ich Liebesromane schrieb, was mich in den Augen ihrer Tochter offensichtlich als Expertin qualifizierte. Bis wir – eine gefühlte Ewigkeit später – endlich die Hütte erreichten, löcherte mich Leonore mit den unmöglichsten Fragen zum Thema Liebe. Und Sex. Sie quetschte mich regelrecht aus, was Verführungskünste und Aphrodisiaka betraf, nahm mich zu Sexpraktiken ins Kreuzverhör, von denen ich mit meinen fast vierzig Jahren nie auch nur gehört hatte, und wollte überhaupt alles darüber wissen, was das Herz eines Mannes in Wallung brachte und seinen Verstand aussetzen ließ.

Dafür war ich eindeutig die richtige Ansprechpartnerin. Mein Freund hatte mich ja gerade erst verlassen.

Auf dem Rückweg hielt ich mich an Naomi, die ich eigentlich zu dem verunglückten Wanderer befragen wollte. Wozu ich nicht kam, denn Naomi hatte ihrerseits jede Menge Fragen an mich. Der Berggeist schien es ihr angetan zu haben. Mit einer Mischung aus Grusel und Euphorie in der Stimme wollte sie alles wissen, was sich in der Nacht in meinem Zimmer zugetragen hatte. Ob ich in Panik geraten sei, als ich das Graffiti entdeckte, wie es genau ausgesehen habe, wie ich die Botschaft auffassen würde und noch hundert weitere Details.

Bevor ich zu meinen eigenen Nachforschungen kam, saßen wir schon wieder in der Seilbahn auf dem Weg ins Tal.

7

Als wir die Lobby betraten, sprang ein hochgewachsener junger Mann aus einem der Fauteuils und lief mit offenen Armen auf Leonore zu. Mit seinem wirren, fast schwarzen Haarschopf und der Intellektuellen-Brille sah er aus wie ein Musterschüler. Die Art, wie er Leonore anhimmelte, mit großen Augen und halboffenem Mund, erinnerte allerdings eher an einen Museumsbesucher, der größte Ehrfurcht vor einem künstlerischen Meisterwerk empfand.

Leonore trat einen Schritt zurück. »Oh … hallo, Benny.« Mit weniger Begeisterung hätte sie es nicht sagen können – er jedoch schien das nicht zu bemerken.

»Ich hab dich schon vermisst, Sweetie!«, flötete er und bedeckte Leonores Gesicht mit Küssen. Bevor sie protestieren konnte, hatte er den Arm um ihre Hüfte gelegt und zog sie mit sich fort.

Daniel Crane sah den beiden nach und verabschiedete sich dann ebenfalls. Naomi und ich blieben allein zurück. »Das war Leos Freund – also der aktuelle«, klärte mich Naomi auf. »Benedict Stamford. Total netter Kerl eigentlich. Engländer und wahnsinnig gebildet.« In Naomis Stimme lag unüberhörbare Bewunderung. »Er ist Gast im Hotel, schon seit drei Wochen. Nur wegen Leonore. Als er ankam, wollte er, glaube ich, nur ein paar Tage bleiben. Aber dann … Liebe auf den ersten Blick, muss man wohl sagen. Na ja, das passiert Leo andauernd.« Sie lächelte, eher nachsichtig als sehnsuchtsvoll. Ich hatte nicht den Eindruck, dass sie ihrer Freundin deren Anziehungskraft auf Männer allzu sehr neidete.

»Scheint mir eine etwas einseitige Leidenschaft zu sein«, sagte ich. »Leonore wirkte nicht gerade verliebt in diesen Benny.«

»Ja, komisch. Am Anfang war sie es. Ziemlich sogar … also für Leos Verhältnisse. Ich dachte schon, sie hätte endlich den Richtigen gefunden. Für was Dauerhaftes, meine ich.« Naomi zuckte die Schultern. »Na ja, wohl doch nicht. Schade.«

Dann weiteten sich plötzlich ihre Augen, und sie deutete mit einem Finger auf mein Dekolleté. »Oje, Sie haben sich einen ordentlichen Sonnenbrand geholt.«

Ich fuhr mit der Hand an meinen Hals – und zog sie gleich wieder zurück. Naomi hatte recht. Die bloße Berührung war schmerzhaft. Auch meine Schultern leuchteten krebsrot, wie ich jetzt entdeckte. »Verdammt.«

»Ich bringe Ihnen nachher eine Lotion vorbei«, sagte Naomi. »Ich mache meine eigene Kräuterkosmetik, wissen Sie. Das wird ein wenig helfen. Kühlung und so. Aber die Haut wird sich trotzdem schälen, fürchte ich.«

Ich nickte. Na toll, ich war eine echte Touristin. An Sonnenschutz am Berg hatte ich nicht einmal gedacht.

Ich wandte mich der Treppe zu, um auf mein Zimmer zurückzukehren. Eigentlich hatte ich erwartet, dass Naomi sich verabschieden würde, aber sie lief noch einige Schritte neben mir her. »Woher kennen Sie Frau Schiller eigentlich?«, fragte sie, als wir außer Hörweite der Rezeption waren. »Sind Sie auch Immortalistin?«

Ich blieb am Treppenabsatz stehen. »Immorta-was? Nein. Was ist das?«

Naomi wirkte erstaunt. »Na das, was Frau Schiller mit ihrer Stiftung betreibt. Die Schiller Foundation …«

»Ach so, ja, die hat sie erwähnt. Aber ich weiß nicht, worum es dabei geht. Ich kenne Marion erst seit ein paar Tagen.«

»Oh, okay«, sagte Naomi, und damit schien ihre Neugier befriedigt zu sein.

Jetzt allerdings war die meine geweckt. »Was also macht diese Stiftung?«, fragte ich.

Naomi musterte mich eingehend, als könne sie nicht glauben, dass ich wirklich so ahnungslos war. Schließlich sagte sie: »Die Immortalisten sehen den Tod des Menschen als eine Krankheit an, die sich wie jede andere überwinden lässt. Die Schiller Foundation fördert Forschungen auf diesem Gebiet. Frau Schiller ist besessen ...« Sie unterbrach sich. »Ich meine, sie widmet ihre ganze Zeit der Suche nach ... na ja, sie will ewig leben. Oder zumindest sehr lange. Die Wissenschaftler, in deren Projekte sie investiert, behaupten, dass das medizinisch in den nächsten Jahrzehnten möglich werden soll. Der erste Mensch, der tausend Jahre alt wird, ist schon geboren, sagen sie. Was das für die Menschheit und den Planeten bedeutet, ist denen völlig ...«

Wieder unterbrach sie sich. Diesmal, weil gerade eine junge Familie die Treppe herabgepoltert kam. Dann blickte sie sich um und fuhr gleich darauf fort: »Wissen Sie, deswegen ist Leonore, tja, so wie sie eben ist. Sie haben sie ja selbst erlebt. Der Vater ist ständig in der halben Welt unterwegs, und die Mutter ... hat ihren persönlichen Arzt, ihren eigenen Fitnesstrainer, schluckt 120 Kapseln am Tag. Vitamine, Superfoods, Antioxidantien, Medikamente, die noch in der Entwicklungsphase stecken. Sie nimmt kaum Nahrung zu sich. Kalorienreduktion fördert angeblich die Langlebigkeit. Und sie macht die gruseligsten Kuren, viele davon im Ausland. Für ihre Tochter hat sie nie wirklich Zeit. Können Sie sich vorstellen, was Leo für eine Kindheit hatte?«

Naomis Gesicht war jetzt hart, ihr Mund eine schmale Linie. Dann entsann sie sich wohl, dass sie mit einem Gast ebenjener

Rabenmutter sprach, und zuckte mit einem bemühten Lächeln die Schultern. »Geht mich natürlich nichts an.«

»Sie sind gut informiert«, sagte ich, weil mir nichts Besseres einfiel.

Wieder zuckte Naomi die Schultern. »Na ja, ich bin Leonores einzige Freundin.«

Als ich mich von Naomi verabschiedet hatte und die letzten Stufen der Treppe erklomm, stellte ich fest, dass ich mir zusätzlich zum Sonnenbrand auch noch einen ordentlichen Muskelkater eingehandelt hatte. Und – so wie meine Schuhe drückten – obendrein noch ein paar Blasen an den Fußsohlen.

Clara Annerson, Sportskanone.

Das neue Zimmer, in das meine Sachen während der Wanderung übersiedelt worden waren, lag nur zwei Türen neben dem alten. Aber ich war froh, kein Graffiti mehr an der Wand zu haben, Geist hin oder her.

Ich ließ mich aufs Bett fallen und grübelte darüber nach, was mir Naomi über die Schiller Foundation erzählt hatte. Dass Frauen der ewigen Jugend hinterherjagten, war wahrlich nichts Neues, aber das ewige Leben?

War es das, worauf Leonore bei ihrer gestrigen Szene auf der Terrasse angespielt hatte? Waren die Forschungen ihrer Mutter in den Augen des Personals wider die Natur? Trieb sie damit in deren Vorstellung die Toten aus ihren Gräbern? Naomi jedenfalls schien wenig begeistert von den Ambitionen der Immortalisten. Und wenn Leonore recht hatte, gab es unter dem Hotelpersonal noch andere, die Marions Forschungen höchst kritisch sahen.

Konnte die Sache mit dem Geist so einfach sein? War der Spuk nichts weiter als ein Versuch, Marions Stiftung zu sabotieren, indem die Gäste des Hotels verschreckt wurden? Und hegte Marion bereits einen Verdacht in diese Richtung? Der gute Ruf ihres Hauses lag ihr am Herzen, so viel war offensichtlich.

War der Urheber des Spuks darauf aus, diesen Ruf zu ruinieren? Wenn dem so war, dann entbehrte wohl auch die Schmiererei an meiner Wand jeder Grundlage. Die Behauptung *Es war kein Unfall* war dann nichts weiter als üble Verleumdung.

Ich rappelte mich hoch, ging zum Schreibtisch hinüber und fuhr meinen Laptop hoch. Ich tippte den Namen des verunglückten Wanderers in die Suchmaschine ein. Matthias Rothenach.

Das Einzige, was ich fand, war die Mini-Website eines Illustrators. Matthias Rothenach … aus Hamburg. Genau wie Marion gesagt hatte. Der Name war außergewöhnlich genug, dass es vermutlich keinen zweiten davon in einer Stadt von der Größe Hamburgs gab.

Auf der Webseite fand ich nichts Biografisches, keinen *Über-mich*-Link, nur ein Foto direkt auf der Startseite: ein Mann um die fünfunddreißig, der etwas bemüht in die Kamera lächelte. Kurzes dunkelblondes Haar, Brillenträger, kein Schönling, aber durchaus nett anzusehen.

Ansonsten war die Website im Wesentlichen eine Galerie mit Referenzprojekten. Anscheinend illustrierte Matthias Rothenach vorwiegend Kinderbücher, hatte an der einen oder anderen Graphic Novel mitgewirkt und mit seinen Bildern für eine limitierte Ausgabe von Wilkie Collins' *Die Frau in Weiß* sogar einen Preis gewonnen. Er besaß kein Profil bei Facebook, Xing, LinkedIn oder sonst einer Plattform, die ich kannte. Matthias Rothenach hatte in seinem kurzen Leben kaum Spuren in der digitalen Welt hinterlassen.

Zurück zur Website. Unter *Kontakt* fanden sich eine Eingabemaske für Nachrichten und die Postadresse. Matthias Rothenach wohnte oder arbeitete – vermutlich beides – an der Elbchaussee, einer der teuersten Gegenden von Hamburg. Kurz kam mir der Gedanke, dass er ein sehr gut bezahlter Illustrator gewesen sein musste, doch dann zweigte mein Gehirn in eine andere Richtung ab. In eine ganz falsche Richtung, die ich auf keinen Fall einschlagen wollte. Aber ich wurde nicht gefragt.

Hamburg, kommentierte eine bissige Stimme in meinem Kopf, *die Stadt, in der Raffael unterwegs war, als er dich verließ.*

Die Stadt, wo er eine andere Frau kennengelernt hatte? Eine, die ihm besser gefiel als ich? Oder war es noch schlimmer? War der *Freund*, den Raffael so dringend in Hamburg besuchen musste, vielleicht von Anfang an eine *Freundin* gewesen? War das nicht das Naheliegendste? Schon als ich Raffael kennengelernt und mich in ihn verliebt hatte, stellte ich mir bestimmt hundert Mal die gleiche Frage: Konnte ein Mann wie er wirklich Single sein?

Unsanft klappte ich den Laptop zu. Ich brauchte dringend einen Kaffee. Also zog ich ein Strandkleid über, zwängte meine schmerzenden Füße in gut eingetragene Sandalen und machte mich auf den Weg in Richtung Panoramaterrasse.

Als ich hinaus ins Freie trat, entdeckte ich Viktor Kössler unter einem der Sonnensegel. Meine Schweizer Bekanntschaft von gestern. Auch heute löffelte er ein gigantisches Eis. Nachdem er mich erspäht hatte, winkte er mich an seinen Tisch.

Diesmal trug er keine Sonnenbrille, und mir wurde bewusst, dass ich ihn gestern nicht einmal richtig angesehen hatte. Dabei war er wirklich ausgesprochen attraktiv. Er war ungefähr Anfang vierzig, ein paar Jahre älter als ich, und trotz seines exzessiven Eis-Konsums besaß er eine fast athletische Figur. Sein Haar war von einem hellen Braun, seine Augen graublau, aber nicht kalt, und sein Bart wirkte wie mit Pinzette und Lineal gepflegt. Schweizer Präzision, sagte ich mir, innerlich lächelnd.

»Wollen wir heute wieder gemeinsam abendessen?«, fragte er geradeheraus. »Ich würde Sie gerne in die Grube einladen. Sie werden begeistert sein.«

»Die Grube?«

»Das Spezialitätenrestaurant des Hauses. Lassen Sie sich überraschen. Passt Ihnen halb acht? Ich warte in der Lobby auf Sie.«

Ich stimmte zu, ohne lange zu überlegen. Alles war besser, als einen leeren Stuhl anzustarren.

Als ich auf mein Zimmer zurückkehrte, fand ich einen bauchigen Flakon vor meiner Türe. Der Inhalt war eine weißliche Lotion, und am Stöpsel hing ein kleiner Zettel: *Großzügig auftragen! Liebe Grüße, Naomi.* Darunter ein Smiley.

Linderung für meine verbrannte Haut. Nach dem Duschen tat ich wie befohlen und cremte mich ausgiebig ein. Die Lotion duftete nach Almwiese und kühlte wunderbar. Ich fühlte mich ein kleines bisschen weniger wie eine bescheuerte Touristin.

8

Als ich um halb acht die Lobby betrat, wartete Viktor schon auf mich. Er trug einen dunklen Anzug mit offenem Hemdkragen und dazu die Art Lächeln, bei dessen Anblick man jeden Kummer vergisst.

»Sie sehen fantastisch aus, Clara«, sagte er, bot mir seinen Arm an und steuerte in einen Gang hinter den Aufzügen.

Er hatte nicht zu viel versprochen. Als wir die Grube betraten, blieb ich erst einmal wie angewurzelt stehen. Der Gang hatte in Richtung Berg geführt, tiefer hinein, als das Hotel breit sein konnte, und jetzt war klar, dass mich dieser Eindruck nicht getäuscht hatte. Die Grube war eine alte Mine, die man zu einem Luxusrestaurant im Stil der Zwanzigerjahre ausgebaut hatte. Die Wände waren im Rohzustand belassen, blanker grauer Fels, aber ansonsten funkelten überall dunkles Holz, reichlich Messing und Lampen mit traumhaften Buntglasschirmen, die magische Lichteffekte in den Raum zauberten.

Vom Hauptraum zweigten zahllose kleinere Gänge und Nischen ab, jeweils nur mit drei oder vier Tischen.

»Es gefällt Ihnen, odrrr?«, sagte Viktor, mit betont gerolltem R am Ende des Wortes.

Ich nickte, noch immer sprachlos.

Der Kellner führte uns an einen Tisch, tief in einem der Seitenstollen versteckt. Und dann bemerkte ich die Hintergrundmusik – die keine war. Ein fernes Klopfen wie von Metall auf Stein, ab und zu Stimmengemurmel, plätscherndes Wasser, aber das alles so leise, dass man es nur wahrnahm, wenn man darauf achtete.

»Minenatmosphäre pur«, kommentierte Viktor lächelnd. »Wenn auch im MP3-Format. Aber der Ort ist authentisch – das hier war tatsächlich früher eine Mine. Bis ins späte 19. Jahrhundert hinein. Kitzbüheler Silber. Ich glaube, es war der Urgroßvater von Frau Schiller, ja genau. Er hat dieses Restaurant eingerichtet. Tatsächlich schon in den Zwanzigerjahren – Teile der Einrichtung sind sogar noch original erhalten. Damals ließ er das Hotel erweitern, weil Kitzbühel zum gefragten Urlaubsort aufstieg. Und dabei baute er bis in den Hang hinein, in die stillgelegten Minenschächte. Das meiste ist natürlich schon lange eingestürzt. Aber gleich neben dem Restaurant gibt es noch ein kleines Schaubergwerk. Wenn Sie möchten, können wir es morgen besichtigen.«

»Unglaublich«, war alles, was mir einfiel. Wir hatten auf dem Weg hierher das Hotel nicht verlassen. Natürlich war mir aufgefallen, dass das Haus direkt an oder genauer gesagt in den Berg hineingebaut war, aber dass es direkt vor einer alten Mine stand …

»Die Berge hier sind förmlich durchlöchert von Bergwerken«, sagte Viktor, der meine Gedanken zu lesen schien. »Wie ein Schweizer Käse.« Er lächelte. Es war ein Lächeln, das einen sofort Vertrauen fassen ließ, weil es versprach, dass man es hier mit einem liebenswürdigen und großzügigen Menschen zu tun hatte, auch wenn man ihn eigentlich noch gar nicht kannte.

»Tirol war einmal der größte Silberproduzent der Welt«, fuhr Viktor fort. Den Reiseführer zu spielen schien ihm zu gefallen. »Gegen Ende des Mittelalters wurden 85 Prozent der weltweiten Silberproduktion hier im Land geschürft, und die Vorfahren der

Schillers waren an den ergiebigsten Bergwerken beteiligt. Das lief damals schon so ähnlich wie heutige Aktiengesellschaften. In den größten Minen arbeiteten über fünftausend Bergleute, manche davon noch Kinder.«

Der Kellner brachte die Getränke, und Viktor verstummte für einen Augenblick. Ich nahm einen Schluck Wein, und auf einmal wurde mir mulmig bei dem Gedanken, dass ich unter tausend Meter Berg saß. Klaustrophobie kroch über meine Schultern und ließ mich frösteln. Die Vorstellung, dass ein Berggeist das Hotel heimsuchte, schien mir hier an diesem Ort, mit seinem fernen Hämmern und Klopfen, plötzlich gar nicht mehr so abwegig. Wie viele Menschen mochten in diesen Stollen und Schächten tatsächlich auf grausame Art zu Tode gekommen sein?

»Ist Ihnen nicht gut?«, riss mich Viktor aus meiner düsteren Vision.

»Doch, doch«, sagte ich rasch. »Sie sind hervorragend informiert. Sind Sie selbst im Bergbau tätig?«

Er lachte. »Nein, in der Pharmaindustrie. Das heißt, das war ich. Ich nehme gerade eine …« Er zögerte kurz. »Eine Auszeit. Ich bin nur gerne informiert über die Orte, die ich besuche. Steht alles auf der Hotelwebsite.« Er lachte. »Ich bin es nicht gewohnt, so viel Freizeit zu haben, odrrr? Bevor Sie kamen, war es fürchterlich langweilig hier.« Er hob sein Glas und prostete mir zu.

»Wie lange sind Sie denn schon hier?«, fragte ich.

»Heute sind es genau zwei Wochen. Das letzte Mal, dass ich so lange Urlaub nahm … Ach, keine Ahnung.« Wieder lächelte er voller Charme.

»Dann haben Sie den Unfall dieses deutschen Gasts mitbekommen?«, fragte ich.

Viktor zögerte einen Augenblick. Vermutlich war das nicht die Art Tischgespräch, die er sich gewünscht hatte. »Das ist einen Tag vor meiner Ankunft passiert«, sagte er schließlich. »Bei meiner Anreise war gerade die Polizei im Haus. Sehr diskret natürlich, aber mir ist es trotzdem aufgefallen. Ich bin ein guter Beobachter, wissen Sie.« Noch mehr Lächeln. »Ich habe dann in der Lokalzeitung über den Unfall gelesen. Muss schrecklich für Ihre Freundin gewesen sein, dass sie die Leiche fand. So unmittelbar nach dem Absturz.«

»Meine Freundin?«

»Frau Schiller. Die Hotelchefin. Sie ist doch Ihre Freundin?«

Ich nickte rasch. Und erst dann begriff ich, was er gerade gesagt hatte. »Marion hat ihn gefunden? Matthias Rothenach?«

»Ja, so hieß er wohl. Genau. In der Zeitung stand, Frau Schiller habe bei einem Spaziergang die Leiche entdeckt. Gemeinsam mit einem Jäger aus dem Ort, glaube ich. Genau, aus dem Ort. Kein Tourist.«

Unser Essen wurde serviert. Ich hatte Steinpilzrisotto bestellt, und Viktor hatte sich angeschlossen. Es duftete köstlich. Wir aßen eine Weile schweigend, und in meinem Kopf spukte die neue Information herum. *Marion hat die Leiche entdeckt.*

»Muss schlimm sein für eine Unsterblichkeitsforscherin, dem Tod so unmittelbar ins Auge zu sehen«, sagte Viktor plötzlich.

Ich brauchte einen Augenblick, bis ich verstand, dass er noch immer von Marion sprach. Und von ihrem Fund des toten Hotelgasts. »Sie … Sie wissen von Marions Stiftung?«

Er sah mich verwundert an. »Natürlich. Ist ja kein Geheimnis, odrrr? Die Schiller Foundation leistet erstklassige Arbeit. Unterstützt visionäre Forschungen, die bei den staatlichen Förderungen nie zum Zuge kämen. Altern ist nicht als Krankheit anerkannt, wissen Sie. Ergo gibt es keine öffentlichen Gelder dafür. Frau Schiller sponsert einige der vielversprechendsten Ansätze in der Gerontologie. Stammzellenforschung, Gentherapien, Nanomedizin und noch einiges andere mehr. Manches davon ist ziemlich exotisch, wenn Sie konservative Ärzte fragen würden.«

»Sie sind wirklich vielseitig interessiert«, sagte ich.

Er zuckte die Schultern. »Ich habe Pharmazie studiert … und

ich habe auch schon Bekanntschaft mit der eigenen Sterblichkeit gemacht. Da ist dieses Themenfeld natürlich nicht ganz uninteressant, odrrr? Obwohl ich persönlich lieber im Hier und Jetzt lebe.«

Zurück auf meinem Zimmer, todmüde von zu viel Wein, schloss ich die Balkontüre und ließ nur ein Fenster gekippt. Hätte ich einen altmodischen Schlüssel gehabt, ich hätte ihn ins Schloss meiner Zimmertür gesteckt und zweimal umgedreht. Aber natürlich gab es nur, wie mittlerweile in fast allen Hotels, eine hübsch bedruckte Plastikkarte. Daher konnte ich nicht mehr tun, als die Tür zufallen zu lassen und den *Bitte-nicht-stören*-Knopf zu betätigen – was einen Geist wohl kaum abschrecken würde. Und einen Einbrecher bestimmt auch nicht.

Selbstverständlich entbehrte das mulmige Gefühl, mit dem ich zu Bett ging, jeder Grundlage. Der Geist würde mich kaum ein zweites Mal heimsuchen. Abgesehen davon, dass mir die Vorstellung eines spukenden Bergmanns jetzt wieder völlig absurd erschien, wo ich die Enge der alten Mine hinter mir gelassen hatte. Und doch … Ich huschte rasch unter meine Decke und haderte einen Augenblick mit mir, ob ich nicht die Nachttischlampe anlassen sollte.

Du bist ein Weichei, Clara, sagte die wohlvertraute innere Stimme, die sich keine Gelegenheit entgehen ließ, mich zu kritisieren.

Grimmig knipste ich die Lampe aus, ignorierte die seltsamen Geräusche, die aus dem nächtlichen Wald hereindrangen … und fiel augenblicklich in einen tiefen, traumlosen Schlaf.

9

Am nächsten Morgen erwachte ich erneut mit einem fürchterlichen Brummschädel.

Du verträgst wohl die Bergluft nicht, meine Liebe, ätzte die innere Stimme. Was lächerlich war. Diesmal war eindeutig der Wein schuld.

Ich tastete nach meinem Handy, um nach der Uhrzeit zu sehen. Kein Fahlerz auf dem Nachttisch diesmal, registrierte ich schlaftrunken. Doch dann schweifte mein Blick durchs Zimmer, und plötzlich saß ich senkrecht im Bett. Senkrecht und sehr munter.

An der Wand – fast an der gleichen Stelle wie in meinem gestrigen Zimmer – prangten große schwarze Buchstaben. In der schon vertrauten Handschrift. Nur die Nachricht war neu:

Raffael ist in Gefahr.

Der Schmerz in meinem Kopf war plötzlich unerträglich. Verzweifelt rieb ich mir die Augen. Das konnte doch nur ein Albtraum sein!

Dann brach das Chaos in meinem Kopf los. Tausend Fragen explodierten hinter meinen schmerzenden Schläfen: Wie konnte dieser Einbrecher, wer immer er war, von Raffael wissen? Ich hatte nur mit Marion über ihn gesprochen … darüber, dass er mich verlassen hatte. Sie mochte es natürlich weitererzählt haben – ihrer Tochter vielleicht oder einem Mitarbeiter. Auf der Fahrt, im Beisein von Daniel Crane, hatten wir von Raffael geredet. Auch Daniel konnte meine Geschichte verbreitet haben, obwohl er eigentlich nicht den Eindruck machte, dass er zum Tratschen neigte.

Aber wer in diesem Hotel erlaubte sich einen so grausamen Scherz mit mir? Raffael … in Gefahr?

Die Schrift war die gleiche wie am Vortag. *Es war kein Unfall* … Ich hatte es als Aufforderung verstanden, mir den Tod von Matthias Rothenach genauer anzusehen, auch wenn ich nicht verstand, was ich damit zu tun hatte. Warum die Nachricht an meine Wand geschmiert worden war. Aber Raffael … das war persönlich. Unendlich persönlich.

Was, wenn es stimmte? Was, wenn Raffael wirklich in Gefahr war? Was wusste der vorgebliche Geist? Gab es eine Verbindung zu der ersten Nachricht, zu dem Unfall? Die beiden Botschaften sahen jedenfalls aus, als stammten sie von der gleichen Hand. Auch wenn man sich bei Blockbuchstaben diesbezüglich nicht wirklich sicher sein konnte.

In Gefahr? Verdammt noch mal, in was für einer Art von Gefahr denn? In Lebensgefahr? Meine Kehle wurde eng, der Kopfschmerz fühlte sich jetzt an, als würde ein glühendes Eisen von innen gegen meinen Schädel gepresst. Ohne lange zu überlegen, griff ich nach meinem Handy und wählte Raffaels Nummer. Es war mir jetzt völlig egal, ob er mich niemals wiedersehen wollte und womöglich gerade mit seiner neuen Flamme irgendwo am Strand lag. Ich musste seine Stimme hören. Und dass es ihm gut ging.

Die Mobilbox meldete sich.

Ich wählte erneut. Und dann ein drittes Mal. Raffaels knappe Worte auf dem Anrufbeantworter klangen mir in den Ohren.

Die Vorstellung, nie wieder seine Stimme zu hören, wie er zärtlich *Clara* flüsterte, lähmte mich für einen Augenblick.

Doch dann sprang ich aus dem Bett, lief zur Balkontüre und riss sie auf. Nebelfeuchte Bergluft prickelte kühl auf meinen Wangen. Einen Moment lang stand ich einfach nur da und atmete, in tiefen, gierigen Zügen. Dann scrollte ich zurück ins Kontaktverzeichnis meines Handys und drückte auf *Andreas Brandauer*. Raffaels Assistent. Wenn Raffael selbst nicht mit mir reden wollte – Andreas musste wissen, wo er steckte. Ob es ihm gut ging.

Assistent war eigentlich nicht das richtige Wort, obwohl Andreas selbst sich so bezeichnete. Er war viel mehr als das. Raffaels bester Freund, Mitbewohner, Koch und Schüler, was den Kunsthandel anbelangte. Der Meister und sein Lehrling, das wären sie wohl gewesen, hätten sie in der Vergangenheit gelebt. Vielleicht sogar der Guru und sein Jünger. Raffael liebte den Jungen wie einen Sohn, und Andreas war ihm hundertprozentig ergeben, auch wenn er sich gelegentlich in der Rolle des rotzfrechen Bengels gefiel. Und obwohl Andreas rund zwanzig Jahre jünger war als Raffael, war er bereits ein Experte, wenn es um alte Bücher oder Handschriften ging. Auch wenn er privat am liebsten Comics las.

»Hallo, Clara«, meldete er sich nach dem zweiten Läuten. Wenn ihn mein Anruf überraschte, so wusste er das geschickt zu verbergen.

Ich hatte mir nicht zurechtgelegt, was ich eigentlich sagen wollte, und so platzte ich einfach mit der Frage heraus, die mir auf der Zunge brannte: »Geht es Raffael gut?«

Einen Augenblick lang herrschte Stille in der Leitung.

Dann: »Ich … weiß es nicht.«

Das Telefon lag plötzlich schwer wie ein Mühlstein in meiner Hand, und ein zweiter hatte sich an meinen Hals gehängt und schien mir alle Luft aus der Brust pressen zu wollen. »Du weißt es nicht?«

»Nein, er …« Ich wartete, aber Andreas sprach nicht weiter.

»Er ist noch nicht von seiner Reise zurück?«, fragte ich behutsam.

»Nein …«

»Und hat sich auch nicht bei dir gemeldet?«

»Nein. Bei dir?«

»Mit mir hat er Schluss gemacht. Sag bloß, er hat dir das nicht erzählt?«

»Waaas? Nein! Bestimmt nicht, Clara. Das würde er niemals tun, er ist doch total verrückt nach dir!« Seine Stimme überschlug sich. Schweres Schlucken in der Leitung. »Er liebt dich, Clara. Das kann nur ein Missverständnis sein.«

Ich zitierte ihm auswendig die letzte SMS, die Raffael mir geschrieben hatte. *Es tut mir leid, Clara. Ich glaube, es klappt doch nicht mit uns.*

Ich hörte, wie Andreas die Luft einsog. »Oh Gott …«

»Andreas«, sagte ich, vielleicht eine Spur zu forsch, »wo ist Raffael hingefahren?«

Ein Augenblick Stille, dann: »Hat er dir das nicht gesagt?«

»Ich habe jetzt wirklich keine Lust auf Frage-Antwort-Spielchen«, fuhr ich ihn an. Der Kopfschmerz hämmerte hinter meinen Schläfen. Die Nebelschwaden, die träge über Kitzbühel dahintrieben, erinnerten mich plötzlich an Leichentücher. Leichentücher, die nur darauf warteten, Raffael in sich einzuhüllen.

»Entschuldige, Andreas. Ich wollte nicht …«

»Schon gut. Er ist nach Hamburg gefahren. Ein Freund brauchte seine Hilfe. Das heißt, dessen Adoptivsohn, Raffaels Patenkind. Der Freund ist kürzlich verstorben.«

Kürzlich verstorben?

»Hieß dieser Freund zufällig Matthias Rothenach?«, fragte ich ins Blaue, obwohl ich die Antwort schon zu kennen glaubte.

Andreas' erschrockenes Atemholen, gefolgt von eisiger Stille, sagte mir, dass ich recht hatte. Da war sie, die Verbindung, die ich gesucht hatte.

»Raffael ist also zu diesem Matthias nach Hamburg gefahren, um dessen Sohn zu helfen, sagst du? Worum ging es da genau?« In meinem Kopf hatte die Amateurdetektivin übernommen. Wofür ich unendlich dankbar war. Konkrete Fragen. Struktur. Das brauchte ich jetzt. Keine Leichentücher, die mich einzuwickeln drohten.

»Matthias ist verunglückt, angeblich beim Bergsteigen. Raffael wollte helfen, die Erbangelegenheiten zu regeln. Für den Adoptivsohn. Der ist erst zwölf.«

Warum hatte Raffael mir das nicht erzählt? Was war daran so geheimnisvoll, dass man es verschweigen musste? Ich überlegte fieberhaft. »Hat Raffael vielleicht erwähnt, dass mit dem Unfall etwas nicht in Ordnung sein könnte?«, fragte ich Andreas.

Ein kaum hörbares »Ja«.

»Inwiefern?«

»Raffael fand es eigenartig, dass Matthias auf einem Felshang abgestürzt sein soll. Matthias war nicht der Outdoor-Typ. Kein Wanderer oder gar Kletterer. Eher ein Buchmensch, wenn du weißt, was ich meine.«

Raffael war ein kritischer Denker, und er stellte unbequeme Fragen, wenn ihm etwas merkwürdig erschien. Eine Eigenschaft, die wir beide teilten. Mit einem Mal war mir völlig klar, wie es sich abgespielt haben musste. »Raffael ist von Hamburg nach Kitzbühel weitergefahren«, sagte ich zu Andreas. Eine Feststellung, keine Frage. »Wo Matthias Rothenach verunglückt ist. Um Nachforschungen anzustellen. Ich nehme an, er ist im Schiller Grand Hotel abgestiegen? Wie sein Freund zuvor?«

Ein noch leiseres »Ja«.

»Wann war das?«

»Am Mittwoch. Muss der 24. August gewesen sein.«

»Und wann hast du das letzte Mal von ihm gehört?«

»Am Sonntag, den 28. August.«

Einen Tag bevor Raffael mit mir Schluss gemacht hatte. Er

war also nach Kitzbühel gefahren, hatte ein paar Tage hier verbracht … Und was war dann geschehen? Hatte er bei seinen Ermittlungen eine andere Frau kennengelernt? Und sich dann mit ihr abgesetzt? Das würde erklären, warum er mit mir Schluss gemacht hatte. Aber dass er sich bei Andreas nicht meldete? Das ergab keinen Sinn. Nicht den geringsten. Andreas neigte nicht dazu, irgendetwas auszuplaudern. Im Gegenteil, er bewahrte Raffaels Geheimnisse wie ein Schweizer Banktresor.

Dass Raffael mich verlassen hatte, schien Andreas ehrlich überrascht zu haben. Und Andreas mochte verschwiegen sein, aber ein guter Schauspieler war er nicht. Hatte Raffael ihm also doch nicht bedingungslos vertraut? »Was hat er herausgefunden, Andreas? Hier in Kitzbühel? Das hat er dir doch bestimmt erzählt.«

Andreas schien erst nachdenken zu müssen, bevor er antwortete. »Na ja. Noch nichts Konkretes. Er hat sich den Unfallort angesehen. Sich mit Leuten bekannt gemacht, Fragen gestellt. Solche Dinge.«

Das klang nicht so, als ob Raffael etwas entdeckt hätte, das dem Mörder – wenn es denn einen gab – gefährlich werden konnte. Aber warum war er dann verschwunden?

Vermutlich ist er zu dem Schluss gekommen, dass es keine Beweise für ein Verbrechen gibt, meldete sich die lästige Stimme in meinem Kopf zu Wort. *Dass es doch ein Unfall war. Und dann hat er sich der Liebe zugewandt. Raffael kann jede Frau haben …* Ja, ja, das wusste ich schon! Verdammt noch mal. Ich lief ins Zimmer zurück, der Anblick der Nebelschwaden war mir unerträglich geworden. Am liebsten hätte ich das Handy gegen die Wand geschleudert und laut aufgeschrien.

Werden wir jetzt auch noch hysterisch, meine Gute?

»Clara, bist du noch da?« Andreas klang zaghaft, fast wie ein kleiner Junge. Ich atmete ein paar Mal tief durch.

»Ja, ich … entschuldige.« Ich musste mich dringend zusammenreißen. »Andreas, in meinem Hotelzimmer – da war diese Nachricht. *Raffael ist in Gefahr.* Ich weiß nicht, wer sie geschrieben hat, angeblich ein Geist, der hier umgeht.«

»Dein Hotelzimmer?«

»Ich bin auch hier. In Kitzbühel. Im gleichen Hotel.«

»Oh? Aber wie …«

Täuschte ich mich, oder klang er nicht überrascht genug, das zu hören? »Das ist eine lange Geschichte. Ich habe zufällig die Hotelbesitzerin kennengelernt. Und sie hat mich hierher eingeladen.«

»Zufällig?«

Natürlich hatte er recht, es war ein eigenartiger Zufall, jetzt wo ich wusste, dass Raffael auch hier abgestiegen war. Doch bevor ich weiter darüber nachdenken konnte, stellte Andreas schon die nächste Frage. Keine Frage genaugenommen, es war vielmehr eine Aufforderung. »Erzähl mir von dieser Einladung, Clara.« Andreas' Stimme klang jetzt wieder fester, und er sprach flüssiger, so wie ich ihn eigentlich kannte. Meistens sprudelte er nur so vor Energie und war mit einem überaus gesunden Selbstbewusstsein gesegnet.

In knappen Worten erzählte ich ihm von meinem Besuch in der Oper. Dass ich alleine gegangen war. Wie ich Marion in der Pause kennengelernt und sie in meine Loge mitgenommen hatte. Und dass sie mich im Gegenzug zu ein paar Tagen Urlaub eingeladen hatte, um auf andere Gedanken zu kommen.

»Auf andere Gedanken?«

»Na ja, wegen der Trennung von Raffael.« Mehr sagte ich dazu nicht. Andreas musste wirklich nicht wissen, wie sehr mir die Sache zusetzte. Wie ich mich in der Oper hatte gehen lassen. In Selbstmitleid zerflossen war.

»Raffael würde dich niemals verlassen«, wiederholte Andreas, jetzt völlig beherrscht. Von mir aus hätte er es hundert Mal sagen können. Ich wollte nichts sehnlicher, als seinen Worten Glauben zu schenken. »Raffael muss etwas zugestoßen sein«, fuhr er fort und riss mich mit dieser Bemerkung brutal aus meinem süßen Traum.

Raffael ist in Gefahr. Das Graffiti des Berggeists. Die riesigen Buchstaben tanzten vor meinen Augen, als wollten sie mich verhöhnen.

»Was wirst du unternehmen?«, sagte ich zu Andreas, bemüht, es nicht allzu verzweifelt klingen zu lassen.

Wieder ließ die Antwort auf sich warten. »Ich kann nichts unternehmen, Clara.«

»Du kannst nicht? Ich dachte, Raffael ist dein Freund?«

Genervtes Stöhnen. »Natürlich ist er das. Darum geht es doch nicht. Er selbst hat es mir untersagt. Ich darf mich unter keinen Umständen in Gefahr begeben, das musste ich ihm schwören. Und du solltest das ebenso wenig. Aber wie ich dich kenne, würdest du sowieso nicht auf mich hören, selbst wenn ich dich anflehe …« Die Worte stolperten kaum verständlich durch die Leitung.

»Wenn du mich anflehst, was zu tun?«

»Abzureisen, Clara! Du solltest so schnell wie möglich nach Hause kommen! Raffael würde wollen, dass ich dich in Sicherheit bringe. Dass ich darauf bestehe …«

»Vergiss es!«

»Verstehst du nicht, Clara? Womöglich bist du auch in Gefahr. Es kann doch kein Zufall sein, dass du im gleichen Hotel wohnst! Wenn dir etwas zustößt, und ich habe tatenlos dabei zugesehen … Raffael würde es mir niemals verzeihen. Komm nach Wien zurück, Clara! Du könntest wieder bei uns im Haus wohnen, da wärst du in Sicherheit.«

»Bei euch im Haus? Und mit dir rumsitzen und Tee trinken, während Raffael verschollen ist? In Gefahr? Vielleicht schon tot!?«

Andreas stöhnte gequält auf.

Einen Moment lang herrschte Schweigen in der Leitung. Ich ließ mich aufs Bett fallen und zwang mich, tief ein- und auszuatmen. Niemandem war geholfen, wenn ich Andreas angriff. Oder mich in Horrorvisionen verstieg. Das würde Raffael nicht zurückbringen.

Zaghafte Worte in der Leitung: »Mir war klar, dass du nicht auf mich hören würdest, Clara. Und ehrlich gesagt, ich bin dir dankbar. Auch wenn mich Raffael dafür umbringen wird. Du bist eine gute Detektivin. Wie du den Lohenstein-Mord gelöst hast … Also wenn jemand Raffael helfen kann, dann du.«

Ungeduldig fiel ich ihm ins Wort: »Natürlich werde ich ihm helfen. Davon wirst du mich nicht abhalten! Und er auch nicht!« Ich wünschte, ich hätte mich nur halb so zuversichtlich gefühlt, wie meine Worte klangen.

»Danke, Clara«, sagte Andreas nur. »Aber bitte, gib auf dich acht!«

»Natürlich.« Ich legte auf. Ich konnte einfach nicht glauben, dass der Junge tatenlos daheim herumsaß, während Raffael … Nein, nicht einmal daran denken. Ich würde ihn finden, Gefahr oder nicht. Er war nicht tot. Das durfte er einfach nicht sein. Und doch ließ mich der Gedanke, nachdem er sich einmal in mein Bewusstsein gedrängt hatte, nicht mehr los.

10

Ich ging ins Bad und ließ kaltes Wasser über mein Gesicht laufen, bis ich mich halbwegs beruhigt hatte. Dann rief ich Marion an. »Der Geist war wieder da«, sagte ich nur, und erneut vergingen keine zehn Minuten, bis sie vor mir stand. Auch heute wieder mit Daniel Crane an ihrer Seite.

Ungläubig starrte sie auf die Botschaft. Einen Moment lang musterten mich beide – Marion und Daniel –, als hätten sie nicht den geringsten Zweifel, dass ich mir einen üblen Spaß auf ihre Kosten erlaubte.

Mein Zorn flackerte wieder auf. »Denkt ihr, ich würde mir so einen makabren Scherz erlauben … mit dem Mann, den ich liebe?« Ich schrie es ihnen förmlich entgegen.

Marion fasste sich. »Schon gut, Clara. Ist schon gut.« Aber ihre Augen hielten die ihres Sekretärs fest, der wie ein Steinblock vor der Wand stand und noch immer auf die Buchstaben starrte.

»Wem im Hotel hast du von Raffael erzählt?«, fragte Marion mich.

»Niemandem. Und du?«

»Ich? Wofür hältst du mich, Clara? Glaubst du, ich tratsche über dich?«

Ich wusste nicht mehr, was ich glauben sollte. Oder wem. »Entschuldige«, murmelte ich.

Dann kam mir ein Gedanke, zur Abwechslung ein vernünftiger. Ich schaltete mein Handy ein, tippte auf das *Fotos*-Icon und wählte einen Schnappschuss aus, den ich erst kürzlich von Raffael gemacht hatte. Ich besaß Dutzende davon, denn ich liebte es, ihn zu fotografieren.

Ich hielt Marion das Bild hin. »War er hier im Hotel?«

Marion betrachtete das Foto, und auch Daniel warf einen Blick darauf. Beide schüttelten den Kopf. Sie konnten sich nicht erinnern, Raffael schon einmal gesehen zu haben.

Ich beschloss, an der Rezeption nach ihm zu fragen. Wenn Raffael ins Schiller Grand Hotel gekommen war, musste er ja zumindest eingecheckt haben.

In diesem Moment klopfte es energisch an der Tür. Ich öffnete, und herein stolperte ein schlaksiger Kerl Mitte fünfzig, mit runder Brille und schütterem Haar. »Ist Frau Schiller bei Ihnen?« Kein Gruß, noch nicht einmal ein Blick in meine Richtung. Dann hatte er Marion auch schon entdeckt.

»So ein Glück! Sie haben Ihr Handy liegen lassen, Frau Schiller, ich konnte Sie nicht erreichen. Sie müssen sofort kommen, in den Räumen der Foundation wurde eingebrochen. Da ist ein Schriftzug an der Wand. Genau wie der, von dem Sie mir gestern erzählt haben. Der in Frau Annersons Zimmer. Ich ...«

In diesem Augenblick registrierte er das Graffiti an der Wand. Und erstarrte. »Oh mein Gott, hier auch? Schon wieder?«

Marion war mit ein paar schnellen Schritten bei ihm und fasste ihn am Ellenbogen. Fast als fürchte sie, er könne umkippen.

Ich brauchte einen Augenblick, um zu begreifen, was er gesagt hatte. »Die gleiche Nachricht?«, wiederholte ich. »In der Foundation?« Mittlerweile wusste ich, dass die Räume der Stiftung im obersten Stockwerk lagen, wo auch Marion wohnte. Der gesamte Ostflügel der dritten Etage war für Gäste nicht zugänglich.

Der Mann entwand sich Marions Griff und wedelte sich mit

der Hand Luft zu. »Verzeihen Sie«, sagte er dann, wobei er mich ansprach. »Wir haben uns noch gar nicht kennengelernt. Sie müssen Frau Annerson sein. Mein Name ist Dr. Ray Minsky. Ich bin …«

»Der wissenschaftliche Leiter der Schiller Foundation«, fiel ihm Marion ungeduldig ins Wort. »Und mein persönlicher Arzt.«

Sie hatte augenscheinlich eine Menge Fragen an ihren Mitarbeiter, doch ich kam ihr zuvor. »Die gleiche Nachricht?«, wiederholte ich.

»Ja. D-das heißt Nein«, stammelte Dr. Minsky, »nicht die gleichen Worte, aber …« In einer hilflosen Geste warf er die Arme in die Luft. Sein linkes Augenlid zuckte nervös. »Sie müssen sich das selbst ansehen, Frau Schiller.« Mit flehendem Blick wandte er sich an Marion.

Diese atmete tief durch und fuhr sich mit den Fingern ins platinblonde Haar, als könne sie dort Halt finden. »Entschuldige mich, Clara«, sagte sie, scheinbar völlig beherrscht. Wofür ich sie ehrlich bewunderte.

»Darf ich mitkommen?«, warf ich ein, als sie sich schon zum Gehen gewandt hatte. »Ich möchte es sehen.«

Marion hielt inne und guckte mich mit hochgezogenen Augenbrauen an.

»Es muss doch einen Zusammenhang geben!«, sagte ich. »Zwei Nachrichten bei mir, eine bei dir, innerhalb von zwei Tagen. Und scheinbar geht es dabei auch um …« Ich sprach nicht weiter, deutete nur auf Raffaels Namen an der Wand. »Er ist in Gefahr. Ich bin sicher, das ist mehr als nur ein übler Scherz. Ich will mitkommen!«

Marion zögerte einen Augenblick, dann murmelte sie: »Schon in Ordnung«. Kaum hörbar. Ihre Wangen waren jetzt kreidebleich. Die Beherrschung schien rapide zu bröckeln.

11

Wir nahmen die Treppe in den dritten Stock. Daniel lief in großen Schritten voran, Marion ging neben mir, und hinter uns folgte Dr. Minsky, dessen Sohlen auf den Sichtbetonstufen quietschten und ächzten. Im Dachgeschoss zweigte links ein Gang zu weiteren Gästezimmern ab, rechts versperrte eine verspiegelte Doppeltüre mit der Aufschrift *PRIVAT* den Weg. Daniel Crane öffnete uns mittels eines Chips, den er gegen ein Kontrollpanel hielt.

Dahinter erstreckte sich ein langer Gang mit weit auseinanderliegenden Türen – die Privatwohnungen von Marion und einigen Mitarbeitern, vermutete ich. Dann eine weitere verspiegelte Doppeltüre mit der Aufschrift *Schiller Foundation*. Wieder streckte Daniel seine Hand mit dem Chip gegen ein Kästchen neben der Tür, diesmal so, dass ich die Rückseite seines Arms zu sehen bekam. Sie war voller frischer roter Schrammen.

»Sie haben sich verletzt«, sagte ich, ohne nachzudenken. Ich musste erst auf seinen Arm deuten, damit Daniel verstand, was ich meinte.

»Hm. Gar nicht bemerkt«, erwiderte er. »Muss beim Waldlauf passiert sein.« Er warf nur einen flüchtigen Blick auf die Abschürfungen. »Ein regelmäßiger Bestandteil meiner Fitnessroutine«, fügte er hinzu. Damit war die Sache für ihn erledigt.

Komisch, dachte ich, die Schrammen sahen recht frisch aus,

Daniel hingegen machte nicht den Eindruck, als wäre er heute Morgen bereits joggen gewesen. Im Gegenteil, als er mit Marion in mein Zimmer gekommen war, hatte er ausgesehen, als hätte er sich keine fünf Minuten zuvor aus dem Bett gekämpft. Und die Nacht schien lang gewesen zu sein. Jetzt erst fielen mir die Schatten unter seinen Augen auf. Gestern, bei unserer Wanderung, hatte er ganz anders gewirkt. Frisch und voller Energie. Auch sein Arm war bei dieser Gelegenheit noch unverletzt gewesen, dessen war ich mir sicher.

Mir blieb keine Zeit, weiter über die Sache nachzugrübeln, denn direkt im Eingangsbereich der Foundation wartete das Graffiti auf uns:

FRANKENSTEIN

Es war in großen schwarzen Lettern an die Wand geschmiert worden – neben einer winzigen Küchennische, in der sich gerade drei Leute vor einem Kaffeeautomaten drängten. Sie begrüßten Marion und huschten dann mit ihren dampfenden Tassen zurück an ihre Schreibtische.

Frankenstein? Muss ein belesener Berggeist sein, ätzte die Stimme in meinem Kopf. *Halt die Klappe*, gab ich in Gedanken zurück, was ausnahmsweise sogar funktionierte.

Der Bezug zwischen Dr. Frankenstein, dem größenwahnsinnigen Wissenschaftler, der bei seinen Experimenten ein Monster erschuf, und einer Stiftung, die zur Unsterblichkeit des menschlichen Körpers forschte, war schnell hergestellt. Dazu musste man kein Sherlock Holmes sein. Aber die Schrift …

»Das hat nicht die gleiche Person geschrieben«, sprach ich meinen Gedanken laut aus. Nicht nur waren die Buchstaben größer und dicker als die an meiner Wand, auch die Handschrift war eine ganz andere. Irgendwie schlampiger.

Daniel Crane stimmte mir zu. »Aber ich verstehe nicht, wie

er hier eindringen konnte.« Er deutete auf die Tür, durch die wir eben gekommen waren. »Das ist der einzige Zugang, und wir haben das neueste Schließsystem. Wenn sich da jemand dran zu schaffen macht, wird sofort Alarm ausgelöst.«

Daniel durchquerte den Raum in Richtung Balkon. Die Terrassentüren waren alle geschlossen. Er riss eine auf und trat hinaus ins Freie. Ich folgte ihm. Von hier oben war die Sicht ins Tal noch eindrucksvoller, vorausgesetzt, man war schwindelfrei. Ich blieb nahe an der Wand, aber Daniel beugte sich so weit übers Geländer, dass mir fast übel wurde. »Also, wenn er hier heraufgeklettert ist, hatte er Spezialausrüstung. Oder er war ein Affe«, sagte er grimmig.

»Er kann doch nicht hier reingekommen sein«, gab ich zu bedenken. »Wie hätte er denn, bevor er wieder hinunterkletterte, die Balkontüre von innen verschließen sollen?«

Ein kurzes Lächeln huschte über Daniels verschlafenes Gesicht. »Ich sagte heraufgeklettert – nicht hinunter. Für den Weg hinaus konnte er ganz normal den Türöffner betätigen.« Er deutete zurück ins Innere des Büros. »Als einziger Ausgang muss sich die Türe von dieser Seite ohne Schlüssel öffnen lassen. Für den Notfall.«

Ich trat einen Schritt näher zu ihm, in Richtung Abgrund, und spähte über das Geländer. »Sie denken also ernsthaft, jemand ist hier heraufgeklettert?« Mir schauderte allein bei dem Gedanken.

»Haben Sie eine bessere Idee?« Er sah mich herausfordernd an.

Ich trat zurück ins Innere des Gebäudes und sah mich um. Der Raum, in dem ich mich befand, war im Grunde ein Loft. Es gab einige Raumtrenner, Säulen und Grünpflanzen, die in manchen Ecken für Sichtschutz sorgten, aber keine Türen, die man verschließen konnte. Die drei Kaffeetrinker saßen an ihren Schreibtischen, das Büro wirkte aufgeräumt, nichts außer dem Graffiti ließ auf einen Einbruch schließen.

»Kannst du sehen, ob etwas fehlt?«, wandte ich mich an Marion.

»Das müssen wir erst überprüfen«, antwortete mir Daniel.

»Ich glaube, mein Schreibtisch wurde durchwühlt«, sagte einer der Mitarbeiter, ein distinguiert wirkender älterer Mann mit weißem Bart. Er zog einige Schubladen heraus und schloss sie wieder. »Fehlen dürfte aber nichts, soweit ich sehen kann. Ich bewahre hier sowieso keine Wertsachen auf.«

Die anderen Mitarbeiter machten sich daran, ebenfalls ihre Schubladen zu durchsuchen.

Marion steuerte den hinteren Bereich des Raums an, der – genau wie in den unteren Etagen – direkt in den Berg hineingebaut war. Im Gegensatz zu dem Großraumbüro im vorderen Teil gab es hier ein paar Einzelräume – zwar mit Glaswänden, aber immerhin mit verschließbaren Türen. Laut den daran angebrachten Schildern waren es die Büros von Marion, Daniel Crane und Dr. Ray Minsky.

Während Marion sich in ihrer Glaskoje dem eigenen Schreibtisch zuwandte und Daniel ebenfalls in sein Büro abbog, ging ich ungefragt weiter. Nur Dr. Minsky folgte mir wie ein Schatten. Ein hochnervöser Schatten. Ständig räusperte er sich, wischte sich die Stirn mit einem Taschentuch, nahm seine Brille ab, putzte sie, setzte sie wieder auf, nur um gleich darauf wieder daran herumzunesteln. »Furchtbare Sache«, wiederholte er alle paar Minuten. »Wirklich schrecklich.«

Ich ging weiter, ohne von ihm Notiz zu nehmen. Hinter den Glaskojen lagen einige Abstellräume. Sie befanden sich bereits zur Gänze im Berg und verfügten somit über keine Fensterfronten. Eines der Zimmer war bestückt wie eine gut sortierte Apotheke, ein weiterer Raum beherbergte Spezialliteratur und Fachzeitschriften, aber entgegen meiner Erwartungen waren nirgends High-Tech-Labore, futuristische Geräte oder gequälte Versuchstiere zu sehen. Der Frankenstein-Vorwurf schien jeder Grundlage zu entbehren, zumindest was dieses Büro anbelangte.

Neben der Bibliothek führte ein Gang noch tiefer in den Berg hinein und verzweigte sich weiter. »Hier sind nur noch Lagerräume, die wir aktuell nicht nutzen«, sagte Dr. Minsky. »Wir haben weit mehr Platz, als wir brauchen. In früheren Zeiten war hier das Hotelpersonal untergebracht, wissen Sie. Aber heute will natürlich niemand mehr unter Tage hausen. Jetzt gibt es ein hübsches, modernes Nebengebäude mit allem Komfort.«

Ich wollte schon umkehren, aber dann erregte eine schwere Stahltür meine Aufmerksamkeit. Sie erinnerte an einen Banktresor und trug die Aufschrift *KRYO*. »Ist das auch ein leerstehender Lagerraum?«, wandte ich mich an Dr. Minsky.

»Oh nein, nicht doch.« Seine Augen leuchteten unvermittelt auf. »Das ist unsere Kryokonservierungs-Unit«, sagte er stolz. »Die erste und einzige in Österreich. Hier im Berg ist sie perfekt gegen alle möglichen –«

»Ihre was bitte?«, fiel ich ihm ins Wort.

Er lachte kurz auf. »Oh, Verzeihung. Fachjargon, natürlich. Wir sind hier so isoliert, ganz unter uns, man vergisst bisweilen …« Er zog die Brille von der Nase und putzte sie zum bestimmt zehnten Mal. »Im Volksmund nennt man das wohl einfrieren«, sagte er schließlich. »Den Körper so rasch wie möglich durch Kälte konservieren. Nach dem Tod, verstehen Sie? Woran Sie heute sterben, kann morgen schon heilbar sein. Und denken Sie erst an die Möglichkeiten in fünfzig oder hundert Jahren! Frau Schiller hat nicht nur für ihre Familie, sondern auch für die engsten Mitarbeiter Vorsorge getroffen.«

Fast zärtlich tätschelte er die Stahltüre. »Unsere ganz eigene Form von betrieblicher Altersvorsorge, verstehen Sie?« Er lachte. Ein hohes, schrilles Lachen. Dann fuhr er, ohne Atem zu holen, fort: »Ich persönlich bin ja überzeugter Transhumanist, aber Frau Schiller setzt auf den biologischen Körper.«

Er musste mir angesehen haben, dass ich ihm nicht folgen konnte. Wieder entschuldigte er sich. »Was ich meine: Die Schiller Foundation fördert vorwiegend Forschungsansätze in Richtung *körperlicher* Unsterblichkeit, während ich persönlich die Zukunft eher in der Maschinenintelligenz sehe. Technische Verbesserungen des menschlichen Körpers und letztlich der Upload des Bewusstseins in die Supercomputer der Zukunft, verstehen Sie? Hardware statt Wetware. Keine Abhängigkeit mehr von biologischen Verschleißteilen!«

Dr. Minskys Augen glühten jetzt förmlich hinter den kreisrunden Brillengläsern. »Dr. Crowley, einer unserer Referenten … leider können Sie ihn nicht persönlich kennenlernen, weil er gerade auf einer Fachkonferenz in Paris ist. Er trägt bereits bionische Linsen! Implantate, die die menschliche Sehkraft verdreifachen. *Verdreifachen*, verstehen Sie! Der Cyborgismus ist die Zukunft, sage ich Ihnen. Ich werde den Eingriff nächsten Monat auch …«

Ich unterbrach ihn mit einer abrupten Handbewegung. Bei Cyborgs konnte ich nur an Arnold Schwarzenegger denken. In den *Terminator*-Filmen. *Hasta la vista, Baby!*

Das brachte mich jetzt wohl kaum weiter. »Wer sind die Personen, die Zugang zu den Räumen der Foundation haben?«, fragte ich.

»Zugang? Oh, Sie meinen …«

»Einen Schlüssel. So einen Chip wie Herr Crane.«

»Natürlich, ja. Angeblich ist es ein Hochsicherheitssystem, aber was hat es uns genützt?« Die Worte schossen förmlich aus seinem Mund. Dann riss er die Schultern hoch und blickte sich hektisch um. Als erwarte er jeden Augenblick einen Angriff aus dem Hinterhalt. Aber schließlich bekam ich doch eine Antwort, wieder in der Geschwindigkeit eines Maschinengewehrs: »Nur die Mitarbeiter der Foundation, glaube ich. Jeder von uns hat so einen Chip. Insgesamt sind wir acht. Wobei kaum je alle hier sind. Wir sind in der ganzen Welt unterwegs, bei Forschungspartnern, Konferenzen et cetera. Und die Männer vom Sicherheitsdienst des Hotels haben natürlich Zugang – die ja Herrn Crane persönlich unterstehen. Er kommt selbst aus diesem Bereich, wissen Sie. Deshalb diese Doppelfunktion. Persönlicher Assistent und gleichzeitig Leiter des Sicherheitsdiensts. Tüchtiger Mann, ganz ausgezeichnet und auch sehr dem Transhumanismus zugetan.«

»Und sonst?«, fragte ich rasch, halb betäubt von seinem Redeschwall.

»Sonst?« Er sah mich einen Moment verwirrt an, schien sich meine Frage erst wieder ins Gedächtnis rufen zu müssen. »Sonst hat niemand einen Schlüssel, soweit ich weiß. Zumindest dachte ich das bis heute Morgen. Ich will mir gar nicht ausmalen …«

Was er sich gar nicht ausmalen wollte, bekam ich nicht mehr mit. Ich muss gestehen, dass ich Dr. Minskys Worte an dieser Stelle ausblendete und ihn kurz darauf unter einem höchst fadenscheinigen Vorwand einfach stehen ließ. Sehr unhöflich von mir, aber seine hektische Art zu sprechen war mir einfach zu viel nach all dem, womit ich an diesem Morgen schon konfrontiert worden war. Seine Nervosität war geradezu ansteckend. Wenn ich ihm noch länger zuhörte, würde ich am Ende selbst beginnen, meine – nicht vorhandene – Brille zu putzen.

Als ich zu Marions Büro zurückkehrte, war die Türe geschlossen, aber durch die Glaswand sah ich meine Gastgeberin mit Daniel Crane diskutieren. Ich klopfte und trat ungebeten ein. »Störe ich?«

»Nein, Clara, schon in Ordnung.« Doch sie setzte das Gespräch mit Daniel nicht fort. Einen Moment lang sahen wir uns alle schweigend an.

»Wirst du jetzt die Polizei rufen?«, fragte ich, obwohl ich die Antwort bereits zu kennen glaubte.

Marion schüttelte den Kopf. Eine gewisse Ungeduld lag in

ihrer Stimme: »Ich habe es dir doch schon erklärt. Der Ruf meines Hauses hat Vorrang gegenüber …« Mit einer zornigen Geste deutete sie auf das Graffiti, das selbst hier, von ihrem Büro aus, gut lesbar war. »Gegenüber dem Vandalismus dieses Wahnsinnigen!«

Ich nickte. Genau, wie ich es mir gedacht hatte. Wiederum beschlich mich das Gefühl, dass Marion ganz genau wusste, von wem sie da redete. Auch wenn sie es mir gegenüber nicht zugeben wollte.

Aber gut, dann eben keine Polizei. So konnte ich wenigstens ungestört auf eigene Faust ermitteln.

12

»Wir werden das selbst klären«, sagte Daniel Crane, wobei seine Kiefermuskeln den Eindruck vermittelten, als könnten sie Stahl zermalmen.

»Ich möchte helfen«, sagte ich. »Ich habe eine gewisse Erfahrung mit, na ja, Verbrechen. Ich weiß nicht, was diese Frankenstein-Sache mit Raffael zu tun hat, aber ich muss herausfinden, was ihm zugestoßen ist. Irgendeinen Zusammenhang muss es doch geben!« Das war mehr eine Hoffnung als echte Überzeugung.

Daniel Crane musterte mich eindringlich, dann sah er zu Marion hinüber. »Wir sind Ihnen natürlich für Ihre Unterstützung dankbar.« Es klang ziemlich geschraubt.

Marion blickte drein, als könne sie auf jeden Fall moralische Unterstützung vertragen. Eine tröstende Schulter, jemanden, der Dinge wie »Das kommt schon alles wieder in Ordnung« sagte und dabei auch noch überzeugend klang. Danach sehnte ich mich selbst allerdings ebenso – vielleicht noch mehr als sie.

Daniel Crane fuhr fort: »Wie Sie schon selbst festgestellt haben, Frau Annerson, stammt die Schmiererei hier offensichtlich nicht von derselben Person, die in Ihr Zimmer eingedrungen ist.«

»Ja«, sagte ich, »aber trotzdem, die beiden müssen Komplizen sein. Oder denken Sie ernsthaft …«

»Es könnte sich auch um einen Trittbrettfahrer handeln«, fiel Daniel mir ins Wort. »Jemand, der sich den angeblichen Geist zunutze macht. Oder jemand, der absichtlich zwei unterschiedliche Schriftbilder erzeugt, um uns in die Irre zu führen. Um uns *glauben* zu lassen, er wäre nicht allein.«

Damit hatte Daniel natürlich nicht unrecht.

Ich überlegte. »Stößt die Schiller Foundation mit ihren, äh, Forschungsinteressen eigentlich hier vor Ort auf große Kritik?«, fragte ich.

Es war Marion, die mir antwortete, aber sie wirkte dabei seltsam abwesend. Als verfolge sie im Hinterkopf ihre eigenen Gedanken, die in eine völlig andere Richtung gingen. »Natürlich gibt es Kritik«, sagte sie, »immer wieder einmal. Aber nichts in dieser Art, bis jetzt.« Wieder deutete sie durch die Glaswand auf das *Frankenstein*-Graffiti, diesmal allerdings, ohne es anzusehen.

»Was die Menschen nicht verstehen, davor haben sie Angst«, fuhr sie fort, während ihr Blick scheinbar ziellos durch den Raum schweifte. »Und gerade hier, unter der Landbevölkerung, gibt es natürlich jede Menge Aberglauben.«

Du holst die Toten aus ihren Gräbern, ging es mir durch den Kopf. Die Worte, die Leonore ihrer Mutter an den Kopf geworfen hatte.

Marions nächste Frage traf mich unvorbereitet. »Du bist doch selbst auch an der menschlichen Unsterblichkeit interessiert, nicht wahr, Clara? Genau wie dein Freund.«

Ich brauchte einen Augenblick, bevor ich reagierte. »Raffael? Wie kommst du denn auf die Idee?«

»Ich dachte, du hättest etwas in der Art erwähnt.«

Ich schüttelte den Kopf. »Bestimmt nicht. Raffael ist Kunsthändler. Und steht mit beiden Beinen im Leben. Er würde nicht solchen Hirngespinsten ...« Ich biss mir auf die Zunge, aber es war zu spät. Toll, jetzt hatte ich Marion auch noch beleidigt.

Oder doch nicht? Sie sah mich eher erstaunt als wütend an.

»Ein Hirngespinst? Das ewige Leben?« Sie ging um ihren Schreibtisch herum und ließ sich in den schweren Ledersessel fallen. Als wäre sie erschöpft von so viel Ignoranz. Dabei behielt sie mich jedoch die ganze Zeit im Blick. Eine angespannte Stille entstand. Daniels Augen musterten mich ebenso wachsam, aber auch er schwieg.

Schließlich sagte Marion etwas, das völlig aus der Luft gegriffen schien: »Du bist doch vertraut mit der Geschichte des Grafen St. Germain, oder? Wie erklärst du dir seine außergewöhnliche Langlebigkeit? Und das vor dreihundert Jahren, lange vor den medizinischen Möglichkeiten, die uns heute zur Verfügung stehen.«

St. Germain. Bei der Erwähnung dieses Mannes zuckte ich unwillkürlich zusammen. Ich hatte tatsächlich schon mal von ihm gehört. Graf St. Germain stand auf einer Namensliste, über deren Inhalt Raffael und sein Assistent Andreas ein hitziges Telefongespräch geführt hatten ... in dem Landschloss, wo sich vor einigen Monaten der Mord ereignet hatte. Jenes Verbrechen, das ich letztlich aufklären konnte.

Der Fund der Liste hatte Andreas damals in helle Aufregung versetzt. Aus welchem Grund allerdings, das wusste ich bis heute nicht. Ich war nur durch Zufall Zeugin dieser Szene geworden und hatte heimlich gelauscht. Als ich Raffael dann später auf das Telefonat ansprach – allerdings ohne kundzutun, dass ich den Inhalt des Gesprächs mitgehört hatte –, kam er mir mit einer fadenscheinigen Ausrede. Was aber auch daran liegen mochte, dass ich ihn des Mordes verdächtigt hatte.

Darüber hinaus hatte ich die Namen von der Liste in meinem Notizbuch festgehalten und im Internet recherchiert. Sie drängten sich jetzt in mein Gedächtnis zurück:

Plato
Thomas Aquinas
John Dee
Saint Germain
Cagliostro

Da war er – inmitten dieser eigenartigen Mischung aus Philosophen, Religionslehrern, Abenteurern und Scharlatanen: Graf St. Germain. An die Details seiner Biografie, die ich im Internet gefunden hatte, konnte ich mich nicht erinnern. Nur daran, dass der Graf angeblich mindestens 115 Jahre alt geworden war. Wenn nicht noch wesentlich älter. Namhafte Zeugen wollten ihm noch bis weit ins 19. Jahrhundert hinein begegnet sein.

Zweifellos war es diese Langlebigkeit, auf die Marion mit ihrer Frage anspielte. Es erstaunte mich allerdings, dass sie als Vorsitzende einer wissenschaftlich orientierten Stiftung solch alte Lagerfeuergeschichten ernst zu nehmen schien. Und was für ein seltsamer Zufall, dass dieser St. Germain jetzt ausgerechnet hier in Kitzbühel zur Sprache kam.

Als ich wieder hochsah, ruhten sowohl Marions als auch Daniels Blicke auf mir. Den Ausdruck in ihren Augen konnte ich allerdings nicht deuten. Erstaunen? Befriedigung? »Nun, ich sehe, du weißt, wovon ich rede«, sagte Marion knapp, und damit schien die Sache für sie erledigt zu sein.

»Ich werde einen Security-Mitarbeiter für die persönliche Sicherheit von Frau Annerson abstellen«, sagte Daniel Crane nach einer kurzen Pause.

Marion nickte. »Tun Sie das.«

»Bis wir diesem Spuk ein Ende gesetzt haben!« Daniels Stimme war pure Entschlossenheit. Dann wandte er sich mir zu: »Bitte seien Sie trotz allem vorsichtig bei Ihren, ähm, Ermittlungen, Frau Annerson.«

»Und diskret«, ergänzte Marion, als müsse sie mich noch einmal an den guten Ruf ihres Hotels erinnern.

Ich nickte. »Natürlich.« Gegen einen persönlichen Leibwächter hatte ich nichts einzuwenden. Matthias Rothenach war tot und Raffael verschwunden. Ich würde vorsichtig sein, aber ein Paar zusätzliche Augen konnten keinesfalls schaden.

Marions Züge entspannten sich etwas. Sie stand auf, kam zu mir herüber und berührte meinen Arm. »Keine nächtlichen Einbrüche mehr, das verspreche ich dir, Clara.«

»Ich möchte aber nicht noch einmal umziehen«, sagte ich. »Und das Graffiti in meinem Zimmer soll fürs Erste nicht gelöscht werden. Vielleicht finden wir ja noch – keine Ahnung – irgendeinen Hinweis darin.«

»Wie du möchtest.«

Raffael ist in Gefahr. Natürlich hätte ich das lieber entfernen lassen. Es nie mehr sehen müssen. Aber was half es, ich konnte sowieso an nichts anderes mehr denken.

13

Ich kam gerade noch rechtzeitig zum Frühstück, um Croissants und einen Kaffee zu ergattern. Gierig belud ich meinen Teller, auch wenn die Leere, die in meinen Eingeweiden nagte, bestimmt nicht vom Hunger herrührte. Ich ließ mich am erstbesten freien Tisch nieder, während meine Gedanken um die Botschaften der geheimnisvollen Spukgestalt kreisten.

Es war kein Unfall.

Raffael ist in Gefahr.

Frankenstein.

Großspurig hatte ich meine Hilfe angeboten, hatte mich geradezu als Expertin in Verbrechensbekämpfung ausgegeben … und hier saß ich nun, kaute an einem Croissant und hatte nicht die geringste Ahnung, wie ich Licht in diese rätselhafte Angelegenheit bringen sollte.

Ich musste Raffael finden, das war das Wichtigste. Und Raffael war – wenn Andreas die Wahrheit sagte – hierhergekommen, um sich den vermeintlichen Unfall von Matthias Rothenach näher anzusehen. Wenige Tage später hatte er sich anscheinend in Luft aufgelöst.

Wenn Matthias tatsächlich keinen Unfall erlitten hatte, sondern einem Killer zum Opfer gefallen, und Raffael nicht mehr aufzufinden war, kurz nachdem er seine Nase in diese Sache gesteckt hatte, konnte – musste – das nicht heißen, dass ihn das gleiche Schicksal ereilt hatte? Dass er ebenfalls ermordet worden war? So, jetzt war es heraus.

Ermordet.

Mein Körper wurde taub bei dem Gedanken. Aber der vorgebliche Geist, der in mein Zimmer eingebrochen war, hatte *in Gefahr* geschrieben! Um in Gefahr zu sein, musste man leben, oder etwa nicht? An diesen Gedanken klammerte ich mich. Ich konnte nur hoffen, dass der nächtliche Spuk wusste, wovon er redete. Dass er präzise Aussagen an Wände schmierte.

Ich musste etwas tun, irgendwo beginnen. Mich nicht von düsteren Gedanken lähmen lassen! Erst einmal feststellen, ob Raffael tatsächlich hier ins Hotel gekommen war. Ja, das war ein Anfang. Bis jetzt hatte ich nur Andreas' Wort dafür – Marion und Daniel Crane hatte Raffaels Foto angeblich nichts gesagt. Ich beschloss, mein Glück an der Rezeption zu versuchen. Wer in ein Hotel eincheckte, kam an der Rezeption nicht vorbei.

Als ich das Restaurant verließ, trat ein Mann – scheinbar aus dem Nichts – an meine Seite. Dunkle Hose, perfekt gebügeltes Hemd, gute 1,90 Meter groß.

»Ich bin Ramón«, stellte er sich vor, »vom Sicherheitsdienst. Herr Crane schickt mich. Ich bin in Ihrer Nähe, wenn Sie mich brauchen.« Ich nickte und wollte ihm danken, aber da hatte er sich schon wieder in Bewegung gesetzt, schlenderte weiter wie jemand, der keine anderen Pläne hatte, als sich an diesem strahlenden Sommermorgen ein bisschen die Füße zu vertreten. Als ich in der Lobby ankam und die Rezeption ansteuerte, sah ich ihn allerdings wieder, wie er gerade in einem Fauteuil Platz nahm und eine der ausliegenden Zeitungen durchzublättern begann. Wirklich sehr diskret.

Ich wandte mich an eine Rezeptionistin. Eine junge, etwas pummelige Frau, deren Oberweite die Nähte ihres Dirndlkleids gefährlich strapazierte. *Johanna* stand auf dem Namensschild.

»Ich bin auf der Suche nach … einem Gast«, begann ich etwas holprig. Wieder einmal hatte ich drauflosgeredet, ohne mir etwas zurechtgelegt zu haben. »Das heißt, ich glaube, dass er hier Gast war«, fuhr ich stockend fort.

Johanna setzte ein strahlendes Lächeln auf. »Es tut mir leid, aber zu unseren Gästen kann ich keine Auskunft geben.«

Natürlich nicht. War doch wohl klar. *Toller Einstieg*, kommentierte meine innere Kritikerin. Ich biss die Zähne zusammen und lächelte ebenfalls. »Ich habe das mit Frau Schiller abgesprochen«, sagte ich, »Sie können sie gerne anrufen. Mein Name ist Clara Annerson.«

Johanna stand einen Augenblick reglos da. »Sofort«, sagte sie dann, und einen Augenblick später war sie hinter der monumentalen Rückwand der Rezeption verschwunden. Rohes Holz, Stahl und rankende Grünpflanzen. Das perfekte Gegenstück zur Außenfassade des Hotels.

Es dauerte fünf Minuten, bis sie zurückkehrte, dafür war ihr Lächeln jetzt noch strahlender. »Wie kann ich Ihnen helfen, Frau Annerson?«, sagte sie. Nein, sie sang es fast.

Ich holte Raffaels Foto auf meinen Handybildschirm und hielt ihn ihr hin. »Ich suche diesen Mann. Er sollte vor ungefähr zwei Wochen …«

Weiter brauchte ich nicht zu reden. Für einen Augenblick wurde aus dem professionellen Lächeln auf Johannas Lippen ein sehr persönliches Strahlen, das ihr ganzes Gesicht aufleuchten ließ, wenn auch nur für einen kurzen Augenblick. Dann hatte sie sich wieder im Griff. Aber das genügte mir. Ich kannte diese Reaktion. Raffael löste sie bei der Mehrzahl der Frauen aus. Er war also hier gewesen! Mein Körper fühlte sich plötzlich zehn Kilo leichter an.

»Ja, der Herr hat bei uns gewohnt«, sagte Johanna, jetzt wieder ganz die professionelle Hotelangestellte. »Ich selbst habe ihn eingecheckt.«

»Wann war das?«, fragte ich rasch.

Sie überlegte einen Augenblick, dann klapperten ihre zweifarbig lackierten, mit kleinen Glitzerstickern beklebten Fingernägel über die Tastatur des Computers. »Hm, ach ja, hier. Eingecheckt am 24.8.« Wieder ein kurzes Aufleuchten in ihren Augen. »Herr Raffael Dubois.« Sie nickte, hob dann den Kopf und lächelte mich an.

Dubois? Raffaels Familienname war Lamarck, nicht Dubois.

Er hatte also unter falschem Namen eingecheckt. Nun, vielleicht war das nicht so ungewöhnlich, wenn man einen Unfall untersuchen wollte, den man für einen Mord hielt. Die Anreise am 24. August stimmte allerdings mit dem überein, was Andreas mir gesagt hatte.

»Und wie lange war er hier?«, fragte ich rasch weiter.

Wieder klapperten die aufwändig manikürten Fingernägel über die Tastatur. »Also gebucht hatte er ursprünglich *open end*, das heißt ohne fixes Abreisedatum. Ausgecheckt hat er dann am, hm ja, am 28.8., genau.«

Am 28. August. An diesem Tag hatte Andreas zum letzten Mal von Raffael gehört, am 29. hatte Raffael mit mir Schluss gemacht.

»Ist er … wie soll ich sagen, allein abgereist?«, fragte ich.

Johanna schien nicht zu verstehen. »Herr Dubois hatte ein Einzelzimmer gebucht«, sagte sie.

»Ja, okay. Was ich meinte, ist, ob er allein abgereist ist oder in Begleitung?«

»Ach so.« Für einen Augenblick durchbrach ein süffisantes Grinsen Johannas professionelle Fassade. »Tut mir leid, das weiß ich nicht.« Bestimmt hielt sie mich für eine eifersüchtige Frau, die ihrem Geliebten hinterherspionierte.

Genau das bist du ja auch, erklärte meine innere Stimme. Ich schob sie energisch beiseite und versuchte, mich wieder zu konzentrieren. Heute war der 6. September. Raffael war also seit über einer Woche verschollen. Und er hatte das Hotel offensichtlich längst wieder verlassen. Was sollte ich daraus schließen?

»Kann ich noch etwas für Sie tun?«, fragte Johanna.

»Ja … ja. Sie erinnern sich bestimmt auch an Matthias Rothenach? Der Gast, der beim Wandern verunglückt ist.«

»Ja«, kam die Antwort, recht zögerlich und kühl. »Natürlich.« Keine Spur mehr von der Emotion, die Raffaels Foto ausgelöst hatte.

»Wann hat Herr Rothenach eingecheckt?«, fragte ich.

»Das war nicht bei mir«, erwiderte Johanna prompt, als wolle sie jeden Kontakt zu dem Verstorbenen vehement von sich weisen. Dann fasste sie sich. »Aber natürlich kann ich für Sie nachsehen.« Klappern auf der Tastatur. »Ja, hier, eingecheckt am 10. August.«

Verunglückt war Rothenach am 21.8., so viel wusste ich bereits. Das heißt, er war elf Tage im Hotel gewesen, bevor er starb.

»Und wie lange wollte er bleiben?«, fragte ich Johanna.

»Hm, auch hier wurde ursprünglich open end reserviert. Herr Crane hat das Zimmer eingebucht. Eines der Waldchalets.«

»Daniel Crane?«, fragte ich. »Frau Schillers Sekretär?«

Johanna nickte. Dann blickte sie wieder auf ihren Bildschirm. »Herr Rothenach war Gast der Foundation. Es war keine Kreditkarte hinterlegt, als Rechnungsempfänger ist die Foundation eingetragen.« Sie sah zu mir auf. »Und auch Herr Rothenach reiste allein«, fügte sie ungefragt hinzu, diesmal ohne eine Miene zu verziehen.

Eine Frau, die nicht nur einem Mann hinterherspionierte, sondern gleich zweien. Wovon einer tödlich verunglückt war. Bestimmt würde ich beim Personal für jede Menge Gesprächsstoff sorgen, wenn Johanna zum Klatschen neigte. Wovon auszugehen war. Egal, damit konnte ich leben.

»Sie erwähnten ein Waldchalet?«, fragte ich weiter. »Ist das eine spezielle Suite?«

»Mehr als das«, sagte sie. »Unsere Chalets sind original Tiroler Berghütten, zu luxuriösen Bungalows umgebaut. Sie liegen ganz abgeschieden, sehr romantisch.« Das Wort *romantisch* betonte sie. »Zwei gleich hier im Wald und vier weitere oben auf unserer eigenen Alm.«

»Können Sie mir das auf der Karte zeigen?«

»Natürlich.« Sie griff nach einer der Wanderkarten, die an der Rezeption auslagen, und malte sechs Kreuze in die Landschaft. »Falls Sie ein Upgrade wünschen, Frau Annerson … ein Almchalet hätten wir gerade frei.«

Ich schüttelte den Kopf. »Nein danke, ich bin mit meinem Zimmer sehr zufrieden.« *Mit meinem Zimmer, an dessen Wänden sich nachts eine Spukgestalt austobt.*

»In welchem Chalet wohnte Herr Rothenach?«, fragte ich.

Sie blickte nochmals auf den Bildschirm und zog dann auf der Karte einen Kreis um das zweite Kreuz im Wald, das etwas weiter weg vom Hotel lag als das erste. »In diesem hier«, sagte sie.

»Okay, danke. Ist dieses Chalet derzeit belegt?«

»Das nicht. Aber es ist im Computer nicht zur Vergabe freigegeben.«

»Und das heißt?«

Sie zuckte die Achseln. »Details sehe ich im Reservierungsprogramm nicht. Vermutlich Reparaturbedarf, würde ich mal sagen. Das ist nichts Ungewöhnliches bei unseren Gästen.«

Ihre Augen blitzten erschrocken auf, als ihr klar wurde, was sie gerade angedeutet hatte. Schnell ruderte sie zurück. »Ich meine, ich wollte nicht sagen, dass …«

»Schon in Ordnung«, erwiderte ich lächelnd. »Viele Touristen benehmen sich wie Vandalen, da haben Sie vollkommen recht.«

Johanna grinste verlegen.

»Bewohnte Herr, äh, Dubois auch eins der Chalets?«, fragte ich in die entstandene Pause hinein. Beinahe hätte ich Raffaels richtigen Familiennamen verwendet.

»Nein«, sagte sie rasch und wandte sich wieder ihrem Computer zu. »Er hatte ein Zimmer hier im Haupthaus.«

»Okay, und er war kein Gast der Foundation, oder?«

»Nein. Er hat ganz normal mit Kreditkarte gebucht, die bei seiner Abreise belastet wurde. Ah, er hat den Express-Check-Out genutzt, sehe ich. Falls Sie das interessiert.«

Dieser Service war mir von eigenen Reisen bekannt. Es bedeutete nichts anderes, als dass man das Hotel einfach verließ, ohne sich bei der Rezeption abzumelden, was bei längeren Warteschlangen – oder wenn man zu nachtschlafenden Zeiten abreiste – sehr praktisch war. Die Hotelrechnung wurde dann einfach auf die bei der Ankunft gespeicherte Kreditkarte gebucht. Was im Klartext hieß, dass es für Raffaels tatsächliche Abreise keine Zeugen gab.

»Eine letzte Frage noch, Johanna. Ist Ihnen, was Herrn Rothenach oder Herrn Dubois anbelangt, irgendetwas, sagen wir, Ungewöhnliches aufgefallen?«

Ihrem Gesichtsausdruck nach zu schließen, verstand Johanna diese Frage dahingehend, ob Raffael oder Matthias während ihres Aufenthalts Escort Girls buchten, wilde Orgien feierten oder etwas ähnlich Delikates. »Nicht dass ich wüsste, Frau Annerson«, sagte sie mit mädchenhaftem Augenaufschlag, und dabei ließ ich es bewenden. Ich dankte ihr und verabschiedete mich.

14

Auf dem Weg zurück in mein Zimmer begegnete ich Marions Tochter Leonore. Obwohl es auf die Mittagszeit zuging, wirkte sie, als hätte sie keine zehn Minuten zuvor das Bett verlassen, und zwar nicht das eigene. Sie trug wieder den lässig geknoteten Seiden-Morgenmantel, der mehr enthüllte als verbarg, auch wenn sie jetzt ihre perfekt gebräunten Arme schützend um den Körper geschlungen hatte. Ihre Wangen waren gerötet, und als sie mich sah, weiteten sich ihre Pupillen. Mit einem knappen »Hallo, Frau Annerson« wollte sie an mir vorbeihuschen, aber ich konnte mir eine Bemerkung nicht verkneifen.

»Hallo, Leonore, hatten Sie eine anstrengende Nacht?«

Ihre Augen weiteten sich noch mehr. Damit hatte ich wohl ins Schwarze getroffen. Was keine Kunst war. Sie wirkte tatsächlich erschöpft, aber da war auch noch etwas anderes in ihrem puppenhaften Gesicht. Euphorie?

Der Gang, in dem mein Zimmer lag, war weder der, wo Leonores Freund Benny logierte – den hatte ich am Abend zuvor im Gästetrakt im Erdgeschoss verschwinden sehen –, noch befand sich Leonores eigenes Zimmer hier oben. Sie bewohnte zwar, wohl um die Nähe ihrer Mutter zu meiden, eine Suite außerhalb des Privatbereichs der Familie, aber die lag im Westflügel des Erdgeschosses. Diese Information verdankte ich meinem Zimmermädchen, einer redseligen jungen Frau aus Kenia. Nicht nur Marion war ein beliebtes Klatschobjekt des Personals.

Leo sah drein wie ein Kätzchen, das man mit beiden Pfoten im Sahnetopf ertappt hatte. Sie klimperte mit ihren langen Wimpern, warf einen kurzen Blick über ihre Schulter – leider konnte ich nicht erkennen zu welcher Tür – und flötete dann zuckersüß: »Sie verraten mich doch nicht, oder, Frau Annerson? An Benny, meine ich. Er ist so eifersüchtig, es ist fuuurchtbar.«

Ich musste unwillkürlich lachen. »Nein. Ich halte dicht«, sagte ich und setzte meine beste Verschwörermiene auf. »Versprochen.«

Sie grinste, ihr voller Mund formte sich zu einem geflüsterten »Danke«, dann zog sie ihren Morgenmantel enger um sich und huschte davon.

Ich schloss meine Zimmertüre auf und wappnete mich für das, was mich dort erwartete. *Raffael ist in Gefahr.* Drohend leuchteten mir die schwarzen Buchstaben von der Wand entgegen. Als wollten sie mich anspringen. Vielleicht hätte ich doch besser noch einmal umziehen sollen.

Ich holte mir einen Orangensaft aus der Minibar und ging auf die Terrasse hinaus. Die Nebel hatten sich mittlerweile verzogen, Kitzbühel mit seinen Giebeldächern und Kirchtürmen, seinen Luxushotels und Nobelboutiquen lag im strahlenden Sonnenschein zu meinen Füßen.

Ein Winken auf der Panoramaterrasse, direkt unter mir, erregte meine Aufmerksamkeit. Viktor Kössler. Wieder einmal mit einem Eisbecher zugange. Wo aß dieser Mann all das süße Zeug nur hin? Hätte er nicht längst kugelrund sein müssen?

Sein Winken galt eindeutig mir. Wurde ich schon paranoid, oder saß er genau so, dass er meinen Balkon im Blickfeld hatte?

Er drehte seine Hand jetzt um, und die Geste, die nun folgte, war ebenso eindeutig. Er lud mich ein, ihm auf der Terrasse Gesellschaft zu leisten. Ich überlegte kurz, dann nickte ich. Viktor war ja auch schon eine ganze Weile Gast im Schiller Grand Hotel, genau genommen war er vor Raffael angereist. Vielleicht war er ihm begegnet oder hatte sonst etwas gesehen, das mich weiterbrachte. Ich würde ihm unauffällig ein paar Fragen stellen. Und einen großen Eisbecher konnte ich jetzt auch vertragen!

Ich ging ins Zimmer zurück und warf einen Blick in den Spiegel. Dank meines Sonnenbrands sah ich aus wie ein blondgelockter Hummer, aber daran war nichts zu ändern. Ich griff nach meiner Handtasche und wollte mich auf den Weg nach unten machen. Nur, dass ich nicht weit kam. Vor meiner Türe wäre ich beinahe mit Benny kollidiert, Leonores Freund. Der angeblich so eifersüchtig war. Kam es mir nur so vor, oder hatte er vor meinem Zimmer herumgelungert?

»Oh, Frau Annerson«, brachte er atemlos hervor. »Ich war gerade auf dem Weg zu Ihnen. Hätten Sie fünf Minuten Zeit für mich? Ich … ich brauche Ihre Hilfe!«

Meine Hilfe? Ich machte auf dem Absatz kehrt, hielt ihm meine Zimmertür auf und bat ihn mit einer Handbewegung, doch einzutreten. Erst da erinnerte ich mich an das Graffiti an meiner Wand. Das musste Benny nun wirklich nicht sehen.

Ich hielt so abrupt inne, dass wir kollidierten. »Entschuldigung«, sagte ich rasch, »ich habe noch etwas vor. Wollen wir nicht lieber in der Halle unten einen schnellen Kaffee zusammen trinken?«

Benny rieb sich erschrocken die Stirn, fasste sich dann aber rasch. »Ja … ja natürlich. Gerne. Ich lade Sie ein.«

Als wir es uns in den dunklen Lederfauteuils nahe der Lobbybar bequem gemacht und beide Espresso bestellt hatten, sagte Benny erst einmal gar nichts. Es fiel ihm sichtlich schwer, mir sein Anliegen vorzutragen. Auch wenn er optisch wie Ende zwanzig wirkte – ein gutaussehender Intellektueller Ende zwanzig –, haftete ihm etwas unschuldig Kindliches an. Gar nicht so unähnlich seiner Freundin, wenn sie einmal die Femme-fatale-Maske fallen ließ.

Ich versuchte, die Stimmung mit ein bisschen Small Talk aufzulockern. »Sie machen einen ziemlich ausgedehnten Urlaub hier, nicht wahr?«, begann ich mit einem aufmunternden Lächeln.

Er wirkte dankbar für diesen Eisbrecher. Seine angespannten Schultern senkten sich etwas. »Ja«, sagte er, »das war natürlich nicht so geplant, aber das Semester beginnt erst in drei Wochen, und ich hatte gehofft, dass Leo … dass wir bis dahin …« Er fuhr sich mit seinen schlanken Fingern durchs Haar und atmete hörbar aus. »Also dass sie mich zurück nach London begleiten würde, wissen Sie. Dass wir ein Paar werden, mit einer gemeinsamen Zukunft. Das ganze Programm.« Er brach ab.

Darum ging es also. Probleme mit Leonore. Hätte ich mir ja denken können. »Was studieren Sie denn?«, fragte ich und flüchtete damit zurück auf sicheres Terrain.

»Ach, dies und das. Zuerst Medizin, aber das war nichts für mich. Jetzt habe ich Betriebswirtschaft inskribiert.« Er zuckte die Schultern. »Wenn ich ehrlich bin, interessiert mich das alles nicht so. Mein Vater möchte, dass ich studiere, und ich dachte ja auch, es könne nicht schaden. Trotzdem wollte ich auch mal reisen, die Welt sehen, Sie wissen schon. Und an Geld mangelt es meiner Familie nicht.« Erneutes Schulterzucken.

Also war es genau, wie ich vermutet hatte: Benedict Stamford trug nicht nur feinste Designer-Kleidung und bewohnte eine Suite in einem der teuersten Hotels von Kitzbühel, er besaß auch die Ausstrahlung eines Mannes, dem das Wort *Mangel* fremd war.

»Also, Frau Annerson«, sagte er jetzt und setzte sich aufrecht hin, offensichtlich bereit, nun zur Sache zu kommen. »Sie sind doch Expertin, was … was die Liebe anbelangt.«

Ich stöhnte innerlich auf. Nicht schon wieder.

»Und ich glaube, Leonore mag sie. Bewundert sie sogar. Jedenfalls hat sie das gestern gesagt, nach der Wanderung mit Ihnen.«

Ich zog überrascht die Brauen hoch, aber Benny sprach schon weiter: »Ich brauche dringend … also, ach verdammt!« Seine Kiefermuskeln verkrampften sich. »Leonore hat mit mir Schluss gemacht! So, jetzt ist es heraus!«

Er sah mich an wie ein getretener Hundewelpe. »Sie müssen mir helfen, Frau Annerson! Ich will Leo nicht verlieren. Sie ist … Ich …«

»Sie lieben sie«, vollendete ich den Satz für ihn. Mein eigenes Herz wog auf einmal schwerer. Es fiel mir nur allzu leicht, mich in Bennys Lage zu versetzen. Genau genommen *war* ich in der gleichen Lage – abserviert von der großen Liebe. In all der Sorge um Raffaels Verschwinden hatte ich das vorübergehend verdrängt.

Benny nickte und ließ seinen Kopf in die Hände fallen. Er knetete seine schwarzen Haarbüschel. »Was soll ich tun? Ich dachte eigentlich, also bis jetzt, dass Leonore mich auch liebt. Aber seit ein paar Tagen ist sie so verändert. Ich verstehe gar nichts mehr. Aber Sie als Expertin …«

Um seinen Redefluss zu stoppen, hob ich die Hand. Ich hatte das Bedürfnis, ehrlich zu sein zu diesem aufgelösten jungen Mann. »Dass ich Liebesromane schreibe – oder besser gesagt: geschrieben habe –, macht mich noch lange nicht zu einer Expertin. Und es ist gerade mal zwei Wochen her, dass mein eigener Freund mich verlassen hat.«

Bennys Kopf schnellte hoch. »Oh, das tut mir leid. Ich …«

»Schon in Ordnung. Ich kann damit umgehen.« Was eine glatte Lüge war. »Ich sage Ihnen das nur, damit Sie keine Wunder von mir erwarten.«

Er nickte langsam. Dann schwiegen wir beide.

Auch wenn ich ihm nicht helfen konnte – leid tat er mir trotzdem, dieser verschmähte junge Mann mit dem Welpenblick. Seine Trauer wirkte aufrichtig, selbst wenn ich mir nicht erklären konnte, wie er in Leonore die Frau fürs Leben zu sehen vermochte.

»Könnte es sein«, begann ich vorsichtig, »dass Leonore jemand anderen kennengelernt hat?«

Benny zog seine Streberbrille von der Nase und begann, die Gläser zu putzen. Für einen Augenblick erinnerte er mich an Dr. Minsky, Marions Arzt und wissenschaftlichen Leiter. Brillenputzen zur Nervenberuhigung. Vielleicht sollte ich das auch einmal probieren.

Als Benny schließlich sprach, überraschte er mich allerdings.

»Ich bin mir durchaus bewusst, dass Leonore eine Schwäche für Männer hat«, sagte er in einem Tonfall, der ihn plötzlich alles andere als jung, naiv und streberhaft wirken ließ. »Da habe ich null Problem mit. Gleichberechtigung, wissen Sie. Wenn wir Jungs uns in Studentenjahren quer durch den Campus vögeln, findet das ja auch niemand der Rede wert. Warum also nicht auch die Mädels? Wir leben ja nicht mehr im Mittelalter.«

Ich nickte sprachlos.

»Leo macht es Spaß, die Lolita zu mimen«, fuhr er fort. »Man muss nicht alles ernst nehmen, was sie sagt. Sie hat weit weniger Sex, als sie vorgibt. Tief in ihrem Inneren ist sie eine unverbesserliche Romantikerin. Und ich dachte … also, dass ihr Herz trotz allem mir gehört. Nur mir. Obwohl, in den letzten Tagen wirkte sie irgendwie, ich weiß auch nicht, verändert eben. Und dann, gestern Abend, hat sie einfach Schluss mit mir gemacht. Keine Begründung, keine Diskussion, keine zweite Chance.« Seine Stimme drohte zu brechen.

Er warf sich zurück in die Polster seines Fauteuils und lachte bitter. »Vermutlich haben Sie recht. Ein anderer Mann. Was sollte es sonst sein? Und ich kann mir auch gut vorstellen, wer das ist.«

»Wer denn?«, platzte ich heraus wie ein neugieriger Teenager. *Also wirklich, Clara.* Ich spürte, wie mir die Schamesröte ins Gesicht schoss, aber Benny schien das zum Glück nicht zu bemerken.

»Dieser Crane natürlich«, antwortete er prompt, sein jungenhaftes Gesicht jetzt hart und düster. »Der Sekretär ihrer Mutter.

Er ist schon die ganze Zeit hinter Leo her. Allein wie er sie ansieht. Als würde er sie mit den Augen ausziehen. Oder am liebsten gleich flachlegen!«

Die Worte kamen so laut und mit einer derartigen Bitterkeit aus seinem Mund, dass die Kellnerin, die gerade zwei Tische weiter kassierte, merklich zusammenzuckte. »Sorry«, murmelte Benny, an niemand Bestimmten gerichtet.

Daniel Crane, Marions Sekretär. Bei unserer gemeinsamen Wanderung hatte Leonore ihn definitiv sexuell provoziert. Und ich hatte die Gier in seinen Augen gesehen. Aber dass Leonore in ihn verliebt war, den Eindruck hatte ich eigentlich nicht gewonnen. Obwohl, was wusste ich schon … die Expertin in Liebesdingen. Ha!

Benny allerdings schien sich auf Daniel Crane eingeschossen zu haben. »Dieser Typ ist gefährlich, wissen Sie«, sagte er jetzt. »Irgend so ein Söldner. Die fackeln nicht lange, nehmen sich einfach, was sie wollen.«

»Soweit ich weiß, war er Soldat«, erwiderte ich. »Kein Söldner.«

»Und wenn schon«, brummte Benny. Doch dann verstummte er.

Auf seiner Stirn bildeten sich tiefe Falten. Als er wieder aufblickte, schien er einen Entschluss gefasst zu haben. »Entschuldigen Sie diesen Auftritt«, sagte er, jetzt mit dem vollendeten Lächeln eines wahren englischen Gentlemans. »Es war dumm von mir, Sie in dieser Sache zu belästigen. Mich so aufzuführen.« Er wedelte mit den Armen.

»Schon in Ordnung«, sagte ich rasch. »Darf ich Sie auch noch etwas fragen?«

Er war bereits aufgesprungen, doch jetzt ließ er sich zurück in den Fauteuil fallen. »Natürlich, Frau Annerson, alles, was Sie möchten. So wie ich mich gerade vor Ihnen zum Narren gemacht habe.« Verlegenes Lächeln, noch mehr englischer Charme.

»Das haben Sie nicht. Ich kann sehr gut nachvollziehen, wie Sie sich gerade fühlen, das können Sie mir glauben.«

Er nickte kaum merklich. »Ich hoffe, Sie wollen keinen Tipp von mir, wie Sie Ihren Freund zurückbekommen«, sagte er, plötzlich mit breitem Grinsen im Gesicht. Dabei legte er seine Hand auf meinen Arm, als hätten wir gerade die Rollen getauscht und ich bedürfte jetzt seines Trosts.

Ich konnte nicht anders, ich musste ebenfalls lachen. Auch wenn mir nicht wirklich danach zumute war. Dann zückte ich mein Handy und hielt ihm Raffaels Foto hin. »Haben Sie diesen Mann schon einmal gesehen? Hier im Hotel vielleicht?«

Er sah das Foto lange an, dann schüttelte er den Kopf. »Nein, tut mir leid. Wer ist das?«

»Der Freund, der … mir abhandengekommen ist«, sagte ich.

Benny zog einen Mundwinkel hoch. »Tut mir wirklich leid. Ein sehr gutaussehender Mann.« Er zögerte einen Augenblick. »Gab es bei ihm auch eine andere Frau?«

»Das weiß ich nicht«, sagte ich. »Er ist vor ein paar Tagen verschwunden. Hier im Hotel, wie es scheint.« Ich musterte Benny aufmerksam, war gespannt auf seine Reaktion.

Aber da war nichts. »Verschwunden?«, wiederholte er nur. Er wirkte, als wäre er mit seinen Gedanken schon nicht mehr bei der Sache.

Ich wagte mich einen Schritt weiter vor. »In diesem Hotel geschehen überhaupt merkwürdige Dinge, finden Sie nicht?«

Jetzt hatte ich seine Aufmerksamkeit wieder, aber seine Frage klang trotzdem eher beiläufig: »Was meinen Sie?«

»Nun, anscheinend spukt es im Hotel. Haben Sie davon noch nicht gehört?«

Benny lachte kurz auf und tat die Sache dann mit einer lässigen Handbewegung ab. »Ach, der Berggeist. Ja, klar. In meinem Zimmer war er auch schon, dieser Scherzbold.«

»Sie halten diese Einbrüche für einen Scherz?«

»Was denn sonst?«

»Und der Unfall dieses Wanderers vor ein paar Wochen … sehen Sie da keinen Zusammenhang?«

Benny war jetzt ganz cool. »Das meinen Sie doch nicht ernst, oder? Sie glauben doch nicht an diesen Geisterkram?«

»Ich weiß nicht so recht, was ich glaube«, sagte ich ausweichend.

Benny grinste nur.

»Haben Sie ihn gekannt, diesen Gast, der verunglückt ist?«, fragte ich. »Matthias Rothenach?«

»Nein, sorry. Ich … Ach, ich hatte doch nur Augen für Leo. Obwohl, es muss ein ziemlicher Schock für ihre Mutter gewesen sein, als sie die Leiche fand.«

Ich brauchte einen Augenblick, um Bennys Satz zu zerlegen, um zu erfassen, was er da sagte. Doch dann erinnerte ich mich an die Worte von Viktor Kössler beim Abendessen. Auch er hatte schon das Gleiche behauptet, es hatte offensichtlich sogar in der Zeitung gestanden. In der Lokalzeitung, die Hotelgäste angeblich nicht lasen. Nun, Viktor hatte sie doch gelesen. Benny auch? Egal, dem hatte es wahrscheinlich Leonore erzählt.

»Marion hat ihn gefunden«, wiederholte ich, mehr an mich selbst gerichtet als an Benny. »Matthias Rothenach. Nach dem Unfall.«

Benny fasste es als Frage auf. »Oh ja. Am Fuß des Steilhangs, wo er abgestürzt ist. Er war natürlich schon tot, aber bestimmt war es trotzdem eine scheußliche Erfahrung für Frau Schiller, denken Sie nicht?«

Ich nickte langsam. »Bestimmt. Gar keine Frage.«

Und wie scheußlich musste die Erfahrung erst für Matthias Rothenach gewesen sein.

15

Als Benny und ich aufstanden und uns verabschiedeten, bemerkte ich aus dem Augenwinkel einen Mann, der sich ein paar Fauteuils weiter ebenfalls erhob. Ich brauchte einen Augenblick, bis ich ihn wiedererkannte. Ramón, mein persönlicher Leibwächter. Ich hatte ihn völlig vergessen. Ich musste ihn einen Augenblick angestarrt haben, doch er ignorierte mich.

Erst als ich auf die Terrasse hinaustrat und Viktors Tisch ansteuerte, folgte Ramón mir. Er suchte sich einen Platz ein paar Tische weiter, und als ich dann später wieder zu ihm hinüberblickte, sah ich ihn einen Eisbecher essen. Anscheinend war das in Kitzbühel die bevorzugte Männerverpflegung.

Viktor begrüßte mich wie eine lang verlorene Freundin. »Clara, da bist du ja endlich. Wie schön.«

Ich hätte schwören können, dass wir am Abend zuvor noch per Sie gewesen waren. »Tut mir leid«, murmelte ich. »Ich wurde aufgehalten.«

Der Nachmittag war bereits weit fortgeschritten, die Sonne hing dottergelb über den Baumwipfeln. Wir saßen fast allein auf der Terrasse, nur ein paar Bienen summten umher, und am nahen Waldrand klopfte ein Specht gemächlich vor sich hin. Tock … tock tock. Alles wirkte so friedlich.

Mit einem tiefen Seufzer ließ ich mich neben Viktor auf das

Rattansofa fallen und war einen glücklichen Augenblick lang nichts weiter als eine Urlauberin, die den Spätsommernachmittag auf diesem Zauberberg genoss. Der Hotelgeist mit seinen düsteren Botschaften verlor seine Bedrohlichkeit im warmen Licht der Sonne. Was, wenn wirklich alles nur ein dummer Scherz war?

Du könntest dir ein paar unbeschwerte Tage gönnen. Das war eine neue Stimme in meinem Kopf. Nicht die übliche verhärmte Kritikerin.

Aus dem Augenwinkel sah ich, dass Viktor mich lächelnd beobachtete. Er sagte nichts, ließ mich meinen Gedanken nachhängen. Aber seine bloße Anwesenheit tat mir gut.

Ein unkomplizierter, liebenswerter Mann. Ohne Geheimnisse. Sie klang so sanft und verführerisch, diese neue Stimme.

Er würde dich bestimmt nicht per SMS abservieren. Er würde …

Und da zerplatzte die Seifenblase. Auch wenn Raffael mich auf die erniedrigendste Weise verlassen hatte, er *war* in Gefahr. Ich spürte es in jeder Zelle meines Körpers.

Andreas, sein Assistent, hätte mich bestimmt nicht auf so grausame Weise belogen. Er würde nicht behaupten, Raffael sei vom Erdboden verschluckt, wenn er in Wahrheit mit einer neuen Frau eine Kreuzfahrt angetreten hatte oder sonstwo im Glück schwebte. Auch wenn Andreas Raffael völlig ergeben war, das würde er nicht tun. Niemals. Oder doch?

Ich griff nach der Kaffeetasse vor mir, deren Ankunft ich nicht einmal mitbekommen hatte, und nahm einen großen Schluck.

»Alles in Ordnung, Clara?«, hörte ich Viktor sagen. Seine Stimme war warm, und die Sorge darin klang aufrichtig. Doch gleich darauf hatte ich – ohne dass ich mich dagegen wehren konnte – Raffaels Stimme im Ohr. Tief, dunkel, geheimnisvoll und hypnotisierend. Man konnte ihm stundenlang zuhören, ganz egal, was er sagte. Er hätte sogar das Telefonbuch vorlesen können. Die bloße Erinnerung an diese Stimme ließ mir die

Gänsehaut über die Arme laufen. Im Vergleich zu Raffael klang Viktor wie ein Popsternchen neben einem Opernsänger.

Ich kramte mein Handy aus der Handtasche und hielt Viktor Raffaels Foto hin. »Dieser Mann … hast du ihn hier im Hotel gesehen?«, fragte ich ohne Einleitung.

Viktor sah mich überrascht an, betrachtete dann aber das Foto. »Nicht dass ich wüsste. Aber bis vor ein paar Tagen war das Hotel fast ausgebucht. Jede Menge Leute hier. Und auf die Männer habe ich nicht so geachtet.« Er grinste und hob entschuldigend die Arme.

»Wer ist das?«, fügte er einen Augenblick später hinzu. »Warum suchst du ihn?«

Ich zögerte, ohne zu wissen, warum. Dann sagte ich: »Ein Mann, der hier im Hotel verschwunden ist.«

»Verschwunden?«

Ich nickte.

»Und warum suchst du ihn? Wäre das nicht Sache der Polizei?«

»Er ist ein … Freund.«

Viktors Augenbrauen wanderten nach oben. »Ich verstehe«, sagte er langsam.

Was ich bezweifelte. Aber bevor ich wusste, was in diesem Hotel wirklich vorging, hielt ich es für klüger, nicht jedem alles zu erzählen. Auch wenn Viktor bestimmt vertrauenswürdig war.

Einen Moment lang nippten wir beide schweigend an unseren Kaffeetassen, dann nahm Viktor plötzlich meine Hand und sah mir direkt in die Augen. »Weißt du, Clara, seit du hier bist, ist es so anders. Besser. Du bist eine wunderschöne Frau, aber das ist nicht alles …« Er stockte. Seine Lippen zuckten nervös. »Ich bin wirklich froh, dass wir uns kennengelernt haben. Ich habe viel falsch gemacht in der Vergangenheit, weißt du, aber jetzt … Ich … » Er brach ab und lächelte mich einfach nur an.

Ich bemühte mich, sein Lächeln zu erwidern, aber meine Mundwinkel wollten nicht so recht.

»Das kam jetzt bestimmt sehr hölzern hinüber, odrrr?«, stöhnte er und schloss für einen Moment die Augen. »Ich bin wirklich nicht gut in diesen Dingen.«

»Schon in Ordnung«, sagte ich rasch.

Viktor beugte sich vor, straffte die Schultern und gewann damit einen Teil seiner üblichen selbstsicheren Ausstrahlung zurück. »Was hältst du davon, Clara, wollen wir morgen gemeinsam einen Ausflug machen? Die Vier-Seen-Wanderung soll wirklich superb sein. Und nicht zu anspruchsvoll. Wir könnten …«

Ich fiel ihm ins Wort: »Tut mir leid, Viktor, ich, ähm, habe einiges zu erledigen.«

»Erledigen? Du bist im Urlaub hier, oder?«

Ich deutete auf Raffael, der uns noch immer von meinem Handydisplay aus ansah. Auf dem Foto hatte er jenes geheimnisvolle Lächeln aufgesetzt, das mich stets alles andere um mich herum vergessen ließ. »Ich muss mich um diese Sache hier kümmern, verstehst du. Es ist mir wichtig.«

Viktor hielt noch immer meine Hand. »Okay«, sagte er langsam, wobei er kaum merklich den Kopf schüttelte. »Aber wir essen doch wenigstens wieder gemeinsam heute Abend, odrrr?«

»Na gut«, sagte ich schnell und zog meine Hand zurück. Ein gemeinsames Dinner war schließlich harmlos. Aber zu mehr war ich nicht bereit. Auch wenn ich nicht leugnen konnte, dass Viktors Aufmerksamkeit meinem angeschlagenen weiblichen Selbstbewusstsein guttat. Trotzdem konnte ich ihm nicht das geben, was er wollte. Mein Herz war unwiderruflich vergeben.

16

In diesem Augenblick bog eine Gruppe Wanderer aus dem Waldweg, der direkt beim Seiteneingang des Hotels endete. Lautstarke Jubelrufe in Bayrisch, Schwäbisch und Schwyzerdütsch ertönten, eine junge Frau ließ sich theatralisch auf eine Holzbank am Rande des Weges sinken und leerte sich den Inhalt einer Wasserflasche über den Kopf.

Inmitten der Gruppe erspähte ich Naomi, die diese eifrigen Wanderer wohl angeführt hatte. Mit ihren braungebrannten Waden, dem dunklen Lockenkopf und der altmodischen Trachtenbluse, die sie bestimmt nur für die Touristen trug, wirkte sie, als wäre sie geradewegs den Seiten eines Heimatmagazins entsprungen. Und so ausgeruht, als hätte sie in den letzten Stunden nichts weiter getan, als sich ein wenig in Pose zu werfen.

Die Wanderer verabschiedeten sich von ihr, ein älterer Mann drückte ihr einen Geldschein in die Hand, und als Naomi in meine Richtung blickte, winkte ich ihr zu.

»Entschuldige mich«, sagte ich zu Viktor. »Wir sehen uns dann beim Abendessen, okay?«

Ich ging zu Naomi hinüber. »Kann ich Sie auf einen Drink einladen? Ich wollte Sie etwas fragen.«

Naomi sah etwas skeptisch drein, nahm meine Einladung

aber an. Ich führte sie an einen Tisch außerhalb der Hörweite von Viktor … und von Ramón, meinem Bodyguard, der jetzt die *Kronen Zeitung* las.

Einerseits war ich froh, diesen Wächter in meiner Nähe zu wissen, aber seine bloße Anwesenheit hatte doch auch etwas Beklemmendes. Fühlten sich so die Promis, die ihr ganzes Leben im Beisein von Security-Leuten zubrachten?

Naomi bestellte grünen Tee, ich einen weiteren Espresso, und sobald die Kellnerin sich abgewandt hatte, kam ich zur Sache. »Naomi, ich wollte Sie fragen, ob Sie diesen Mann hier im Hotel gesehen haben«, sagte ich und hielt ihr ohne weitere Erklärungen Raffaels Foto hin.

Naomis Augen wanderten ohne echtes Interesse über das Bild. »Klar«, sagte sie ganz selbstverständlich, »der war hier, vor zwei Wochen oder so. Raffael Irgendwas, den Familiennamen hab ich vergessen. Was Französisches, glaube ich. Einer von Leos Verehrern.« Sie zuckte die Schultern. »Was ist mit ihm?«

Ich muss dreingesehen haben wie vom Blitz getroffen, denn plötzlich saß Naomi aufrecht da und musterte mich kritisch. »Frau Annerson? Alles in Ordnung? Hab ich was Falsches gesagt?«

Ich wischte ihre Fürsorglichkeit mit einer wohl etwas abrupten Geste beiseite. »Einer … von … Leonores … Verehrern?«, wiederholte ich gedehnt.

Naomi entspannte sich und zuckte erneut die Schultern. »Ach so. Ja. Hat sich ganz schön rangeworfen. Ist ständig um sie herumscharwenzelt, tat wahnsinnig interessiert an allem, was sie so von sich gab. Das Übliche halt. Jede Menge Männer reagieren so auf Leo. Und ihr gefiel er auch, das war offensichtlich.« Sie unterbrach sich. »Obwohl er … Also eigentlich war er gar nicht der Typ, nicht die Art Mann, der auf Leos Lolita-Nummer abfährt, wissen Sie? Dachte ich zumindest. Er wirkte so …« Wieder kam sie ins Stocken.

»Seine Stimme fand ich toll«, sagte sie schließlich, und für einen Augenblick huschte etwas Verträumtes über ihr Gesicht. Doch sie fing sich sogleich wieder. »Was ist mit ihm? Warum fragen Sie nach ihm?«

Einen Augenblick lang wusste ich nicht, was ich sagen sollte. Ich konnte – wollte – nicht verstehen, was ich da gehört hatte. *Raffael und Leonore?*

»Er ist verschwunden«, sagte ich schließlich. »Nicht mehr aufgetaucht, seit er hier im Hotel war.«

In Naomis Gesicht ging eine abrupte Veränderung vor. »Verschwunden?«

Ich nickte.

Sie musterte mich aus zusammengekniffenen Augen. »Und Sie suchen nach ihm? Sind Sie Privatdetektivin oder so was? Ich dachte, Sie wären eine Freundin von Frau Schiller?«

Ihre Augen verengten sich noch weiter, fast zu Schlitzen, aus denen sie mich jetzt unverhohlen anstarrte.

»Ja … nein, also ich bin eine Bekannte von Frau Schiller, und sie hat mich hierher eingeladen. Ich bin keine Privatdetektivin.«

»Und warum suchen Sie dann nach diesem Raffael?« Naomi deutete anklagend auf das Foto.

Anstelle einer Antwort ertappte ich mich dabei, wie ich auf meiner Unterlippe kaute. Wie viel durfte ich Naomi erzählen? Konnte ich ihr vertrauen? Welchen Grund könnte eine Wanderführerin aus Kitzbühel haben, Raffael etwas anzutun? Oder Matthias Rothenach? Jedenfalls keinen, der mir einfiel. Und doch beschlich mich immer mehr das Gefühl, dass ich besser niemandem in diesem Hotel vertraute.

»Raffael ist ein Freund von mir«, sagte ich schließlich, wobei ich mir Mühe gab, es so undramatisch wie möglich klingen zu lassen.

Vermutlich zu undramatisch. Naomi machte keinen Hehl daraus, dass sie mir diese Erklärung nicht abnahm. »Ein Freund von Ihnen, der zufällig in genau jenem Hotel verschwindet, in das sie von der Besitzerin eingeladen wurden?«

Ich stöhnte innerlich. Obwohl ich Naomi ja recht geben musste. Es ergab alles keinen Sinn. Nicht den geringsten. Ich stellte meine Kaffeetasse ab, an die ich mich schon die ganze Zeit geklammert haben musste. Meine Finger schmerzten, als ich sie streckte. *Raffael und Leonore.* Nein, es konnte einfach nicht wahr sein.

»Hören Sie, Naomi, mir ist klar, wie verrückt das alles klingt, und ich verstehe Ihre Skepsis. Ehrlich. Ich will nur wissen, was Raffael widerfahren ist. Haben Sie etwas mitbekommen von seiner Abreise?«

Meine Verzweiflung, die ich nun nicht mehr verbarg, schien Naomi ein wenig zu besänftigen. Offenbar ging sie jetzt davon aus, dass ich die Wahrheit sagte und sie nicht hereinlegen wollte. Warum sie so misstrauisch war, begriff ich zwar nicht, aber darüber musste ich zu einem anderen Zeitpunkt genauer nachdenken. Das konnte hundert Gründe haben. Manche Menschen waren einfach so.

Sie schien ernsthaft zu überlegen. »Nein«, sagte sie schließlich. »Er war plötzlich weg, nach ein paar Tagen. Ich habe Leo nach ihm gefragt, aber …«

»Ja?«

»Keine Ahnung. Ich weiß nicht mehr, was sie gesagt hat. Sie schien das Interesse an ihm verloren zu haben.«

Also wieder eine Sackgasse. Wenn Leonore die neue Frau in Raffaels Leben war, die, derentwegen er mich abservierte hatte … Ich schluckte, um das beengende Gefühl in meinem Hals loszuwerden. Die Vorstellung war so erniedrigend.

Doch gemeinsam abgereist waren die beiden ganz offensichtlich nicht. Leonore war noch hier und schien Raffael keine Träne nachzuweinen.

»Verschwunden«, hörte ich Naomi murmeln. »Hier im Hotel. Sind Sie sicher?« Sie hob ihren Blick und sah mir direkt in die Augen. Ihre Neugier schien jetzt geweckt. Oder etwas anderes? Die Stirn der jungen Frau lag in tiefen Falten.

»Ja«, sagte ich. »Seit er hier war, hat sein Assistent, den ich ebenfalls kenne, nichts mehr von ihm gehört. Und ich auch nicht«, fügte ich hinzu. Naomi über meine wahre Beziehung zu Raffael ins Bild zu setzen und darüber, dass er mit mir Schluss gemacht hatte, schien mir nach der Sache mit Leonore erst recht unpassend. Weiblicher Stolz? Mir einzugestehen, dass Raffael mich verlassen hatte, wegen dieses Nymphchens? Das war wirklich zu viel.

Naomis Augen weiteten sich. »Das ist nicht gut«, sagte sie, ihre Stimme plötzlich zu einem Flüstern gedämpft.

Ich nickte. Und dann beschloss ich, ihr zumindest ein gewisses Maß an Vertrauen zu schenken. »Ich habe Grund zu der Annahme, dass sein Verschwinden etwas mit dem Unfall dieses Matthias Rothenach zu tun hat. Dass Raffael der gleichen Meinung war wie der geheimnisvolle Geist, der gestern das Graffiti an die Wand meines Zimmers malte.«

In Naomis dunklen Augen blitzte etwas auf. *»Es war kein Unfall«*, murmelte sie fast lautlos. Für einen Augenblick verlor sich ihr Blick in den Wolken, die träge über das Tal dahinzogen. Doch dann schien ihr Misstrauen zurückgekehrt. »Wer hat Sie engagiert, Frau Annerson? Sie können mir nicht erzählen, dass Sie keine Detektivin sind. Das mit der Schriftstellerei ist bloß Show, nicht wahr? Ihr Inkognito oder wie das heißt.«

Meine Eingeweide zogen sich zusammen. Beinahe hätte ich laut aufgestöhnt. »Ich bin Schriftstellerin«, sagte ich, bemüht, nicht genervt zu klingen. »Ich habe keine Ahnung, warum dieser Geist sich ausgerechnet meine Wand für sein Mitteilungsbedürfnis ausgesucht hat. Das ist mir, ehrlich gesagt, auch egal. Na gut, vielleicht war ich etwas neugierig, was den Unfall dieses Hotelgasts anbelangt. Aber jetzt ist es persönlich, verstehen Sie das nicht? Raffael …«

Und da hatte ich die Idee. Ich konnte den Beweis erbringen, dass ich Schriftstellerin war. Ganz einfach sogar. Ich griff nach meinem Handy, das zwischen uns auf dem Tisch lag, öffnete den Internetbrowser und lud meine eigene Website. *Clara Annerson, Romance-Autorin*. Kitschig-verträumter Hintergrund, Cover-Abbildungen und Leseproben meiner Romane, Presseausschnitte, alles da. Und ein Foto von mir, das mir trotz ein bisschen Nachhilfe durch Photoshop ähnlich genug sah, um meine Identität zu bestätigen.

Naomi war wirklich kritisch. Sie klickte auf der Seite herum, drückte schließlich auf den Link zu Facebook und scrollte dort in meinem Profil eine gefühlte Ewigkeit weit in die Vergangenheit zurück. Sie hätte selbst Detektivin werden können.

»Na gut«, sagte sie schließlich. »Sieht echt aus. Aber wenn ich Ihnen helfe, Ihnen sage, was ich weiß, müssen Sie mir schwören, dass Sie es für sich behalten! Ich will meinen Job hier nicht verlieren. Ich werde fürs Wandern bezahlt, kann den ganzen Tag am Berg sein, die Trinkgelder sind gut und Leonore ...«

»Ja, ja natürlich«, unterbrach ich sie. »Mir geht es nur darum, Raffael zu finden. Ich fürchte, dass er ... dass ihm ...«

»Etwas zugestoßen ist?«, vollendete Naomi den Satz für mich.

»Ja«, gab ich zu. Im Flüsterton, ohne das beabsichtigt zu haben.

Naomi verzog das Gesicht. Ihr Mund war jetzt eine harte, gerade Linie. »Die Botschaft an Ihrer Wand gestern. Wer immer das geschrieben hat, dass es kein Unfall war ...«

»Ja?«

»Er hat recht.«

17

Hundert Fragen drängten sich in meinem Kopf. Ich musste meine gesamte Beherrschung aufbringen, sie nicht in einem Wortschwall auf Naomi loszulassen. Womit ich vermutlich wieder ihr Misstrauen erweckt hätte. Ich beschränkte mich also auf ein »Woher wissen Sie das?«, das ich so beiläufig wie möglich klingen ließ, obwohl mein Puls mir in den Schläfen pochte.

Naomi konterte mit einer Gegenfrage: »Für wie wahrscheinlich halten Sie es, dass ein völlig ungeübter Wanderer nachts an einem Abgrund herumturnt?«

»Es war Nacht, als er starb?« Das war eine neue Information.

Naomi nickte. »Aber das ist noch nicht alles.«

»Was denn noch?«

»Matthias Rothenach litt unter Höhenangst. Das hat er mir selbst erzählt.« Die Andeutung eines Lächelns spielte jetzt um Naomis Lippen. Ein triumphierendes Lächeln. Nur für ein paar Sekunden, dann verhärteten sich ihre Züge wieder. »Glauben Sie mir, dieser Mann ist nicht aus freien Stücken auf Nachtwanderung gegangen. Niemals.«

Ich nickte. »Kannten Sie Matthias näher? Hat er Ihnen erzählt, was er hier in Kitzbühel wollte?«

Naomi schüttelte den Kopf. »Nein. Ich habe ihn nur ein- oder zweimal gesehen. Als ich ihn einlud, an einer meiner Wandertouren teilzunehmen, lehnte er ab. Aber in diesem Zusammenhang hat er mir von seiner Höhenangst erzählt.«

Naomi musterte mich einen Augenblick schweigend und wandte sich dann ihrem Tee zu. Schlürfend nahm sie ein paar Schlucke.

»Rothenach war der Erste«, sagte sie dann, »und als Nächstes haben sie sich offensichtlich diesen Raffael geholt. Und dann Mikael. Vom Sicherheitsdienst. Der soll von einem Tag auf den anderen nicht mehr zur Arbeit erschienen sein. Aber das können die jemand anderem erzählen. Er sparte für eine Amerikareise nächstes Jahr, wissen Sie? Und er liebte den Job hier. *Ungefährlich*, das hat er über seine Arbeit im Hotel gesagt. Seine früheren Jobs waren wohl teilweise ziemliche Himmelfahrtskommandos, nach allem, was er so erzählte. Ungefährlich, ha! Und jetzt ist er bestimmt tot!«

»Warten Sie, von wem reden Sie? Noch ein Unfall?«

Naomi schüttelte den Kopf. »Offiziell nicht. Ohne Angabe von Gründen den Dienst quittiert, hat's geheißen. Sagte ich doch gerade. Aber ich bin mir sicher …«

Ich hob die Hand. »Moment. Dieser, wie sagten Sie, Mikael? Er hat für den Sicherheitsdienst des Hotels gearbeitet?«

»Ja. Einer von Daniel Cranes Leuten. An sich ja wirklich kein gefährlicher Job. In den letzten Jahren wurde nicht einmal was gestohlen im Hotel. Und ich hätte schwören können, dass Daniel vertrauenswürdig ist …«

»Aber?«, ermunterte ich sie.

»Die Stiftung«, flüsterte sie und blickte sich dabei reflexartig um. »Ich weiß nicht, wie sehr sie ihn da mit reingezogen haben. Daniel gibt neuerdings auch schon so seltsame Dinge von sich. Radikale Lebensverlängerung. Physische Unsterblichkeit. Und er schluckt all diese Tabletten, diese Wunderdrogen gegen den Alterungsprozess. Und wer weiß, was noch alles.« Naomis Augen hatten sich wieder zu Schlitzen verengt.

»Sie denken, die Schiller Foundation hat etwas mit den … den Vorkommnissen im Hotel zu tun?«, fragte ich.

»Vorkommnissen? Ha! Hübsch drum rumgeredet. Diesem Raffael hat man vermutlich auch schon die Organe entnommen. Oder ihn als Versuchskaninchen missbraucht. Vorkommnisse!« Sie spuckte mir das Wort förmlich entgegen.

»Jemand muss etwas unternehmen!«, ereiferte sie sich weiter. »Die schrecken vor nichts zurück, da bin ich mir sicher. Wer weiß, wer von uns der Nächste sein wird?«

Sie schwieg einen Augenblick und musterte mich. »Kommt wohl drauf an, welche Blutgruppe die gerade brauchen«, beantwortete sie schließlich ihre eigene Frage, jetzt eindeutig im Tonfall einer Verschwörerin. »Welche haben Sie denn, Frau Annerson? Irgendeine seltene?«

Plötzlich schien ihr ein Gedanke zu kommen. Ihre Augen weiteten sich. »Vielleicht wurden Sie genau deswegen hierher eingeladen? Von Frau Schiller. Ja, das würde passen. Ist etwas Besonderes an Ihnen oder Ihrem Bekannten? Also, medizinisch gesehen?«

»Nicht dass ich wüsste«, sagte ich verunsichert. Ich musste an das *Frankenstein*-Graffiti an der Wand der Foundation denken. Genau danach klang das, was Naomi da gerade von sich gab.

Aber das war doch Unsinn!

»Ich kann mir das wirklich nicht vorstellen«, sagte ich zu Naomi. »Ich kenne Marion zwar noch nicht lange, aber sie würde doch niemals ihre Stiftung missbrauchen, um …«

»Ach«, fiel Naomi mir erregt ins Wort, »würde sie nicht? Haben Sie eine Ahnung, was die alles tut, nur um ein paar jämmerliche Jährchen zu gewinnen? Hat Sie Ihnen von den Bluttransfusionen erzählt? Nein? Blut von ganz jungen Menschen – das soll verjüngen, heißt es. Spritzen sich die von der Foundation regelmäßig. Wie die Vampire! Oder die Stammzellen aus abgetriebenen Babys? Dafür fliegen sie natürlich in den Osten. Russland oder so. Das soll mittlerweile ein Bombengeschäft sein, fast wie Organhandel, hab ich gehört. Mütter, die abtreiben lassen und die toten Föten verkaufen, weil sie das Geld brauchen. Damit ein paar reiche Schnepfen aus dem Westen ein strafferes Dekolleté haben! So geht es ab in der ach so wissenschaftlichen Stiftung von Frau Schiller!« Naomis Ton war jetzt der eines Staatsanwalts im Gerichtssaal. Eines Anklägers, der erbarmungslos die Höchststrafe für einen besonders gewissenlosen Kriminellen forderte. »Das haben Sie nicht gewusst, was!«, fügte sie noch zischend hinzu.

Nein, das hatte ich nicht, und Naomi konnte es mir ansehen. Selbstzufrieden verschränkte sie die Arme vor der Brust. »Die schrecken vor nichts zurück, sag ich Ihnen. Dieser Dr. Minsky, der sogenannte wissenschaftliche Leiter, der würde sich alles einpflanzen lassen, ganz egal, woher es stammt. Bei Daniel bin ich mir auch nicht mehr sicher, und Ihre liebe Freundin, Frau Schiller – na, das sagte ich ja schon.« Sie gestikulierte wild mit den Armen und hätte beinahe ihre Teekanne vom Tisch gefegt.

»Aber diesem Matthias Rothenach, dem fehlte doch nichts, als man ihn fand«, warf ich ein. »Das wäre doch aufgefallen, wenn man ihm … etwas entnommen hätte.« Schon bei dem Gedanken daran wurde mir übel.

»Ach ja?«, sagte Naomi und zog die Nase kraus. »Wer weiß, was genau sie mit ihm angestellt haben. Was für Spuren das hinterlässt, wenn überhaupt. Ich behaupte ja nicht, dass ich mich auskenne bei diesen sogenannten Forschungen, die die da anstellen. Und wenn ich was beweisen könnte, glauben Sie, ich würde hier noch herumsitzen und mit Ihnen Kaffeeplausch halten? Vielleicht konnte dieser Rothenach entkommen, ist geflohen und dabei abgestürzt. Was weiß ich. Finden Sie es raus! Auch wenn Sie keine Detektivin sind.«

Auf einmal klang es beinahe so, als bedaure Naomi diesen Umstand. »Aber eins noch«, fügte sie rasch hinzu, »die anderen beiden, Mikael und diesen Raffael, nach dem Sie suchen, die hat man nicht gefunden, nicht wahr? Vielleicht waren die Spuren an den beiden deutlicher, und deswegen mussten ihre Leichen verschwinden. Ergibt doch Sinn, oder?«

Naomis Worte trafen mich wie ein Schlag ins Gesicht. Mit welcher Selbstverständlichkeit sie über Raffaels *Leiche* sprach. Als ob schon feststünde, dass er tot war. Alles in mir schrie dagegen an. *Raffael ist nicht tot!* Er konnte, durfte nicht tot sein! Schon der bloße Gedanke war unerträglich. Er bohrte sich durch mein Gehirn wie ein mittelalterliches Folterinstrument. Glühendes Eisen. Äußerlich hingegen saß ich völlig reglos da. Als wäre ich in der gleißenden Tiroler Nachmittagssonne zu Eis gefroren.

Naomi blickte sich erneut um. Ich tat es ihr gleich, halb erstaunt, dass ich meinen Kopf bewegen konnte. Aber da war nichts. Absolut nichts, das nicht ins Bild der touristischen Idylle passte oder irgendwie bedrohlich wirkte. Keine Vampire, die sich jeden Augenblick mit ihren spitzen Zähnen auf uns stürzen würden.

Vampire, genau. Mein Verstand gab sich alle Mühe, Naomis Aussage ins Lächerliche zu ziehen. Meine lebhafte Fantasie jedoch – für das Schriftstellerdasein unter normalen Umständen durchaus ein Bonus – erging sich in Horrorvisionen. Raffael blutend und ausgeweidet auf dem Fußboden von Frankensteins Labor. Geschundene Haut, ausgemergelte Glieder, erloschene Augen. Seine samtweiche Stimme für immer verstummt.

Mit aller Vehemenz verdrängte ich die Bilder. *Das ist doch lächerlich*, wollte ich zu Naomi sagen, aber die war bereits aufgesprungen. »Ich muss jetzt los«, sagte sie. »Geben Sie auf sich acht, Frau Annerson!« Und schon war sie verschwunden.

18

Als ich nach dem Abendessen auf mein Zimmer zurückkehrte, ließ sich Ramón, mein persönlicher Bodyguard, an der Spa-Rezeption nieder und begann, in einem Sportmagazin zu blättern.

Der Eingang zum Spa lag direkt an der Abzweigung des Gangs, der zu meinem Zimmer führte. Wer zu mir wollte, musste also an Ramón vorbei. Trotzdem stellte sich ein flaues Gefühl in meinem Magen ein. Würde heute Nacht wieder jemand in meinem Zimmer herumspuken, während ich völlig wehrlos schlief?

Ich hatte eigentlich angenommen, Ramón würde sich in der Nacht direkt vor meiner Tür postieren, aber das hätte wohl einen merkwürdigen Eindruck bei den anderen Gästen hinterlassen – was Marion ja um jeden Preis vermeiden wollte.

»Mein Kollege Sven wird mich um Mitternacht ablösen«, teilte Ramón mir mit. »Er wird hier die Stellung halten, da haben wir alles gut im Auge. Sollte sich irgendetwas in Ihrem Zimmer ereignen – egal wie unbedeutend es Ihnen erscheinen mag –, wählen Sie Durchwahl 66. Ich beziehungsweise Sven sind dann sofort bei Ihnen, okay?«

»Wird schon nichts sein«, sagte ich hoffnungsvoll und versuchte mich an einem entspannten Lächeln. *Wenn du überhaupt noch zum Telefonieren kommst*, ätzte hingegen die innere Stimme.

Ramón erwiderte mein Lächeln, obwohl er mich bestimmt durchschaute. »Gute Nacht, Frau Annerson«, sagte er.

In meinem Zimmer angekommen, verfluchte ich mich erneut, dass ich auf den Verbleib in diesem Raum bestanden hatte. Unheilschwanger hingen die großen schwarzen Buchstaben an der Wand. *Raffael ist in Gefahr*. Ja, verdammt. Botschaft angekommen.

Ich setzte mich an den Schreibtisch und zog die Schublade unter der Tischplatte auf. Nach schlafen war mir noch nicht zumute, ich wollte lieber noch die neuen Erkenntnisse des Tages in meinem Notizbuch festhalten.

Da wo ich es hingelegt hatte, war es allerdings nicht. Ich streckte meine Hand tiefer in die Lade – Fehlanzeige. Das war eigenartig, ich hatte das Notizbuch ganz bestimmt in diese Schublade gelegt. Der Schreibtisch hatte nur die eine.

Trotzdem stand ich auf und sah mich im Zimmer um. Auf dem Sofatisch lagen lediglich ein Werbeprospekt des Hotels und die Speisekarte des Zimmerservice. Ich öffnete die winzigen Schubladen der beiden Nachttische links und rechts von meinem Bett. In einer der beiden lag die obligate Bibel, die sich in so vielen Hotelzimmern auf der ganzen Welt fand. Die andere Schublade war komplett leer.

Schließlich sah ich auch noch im Schrank und im Bad nach, wo ich mein Notizbuch niemals hingetragen hätte. Ebenfalls Fehlanzeige. Und ich hatte es auch ganz bestimmt nicht irgendwohin außerhalb des Zimmers mitgenommen. Dessen war ich mir sicher.

Was nur den einen Schluss zuließ, dass jemand es gestohlen haben musste. Nur wer um alles in der Welt stahl ein Notizbuch? Es enthielt nichts außer ein paar halbherzigen Überlegungen zu dem Krimi, den ich schon seit Monaten beginnen wollte, plus die paar Notizen, die ich seit meiner Ankunft im Schiller Grand Hotel gemacht hatte. Wahrlich keine Inhalte, die einen Diebstahl lohnten. Aber weg war das Buch trotzdem.

Ich öffnete meinen Laptop, legte eine neue Word-Datei an, die ich schlicht *Kitzbühel* nannte, und tippte dort meine Erkenntnisse des heutigen Tags hinein. Viel war es wahrlich nicht und das meiste davon vermutlich völlig irrelevant.

»Leonore zu Raffael befragen«, vermerkte ich in der letzten Zeile. Wenn ich Naomis Worten trauen durfte, hatte Leo Raffael näher gekannt.

Wollte ich wirklich wissen, wie nahe?

Nein, aber vielleicht konnte mir Marions nymphomanische Tochter einen Hinweis auf Raffaels Verschwinden geben. Vielleicht wusste sie, warum er so plötzlich abgereist war und wohin.

Dann kam mir ein neuer Gedanke. Wenn Raffael sich wirklich an Leo rangemacht hatte, wie wahrscheinlich war es da, dass Leos Freund das nicht mitbekommen hatte? Benny hatte behauptet, Raffael nie gesehen zu haben, als ich ihm das Foto gezeigt hatte.

Hat Benny gelogen?, tippte ich.

Schließlich lehnte ich mich zurück und starrte auf die Buchstaben am Bildschirm. Das leuchtende Weiß des virtuellen Papiers schmerzte in den Augen. Einem Impuls folgend minimierte ich das Fenster der Textverarbeitung und öffnete stattdessen den Internet Browser. *Viktor Kössler, Basel*, tippte ich in die Eingabezeile.

Und wurde überflutet.

Viktor war das genaue Gegenteil von Matthias Rothenach: Er hatte Profile in einem halben Dutzend sozialer Netzwerke, sein Name fand sich in zahllosen Presseartikeln, und es gab jede Menge Fotos, auf denen er, korrekt in Anzug und Krawatte gekleidet, die Hände irgendwelcher Geschäftsleute oder Lokalpolitiker schüttelte. Der Link jedoch, den ich schließlich als Erstes anklickte, führte zu einem der weltgrößten Pharmaunternehmen mit Hauptsitz in Basel.

Viktor Kössler, Vice President Drug Development stand da.

Keine Verwechslung möglich, denn ein Foto von Viktor lächelte mir entgegen. Es war weit offensichtlicher mittels Photoshop aufgehübscht worden, als ich mich das bei meinem eigenen Foto auf meiner Autoren-Webseite getraut hatte.

Viktor hatte zwar erwähnt, dass er in der Pharmaindustrie arbeitete, aber er hatte es klingen lassen, als ob er dort einen x-beliebigen Posten bekleidete. Und als ob dieser Job in der Vergangenheit lag. Er hatte von einer Auszeit gesprochen – nicht davon, dass er Vorstandsmitglied in einem Weltkonzern war!

Drug Development, dafür war er also zuständig. Die Entwicklung neuer Medikamente. Ein Milliardengeschäft. Und ebendieser Mann nahm angeblich eine Auszeit, um ausgerechnet in jenem Hotel Urlaub zu machen, wo die Schiller Foundation an der Entwicklung des ultimativen Medikaments arbeitete? An demjenigen, das die schlimmste aller Krankheiten besiegen sollte – das menschliche Altern und letztlich den Tod. Und wenn Naomi womöglich doch recht hatte mit ihrer verrückten Verschwörungstheorie, ging diese Forschung mit Hilfe von Methoden vonstatten, die sich ein Pharmariese, der allzeit im Rampenlicht der Öffentlichkeit stand, niemals erlauben konnte.

Welchen Preis könnte man wohl verlangen für eine Pille, die das menschliche Altern besiegte? Diese Frage ging mir noch lange durch den Kopf.

19

Ich war so erschöpft, dass ich einschlief, kaum dass ich unter die Bettdecke gekrochen war und mir das Kopfkissen zurechtgeklopft hatte. Wirre Träume streckten ihre geisterhaften Finger nach mir aus. Immer wieder fuhr ich hoch, befreite mich tretend und strampelnd von der Decke, die mich wie eine Würgeschlange gefangen hielt, und wendete mein schweißnasses Kissen.

Es konnten höchstens ein oder zwei Stunden vergangen sein, da ging schon wieder die Sonne auf. Zumindest wurde es hell hinter meinen geschlossenen Lidern. Aber das war mir egal. Ich wollte schlafen, tief schlafen … und alles vergessen. Den Spuk, den Unfall, der angeblich keiner war, Raffael, der mit Leo flirtete, einfach alles. Den ganzen grässlichen Albtraum, der mich bei Tag verfolgte.

»Clara! Clara! Wach auf«, hörte ich eine Stimme direkt an meinem Ohr. Die Worte klangen so real, dass ich sogar glaubte, einen warmen Atemzug auf meiner Wange zu spüren. Was für ein merkwürdiger Traum.

Und dann war da der Duft eines teuren Parfums. Chanel? Ich kannte diesen Duft. Er gehörte …

Ich riss die Augen auf. Das war kein Traum! Die Sonne war nicht aufgegangen, es war die Nachttischlampe auf der linken Seite meines Betts, die brannte und mir direkt ins Gesicht schien.

Den Rest des Zimmers tauchte sie in ein unheimliches Zwielicht voller langer Schatten.

Und neben mir auf dem Bett … Ich zuckte zusammen. Das war kein Schatten! Da saß jemand. Jemand, der sich jetzt über mich beugte. Vor meinen schlafverklebten Augen schwebte ein faltiges Gesicht mit einer spitzen kleinen Nase.

Beinahe hätte ich laut geschrien, doch eine knöcherne Hand legte sich sanft über meinen Mund. »Ruhig, Clara«, sagte die Stimme, die gleiche, die gerade vorhin in mein Ohr geflüstert hatte. Definitiv kein Traum!

»Ich bin es. Beatrice.« Das Gesicht wich zurück, die über mich gebeugte Gestalt richtete sich auf, und dann erkannte ich sie.

Gräfin Beatrice von Glantz. Wobei man das *Beatrice* italienisch auszusprechen hatte, nicht französisch, wie sie stets betonte. Raffaels älteste und mit Sicherheit schrägste Freundin. Ihr Alter war undefinierbar – ich schätzte sie auf gut achtzig Jahre – und ihre Zunge so scharf wie ein Samurai-Schwert. Die Haarfarbe und Frisur der Gräfin wechselten alle paar Wochen, und üblicherweise trug Beatrice sündhaft teure Kleider von Chanel bis Ethno-Look. Meist Modelle, die besser zu einem Teenager gepasst hätten. Manchmal hatte ich sogar den Eindruck, dass sie die neuesten Designer-Outfits bereits ausführte, noch bevor sie Paris oder Mailand erreichten. Ein achtzigjähriges It-Girl aus einem der ältesten österreichischen Adelsgeschlechter. Und jetzt saß sie hier in Kitzbühel, in meinem Zimmer, an meiner Bettkannte. Heute war ihr Haar stoppelkurz und erdbeerrot, und sie trug … aber das konnte doch nicht sein! Ein Kleid, das aussah wie vom Wühltisch eines Textildiscounters?

Da entdeckte ich die Perücke. Sie lag direkt neben Beatrice auf dem Bett, als habe sie sie eben erst abgenommen. Eine strohig blonde Löwenmähne, die mir sehr bekannt vorkam. Schon mehrmals war sie mir im Hotel aufgefallen – auf dem Kopf jener alten Frau, die ich an meinem ersten Tag im Hotel kurz auf der Terrasse gesehen hatte. Und danach noch ein paarmal abends im Restaurant.

»Das warst du?«, stammelte ich zusammenhanglos, aber Beatrice folgte meinem Blick auf das blonde Unding und wusste sofort, wovon ich sprach.

Sie zuckte ihre zarten Schultern. »Die alte Vogelscheuche, genau«, flötete sie mit ihrer besten Aristokratinnenstimme und sah plötzlich völlig zerknirscht aus. »Ein modischer Supergau, wem sagst du das, Liebes. Aber die Umstände erforderten es nun einmal.«

Sie fasste sich wieder, ihre Augen huschten prüfend über mich hinweg, und dann deutete sie auf das Nachthemd, das ich trug. »Du allerdings, meine Liebe, womit rechtfertigst du dieses *Textil*? Ich will doch hoffen, du trägst derlei nicht auch in …« Sie verstummte und das ironische Lächeln, das eben noch um ihren faltigen kleinen Mund gespielt hatte, erlosch. Dennoch wusste ich, was sie hatte sagen wollen. *In Raffaels Schlafgemach.*

Beatrice, wie ich sie kannte und liebte. Diese gespielt scharfe Kritik in allen Fragen des guten Geschmacks, die Raffael und ich ständig zu hören bekamen, war eines ihrer Markenzeichen. Die schrille Alte, Beatrices Lieblingsrolle. Ihre ganz spezielle Art von Humor. Nur dass jetzt definitiv nicht der richtige Zeitpunkt für Humor war. Jedenfalls nicht, was Raffael anbelangte.

Ich schüttelte den Kopf und rieb mir die Schläfen. Einen Augenblick lang fragte ich mich ernsthaft, ob ich nicht vielleicht doch noch träumte. »Ich … Du … Was *machst* du hier, Beatrice?! Raffael ist …« Das Chaos in meinem Kopf drohte mich zu überwältigen. Beatrice war verkleidet im Hotel und saß jetzt an meiner Bettkante. Was zum Teufel wollte sie hier? Was sollte diese Kostümierung? Wie war sie in mein Zimmer gekommen?

Es war einfach zu viel. »Raffael …«, stotterte ich noch einmal, aber meine Stimme klang wie eine Blechbüchse.

Beatrice legte ihre Hand auf meinen Arm. Aller Schalk war aus ihren Augen verschwunden, nur die leicht näselnde Stimme erinnerte noch an die schrille Gräfin. »Er ist verschwunden und vermutlich in Lebensgefahr, ich weiß, Liebes.« Sie verstummte für einen Moment, und ich konnte in ihren Augen all die Sorgen und Ängste lesen, die auch mich quälten.

Dann sagte sie: »Ich habe das geschrieben.« Sie deutete über ihre Schulter auf die mir schmerzlich bekannten schwarzen Buchstaben, die jetzt im Schein der Nachttischlampe wie bedrohliche Schemen an der Wand hingen.

»Du? Du … bist der Geist?« Ich erschrak vor dem hysterischen Klang meiner eigenen Stimme.

Beatrice griff nach dem Wasserglas neben mir auf dem Nachttisch. Mit der anderen Hand hielt sie meinen Arm fest.

»Beruhige dich, Clara. Bitte. Ich werde dir alles erklären.« Sie hielt mir das Wasserglas hin, und ich nahm ein paar gierige Schlucke. Meine Lippen fühlten sich taub an. Genauso wie die Finger, die ich um das Glas gelegt hatte.

Beatrice gab mir einen Augenblick Zeit, mich zu fangen, dann begann sie: »Die Art, wie Raffael sich hier im Hotel umgesehen hat, zwar auch mit falscher Identität, aber ansonsten auf die gute alte Art … Fragen stellen, überall herumschnüffeln … Nun, das hat nicht funktioniert. Matthias' Mörder muss darauf aufmerksam geworden sein, und dann hat er Raffael ebenfalls aus dem Weg …«

Ich hob die Hand. »Nicht«, flüsterte ich. Ich konnte es einfach nicht mehr hören. *Raffael ist verschwunden; er wurde entführt, ermordet, das Opfer schauriger Experimente …*

Beatrice verstand mich. »Jedenfalls brauchte ich einen anderen Ansatz«, sagte sie nur. »Um nun meinerseits nach Raffael zu suchen. Etwas Unkonventionelleres, verstehst du?«

Ich nickte. Nur jemand wie Beatrice konnte auf die Idee kommen, in Geistergestalt Ermittlungen anzustellen. Wenn meine Gesichtsmuskeln mir gehorcht hätten, wäre ich glatt in Gelächter ausgebrochen.

»Ein Geist hat viele Vorteile«, sagte Beatrice. »Natürlich glaubt angeblich niemand daran, aber Angst kriegen sie dann doch. Und Angst ist ein guter Katalysator, Liebes. Sie bringt Dinge in Bewegung und die Menschen zum Reden. Diejenigen, die ein schlechtes Gewissen oder etwas zu verbergen haben, werden unruhig. Machen unter Umständen einen Fehler. Die anderen klatschen und tratschen und geben vielleicht etwas preis, das von Bedeutung ist. Und Legenden über Berggeister kursieren in Hülle und Fülle hier in der Gegend.«

In Beatrices Augen blitzte es, und für einen Augenblick sah sie selbst aus wie ein runzliger Kobold, der tief unter der Erde hauste. »Andererseits wird so ein Spuk nicht wirklich ernst genommen«, fuhr sie fort. »Nur ein Schabernack, der Streich eines Jugendlichen. Und so konnte ich, praktisch ungehindert, das ganze Hotel absuchen, Keller, Dachboden, Wirtschaftsräume, diverse Lager und natürlich die Gästezimmer der Leute, die mir verdächtig erschienen. Und überall habe ich ein kleines Souvenir hinterlassen.«

»Das Fahlerz?«

Beatrice lächelte. »Das auch, für den Showeffekt. Man kann diese Brocken in den Souvenirläden der Schaubergwerke kaufen, weißt du. Davon gibt es eine ganze Menge in dieser Ecke von Tirol. Aber vor allem habe ich hübsche kleine Wanzen hinterlassen.«

»*Wanzen?* Du meinst …«

»Abhörgeräte, ja. Keine Insekten.«

»Und die hast du bestimmt auch im Souvenirshop gekauft?«

Beatrice grinste. »Sei nicht albern, Liebes. Dafür gibt es doch das Darknet, nicht wahr? Wo ich auch einen überaus netten jungen Mann gefunden habe, der mir eine Universalschlüsselkarte fürs Hotel organisiert hat. Und ein sehr praktisches Schlafspray.

Man will ja nicht, dass die Leute aufwachen, wenn man nachts ihre Zimmer durchsucht, oder? Zwei Pumpstöße ins Gesicht, und sie bleiben friedlich im Traumland, egal was du tust. Wirklich eine geniale Erfindung. Ich hoffe, die Nebenwirkungen waren nicht zu unangenehm für dich?« Ihre Augen strahlten wie die eines Kindes, das von seinen neuen Spielsachen erzählte.

Meine Gedanken liefen Amok. Darknet, Universalschlüssel, Wanzen, Schlafspray …

»Dir also verdanke ich den Brummschädel der letzten zwei Tage«, sagte ich schließlich. »Dein Schlafspray ist wohl eher ein K.-o.-Spray.«

Beatrice zuckte ihre zarten Schultern. »Tut mir leid, Liebes. Sergej hat erwähnt, dass es zu Nebenwirkungen kommen kann. Aber alles ganz ungefährlich, hat er mir versichert.«

»Sergej?«

»Der nette junge Mann aus dem Darknet. Wirklich überaus zuvorkommend, ein Gentleman der alten Schule. Gegen einen kleinen Aufpreis habe ich meine gesamten Bestellungen in Rekordzeit erhalten, und das *hier,* in diesem Außenposten der Zivilisation.«

War es zu fassen? Gräfin Beatrice von Glantz schloss Freundschaften mit zwielichtigen Gestalten und brach Gesetze wie andere Menschen billiges Glas.

»Raffael würde das natürlich nicht gutheißen«, sagte sie. »Aber manchmal müssen wir Frauen unseren eigenen Kopf durchsetzen, nicht wahr?«

»Deine Verbindungen zum organisierten Verbrechen meinst du?«, sagte ich, und meine Stimme klang langsam wieder wie meine eigene.

»Nicht doch, Liebes, an dieser Art Dienstleistungen ist doch nichts auszusetzen. Es kam ja niemand dabei zu Schaden. Nein, ich meinte, dass ich Raffael hierher gefolgt bin. Er hat es mir genauso untersagt wie Andreas. Aber das weißt du ja bereits.«

»Du bist in Kontakt mit Andreas?«

»Aber natürlich, was denkst du denn?«

»Und wann hattet ihr vor, es *mir* zu sagen? Dass Raffael in Gefahr ist? Dass er hier in Kitzbühel verschwunden ist? Nur weil er mich verlassen hat, heißt das doch nicht, dass es mir gleichgültig ist, wenn –«

»Oh bitte, Clara. Raffael würde dich niemals verlassen, hat dir das Andreas nicht schon klargemacht? Was für eine verrückte Idee.« Beatrice schüttelte energisch den Kopf, und ihre Stimme klang jetzt wie die einer ungeduldigen Schulmeisterin, die einen besonders hoffnungslosen Zögling tadelt.

Ich griff nach meinem Handy auf dem Nachttisch, öffnete den Nachrichteneingang und drückte Bea das Gerät in die Hand.

»Wenn du mir nicht glaubst … Das hat Raffael mir geschickt.«

Bea las die SMS und schüttelte mit noch mehr Ungeduld den Kopf. »Dieser Text stammt nicht von ihm, Clara. Ist das nicht offensichtlich? Die SMS stammt von der Person, die Raffael in ihrer Gewalt hat. Ein einfacher Trick, um zu vermeiden, dass du lästig wirst und nach Raffael zu suchen beginnst. Was du vermutlich getan hättest, wenn er sich einfach nicht mehr gemeldet hätte, nicht wahr?« Sie musterte mich kritisch. »Natürlich hättest du.«

Es entstand eine kurze Pause. Dann sagte Beatrice: »Ich habe dir Unrecht getan, Clara. Anzunehmen, du könntest irgendwie in diese Sache verwickelt sein. Das war … dumm von mir. Aber ich musste auf Nummer sicher gehen, das verstehst du doch, oder? Verzeihst du mir?«

»Verzeihen? Was denn? Den K.-o.-Spray?« Doch in diesem Augenblick dämmerte mir, was sie meinte. Die Erkenntnis traf mich wie ein wohlplatzierter Schlag in den Magen. Beatrice hatte mir nicht vertraut. Ebenso wenig wie Andreas. »Dass du auch in mein Zimmer eingebrochen bist, mir diese Nachrichten hinterlassen hast, anstatt mich einfach anzusprechen und in deine

Pläne einzuweihen, gleich nach meiner Ankunft hier …« Jetzt war mir völlig klar, was das hieß. »Du hast mich ausspioniert, statt mich einzuweihen! Du wolltest mich auf die Probe stellen, anstatt mir zu vertrauen. Dachtest du ernsthaft, ich könnte etwas mit Raffaels Verschwinden zu tun haben? Sag mir, dass das nicht wahr ist, Bea!«

»Es tut mir leid, Liebes«, murmelte Beatrice, ihr faltiges Gesicht jetzt richtiggehend zerknautscht. »Aber versetz dich doch mal in meine Lage: Erstens, Raffael verschwindet von einem Tag auf den anderen, und weder Andreas noch ich hören von dir. Tagelang kein Wort. Zweitens, Raffael hat dir nichts erzählt von seinen Plänen in Hamburg, und schon gar nicht, dass er im Anschluss hierher nach Kitzbühel gefahren ist. Und trotzdem tauchst du eine Woche später plötzlich hier auf. Scheinbar ganz zufällig. Als persönlicher Gast und dicke Freundin der Hotelbesitzerin. Was hättest du an meiner Stelle gedacht, Clara?«

»Keine Ahnung! Aber doch wohl nicht, dass ich etwas mit dem Verschwinden von Raffael zu tun habe!« Dass Beatrice mir zutraute, ich könnte mich gegen den Mann wenden, den ich liebte, ganz egal unter welchen Umständen – das war einfach zu viel. »Hast du mein Zimmer auch verwanzt?«, fragte ich bitter.

Beatrice hob die Arme. »Natürlich, das musste ich doch. So konnte ich sehen, wie du auf meine Geisterbotschaften reagiert hast. Deswegen ist mir in den letzten beiden Tagen klar geworden, dass du tatsächlich nichts von Raffaels Verschwinden wusstest. Dass du auf unserer Seite bist. Verzeihst du mir, Liebes? Raffael ist wie ein Sohn für mich, der Gedanke, ihm könnte etwas zugestoßen sein … Vielleicht hat mein Verstand wirklich nicht mehr klar gearbeitet, als ich dich verdächtigt habe.«

»Wie bist du an Ramón vorbeigekommen?«, fragte ich, nur um etwas zu sagen, das nicht anklagend klang. *Beatrice hat es ja nur gut gemeint*, kommentierte die sonst so kritische Stimme in meinem Kopf, jetzt auf einmal ganz die Verständnisvolle.

»Sprichst du von deinem Fleischklops von Leibwächter?«, entgegnete Beatrice mit einem vorsichtigen Lächeln. Mit ihrer knochigen Hand tätschelte sie die strohblonde Perücke. »So eine alte Vogelscheuche wie mich, die nimmt man doch gar nicht wahr. Man guckt so rasch wie möglich wieder weg.« Ihr Lächeln wurde breiter. »Absolut keine Gefahr, so eine tattrige Alte, die ein bisschen durch die Gänge irrt, weil sie ihre Zimmernummer vergessen hat.«

Ich musste unwillkürlich lachen. Beatrice, eine der geistreichsten und elegantesten Frauen, die ich kannte … in der Rolle der schussligen Urgroßmutter. Unter anderen Umständen wäre das sehr witzig gewesen.

Ich durchlebte die reinste Achterbahn der Gefühle. Phase eins: Freude. Beatrice schien es völlig abwegig zu finden, dass Raffael mit mir Schluss gemacht hatte, was mich sehr glücklich machte. Phase zwei: Schock. Sie hatte offenbar ernsthaft in Erwägung gezogen, ich könnte etwas mit Raffaels Verschwinden zu tun haben. Und Phase drei: Die tröstende Erkenntnis, dass ich nicht alleine war, dass ich jetzt eine Verbündete hatte. Und ja, auch die Tatsache, dass kein rachsüchtiger Bergmann im Hotel herumspukte, ließ mich erleichtert aufatmen. Warum es leugnen?

20

»Wie lange bist du schon hier, Beatrice?«, fragte ich.

»Fünf Tage«, antwortete sie. Ihre Stimme verriet, dass mir die Antwort auf meine nächste Frage nicht gefallen würde. Ich stellte sie trotzdem: »Was hast du bis jetzt herausgefunden?«

Sie verzog das Gesicht. Es war eindeutig, dass sie selbst mit den Ergebnissen mehr als unzufrieden war. »Nichts, was uns wirklich weiterbringt, fürchte ich. Ich habe so viel wie möglich über den Mord an Matthias in Erfahrung gebracht. Der Reporter von der Lokalzeitung – ein entzückendes kleines Revolverblatt – war zum Glück sehr gesprächsbereit. Gegen ein Trinkgeld, versteht sich. Der Polizeibeamte, der den Unfallhergang untersucht hat, ist sein Schwager. Beide sind davon überzeugt, dass Matthias' Tod nichts anderes als ein bedauernswertes Unglück war. Ein unerfahrener Tourist, der sich am Berg überschätzt hat, unvorsichtig war, einfach Pech hatte. Das war ihr Urteil.«

Beatrice zog verächtlich ihre Stupsnase kraus. »Ich habe nicht diskutiert, das wäre sinnlos gewesen. Wenn man Matthias nicht persönlich kannte, konnte man wohl zu dieser Einschätzung kommen, was weiß ich.« Sie verstummte für einen Augenblick.

Dann sah sie mich mit einem seltsamen Gesichtsausdruck an und sagte in einem für sie ganz untypisch sachlichen Tonfall:

»Was du vielleicht wissen solltest, Clara: Matthias war mit deiner Freundin Marion liiert. Die beiden hatten ein Verhältnis. Und sie war es, die seine Leiche fand. Aber sie kann ihn nicht ermordet haben, so viel steht fest. Sie …«

»Warte, warte. Was sagst du da?« Ich traute meinen Ohren nicht. »Marion und Matthias? Eine Liebesaffäre?« Das war doch absurd.

Abgesehen davon, dass er gut zehn Jahre jünger als sie gewesen sein musste – Marion war das genaue Gegenteil ihrer Tochter. Eine kühle Geschäftsfrau, keine Femme fatale. Die Art, wie sie von ihrer Ehe gesprochen hatte, erinnerte eher an die Heiratspolitik mittelalterlicher Fürstengeschlechter: Marion hatte einen Partner gewählt, der die passenden Fähigkeiten für das Management einer Hotelkette mitbrachte, keinen Traumprinzen. Und diese Frau sollte sich in ein außereheliches Abenteuer mit einem jüngeren Liebhaber gestürzt haben? Abgesehen davon, dass das Wenige, was ich über Matthias Rothenach herausgefunden hatte, mich auch nicht gerade an einen heißblütigen Aufreißer denken ließ, der eine Eiskönigin wie Marion zum Schmelzen brachte.

»Was denkst du, Liebes?«, fragte Beatrice, die ich für den Augenblick ganz vergessen hatte.

»Dass es nicht passt. Ich kenne Marion zwar nicht gut und diesen Matthias überhaupt nicht. Aber nach allem, was ich gehört habe, schien er nicht der Typ Mann zu sein, der sich mit verheirateten Frauen einlässt.«

»Ja«, sagte Beatrice. »Trotzdem hat er es getan. Sowohl Mathias' Sohn als auch seine Haushälterin haben bestätigt, dass er nach Kitzbühel gefahren ist – wegen Marion. Er soll sehr verliebt in sie gewesen sein. Das hat er übrigens auch Raffael erzählt, schon vor einiger Zeit.«

Unfassbar. Allerdings passte es doch zu dem, was ich bis jetzt selbst herausgefunden hatte. Matthias war Gast der Schiller Foundation gewesen. Und hatte ein Waldchalet bewohnt. Keines der Zimmer im Haupthaus. Ideal für unauffällige romantische Stelldicheins.

»Schön«, gab ich zu. »Aber was heißt das jetzt? Dass Marion Matthias hierher einlud und dann ermordete? Ihr Ehemann käme da wohl eher als Täter in Frage, aber der ist angeblich in der Hohen Tatra unterwegs.«

»Das ist er in der Tat«, sagte Beatrice. »Ich habe das überprüft. Es war kein Eifersuchtsmord. Wir können Erwin Schiller als Täter ausschließen. Ein Streit unter Liebenden kann es auch nicht gewesen sein, denn Marion Schiller kommt als Täterin ebenso wenig infrage. Sie hat Matthias' Unfall gemeldet – unmittelbar nach dem Absturz. Dafür gibt es sogar einen Zeugen. Einen Jäger aus dem Ort. Sehr pittoresker Bursche. Spricht einen Dialekt, der fast einen Dolmetscher nötig macht. Na ja, jedenfalls hat dieser Jäger Marion entdeckt, die über der Leiche kniete. Und er ist sich sicher, dass Matthias zu diesem Zeitpunkt bereits tot war. Was später ärztlich bestätigt wurde. Auch dass Matthias definitiv durch einen Sturz aus großer Höhe zu Tode kam. Also kein fingierter Totschlag, den deine liebe Freundin hinterher wie einen Unfall aussehen ließ.«

»Würdest du bitte aufhören, sie meine *liebe Freundin* zu nennen?«, sagte ich, vielleicht etwas grob.

»Entschuldige. Es ist nur … Diese Frau und ihre lüsterne Tochter, das ist so …« Beatrice rang nach dem passenden Wort, ließ den Satz dann aber unvollendet. »Wie auch immer. Matthias muss tatsächlich abgestürzt sein, und Marion kann ihn nicht hinuntergestoßen haben, denn es gibt keinen direkten Weg von oben nach unten, von der Absturzstelle zum Fundort der Leiche. Man braucht für diese Strecke über eine Stunde, weil das ein sehr schwieriges Gelände ist, meinte der nette junge Journalist vom Revolverblatt. Und der kennt die Gegend wie seine Westentasche. Er ist hier in diesem Provinznest aufgewachsen, der Ärmste.«

»Du meinst, wenn Marion Matthias gestoßen hätte, könnte

sie ihn nicht kurz nach seinem Todeszeitpunkt am Fuß des Abhangs gefunden haben?«

»Ja doch, Liebes, das ist doch einleuchtend, nicht wahr?«

»Sie könnte Hilfe gehabt haben«, sagte ich, obwohl ich keinerlei Grund sah, warum Marion überhaupt den Wunsch verspürt haben sollte, ihren Geliebten zu ermorden. Wenn Matthias das tatsächlich gewesen war. »Marions Sekretär zum Beispiel wirkt wenig zimperlich und ist ihr völlig ergeben«, fügte ich hinzu. »Er könnte Matthias in die Tiefe befördert haben.«

Beatrices Augen verengten sich. Für einen Augenblick erinnerte sie mich an Miss Marple. »Ja, nun, das ergibt doch aber keinen Sinn, Liebes. Wenn du deinen Sekretär zum Mord anstiftest, dann würdest du dich zu diesem Zeitpunkt doch bestimmt überall aufhalten, nur nicht ausgerechnet an der Stelle, wo das Opfer landen wird, oder? Das wäre doch außerordentlich töricht, nicht wahr?«

Da musste ich ihr zustimmen.

»Ich habe mir auch die Stelle angesehen, wo Matthias abgestürzt ist«, fuhr sie fort. »Ein scheußlicher Ort, überaus unerfreulich. Schrecklich viele Steine. Keine zehn Pferde hätten den Jungen dort hinaufgebracht.« Beatrice schüttelte indigniert den Kopf. »Und da, wo sie seine Leiche gefunden haben, war ich ebenfalls. *Sturz aus großer Höhe* beschreibt es mehr als anschaulich. Gute achtzig Meter freier Fall, kannst du dir das vorstellen? Eine scheußliche Art, sein Leben zu beenden. Wirklich sehr unangenehm.«

Die Art, wie sie die Nase rümpfte, erinnerte mich daran, wie sie vorhin mein Nachthemd kommentiert hatte. Und ich konnte mir beim besten Willen nicht vorstellen, wie Gräfin von Glantz in ihren Designerschühchen, Größe 35, durch die Tiroler Bergwelt trippelte, um den Tatort zu inspizieren. Vermutlich hatte sie sich per Sänfte hintragen lassen.

»Es ergibt alles keinen Sinn«, fuhr sie fort und klang dabei regelrecht frustriert. »Keine Verdächtigen im ganzen Haus, niemand, der sich auffällig verhält. Ich habe das halbe Hotel mit diesen hübschen kleinen Geräten versehen, die mir Sergej organisiert hat. Das Zimmer von Lolita beispielsweise – pardon, Leonore. Ebenso wie das von ihrem Freund. So ein reizender junger Gentleman, übrigens, dieser Benedict. Dazu noch die Suiten sämtlicher Gäste, die schon lange genug im Hotel sind. Aber es war alles umsonst. Leonore ist kaum je auf ihrem Zimmer. Und wenn, dann stets allein. Keine Besucher, keine Selbstgespräche, nur grässliche Musik. Nein, so darf man es nicht nennen. Lärm, ja das ist es. Ihr Freund Benedict hingegen« – Beatrices Augen begannen zu leuchten – »hat einen Musikgeschmack, der von wahrem Stil zeugt. Aber auch er führt keine brauchbaren Gespräche oder Telefonate im Zimmer. Alles ganz unverdächtig. Und obwohl ich das halbe Haus auf den Kopf gestellt habe, konnte ich auch sonst nirgendwo etwas finden, nicht die kleinste Spur ... Wirklich sehr unbefriedigend, das alles.«

Sie sah mich aus weit geöffneten Augen an. »Ich bin so froh, dass du hier bist, Liebes. Du hast so einen praktischen Verstand. Das fehlt mir völlig. Diese unappetitlichen Verbrechen, die überfordern mich einfach. Raffael würde natürlich wollen, dass ich dich so rasch wie möglich von hier fortbringe, das ist dir bestimmt klar. Aber wo wären die Männer, wenn wir stets auf das hören würden, was sie für richtig halten?«

Ich bemühte mich zu lächeln, auch wenn mir wirklich nicht danach zumute war. »Nur eins verstehe ich nicht, Beatrice«, sagte ich schließlich. »Was hast du mit dem Frankenstein-Graffiti im Büro der Foundation bezweckt? War das auch Teil deiner Geister-Strategie? Verwirrung stiften, Dinge ins Rollen bringen? Und wie bist du überhaupt dort reingekommen? Da hilft doch keine Zimmermädchenkarte vom Schwarzmarkt, oder?«

Mein Anflug von Sarkasmus ging an Beatrice vollkommen vorbei. »Das in der Foundation war ich nicht«, erklärte sie. »Das wollte ich dir gerade erzählen. Ich habe gehört, dass dort eingebrochen wurde, dank der hübschen kleinen Wanze hier in deinem Zimmer.« Sie wedelte mit der Hand durch den Raum, als lobe sie das Dekor. »Dieser schreckliche nervöse Doktor hat etwas von einer Schmiererei geplappert, in der Foundation.«

»Warte, das warst nicht du?«

»Nicht doch, nein. Ich habe zwar den guten Sergej gebeten, sich diese schreckliche Sicherheitstüre dort oben einmal anzusehen, aber das überstieg seine Kompetenz. Gut vernetzt, wie der nette junge Mann ist, hat er mir natürlich angeboten, einen Spezialisten beizuziehen, aber diesbezüglich hatte ich mich noch nicht entschieden.«

So wie Beatrice von diesem Sergej sprach, hätte er ihr Butler sein können – nicht ein Kleinkrimineller, den sie in der dunkelsten Ecke des Internets aufgegabelt hatte.

»Das heißt aber doch wohl, dass ich doch ein wenig Staub aufwirbeln konnte mit meinem kleinen Spuk«, fuhr die Gräfin mit kaum verhohlenem Stolz fort. »Jemand anderes hat sich meinen Geist ausgeliehen. Ist das nicht bemerkenswert? Ich wurde plagiiert!«

»Jemand, der mit der Arbeit der Schiller Foundation nicht einverstanden sein dürfte«, sagte ich. Jemand, der Marion für ein Monster hielt. Sie mit Dr. Frankenstein verglich.

»Was macht diese Foundation eigentlich?«, fragte Beatrice. »Die kleine Italienerin vom Zimmerservice, die an sich für ihr Leben gerne tratscht, war diesbezüglich nicht sehr ergiebig. Sie hat erzählt, dieser Dr. Minsky arbeite an Maschinenmenschen? Und dass Frau Schiller sich nur von Pillen ernährt. Wenn sie nicht überhaupt ein Vampir ist.« Beatrice zuckte hilflos die Schultern. »Was vermutlich nicht ganz der Wahrheit entspricht.«

Ich musste unwillkürlich lachen. »Nein, das wohl nicht«, sagte ich. »Aber es kursieren jedenfalls die wildesten Gerüchte unter den Angestellten. Dass Marion mit ihren Experimenten die Toten aus den Gräbern holt, dass Menschen als Versuchskaninchen oder gar lebende Ersatzteillager missbraucht werden ...«

»Und was davon ist wahr?«

»Nichts, hoffe ich!« Es klang alles wie aus einem schlechten Horrorfilm. Aber sicher war ich mir nicht. Konnte es nicht sein.

In diesem Augenblick kam mir ein neuer Gedanke. Einer, der mir vielversprechend erschien. Vielleicht hatte ich bis dato alles aus einem falschen Blickwinkel betrachtet, weil mir eine wesentliche Information gefehlt hatte: Matthias Rothenach war nicht irgendein Gast, sondern – so unglaublich das klang – Marions Geliebter gewesen.

Vielleicht war er nicht das Opfer einer der schauerlichen Praktiken geworden, die man der Schiller Foundation vorwarf, sondern wurde von jener Person getötet, die etwas gegen eben diese Stiftung hatte. Oder gegen Marion persönlich. Was von beiden es war, gegen wen genau der Mörder einen Groll hegen mochte, konnte ich unmöglich sagen. Aber vermutlich machte es keinen Unterschied. Marion war die Gründerin und Leiterin der Foundation. Und irgendjemand hatte sich Beatrices Geist ausgeliehen und *Frankenstein* an die Wände ihres Büros geschmiert.

Wenn jemand Marion schaden, sie bedrohen wollte, dann war der Mord an Matthias Rothenach womöglich eine Art Warnung. *Wenn du nicht aufhörst, Frankenstein zu spielen, bist du die Nächste.* Es klang verrückt … Aber jemanden über einen Felshang in den Tod zu stoßen, zeugte ja auch nicht gerade von einem gesunden Verstand.

Wer immer letzte Nacht in der Foundation herumgespukt hatte, war also womöglich der Mörder von Matthias Rothenach. Und von Raffael. Wenn Raffael mit seinen Nachforschungen zu weit gegangen, dem Killer zu nahegekommen war, lag er vermutlich jetzt auch irgendwo am Grunde einer Schlucht. In den Bergen konnten Monate oder sogar Jahre vergehen, bis man seine Leiche entdeckte.

»Sag mal, Beatrice, die Stelle, wo Matthias gefunden wurde, die hast du dir doch angesehen.«

»Ja. Warum?«

»Könntest du dir vorstellen, dich dort spätabends mit deinem Geliebten zu treffen? Sagen wir für einen romantischen Nachtspaziergang?«

Beatrice verzog das Gesicht, als hätte sie in eine Zitrone gebissen. Energisch schüttelte sie den Kopf. »Also, meine Vorstellung von einem stilvollen Rendezvous ist das ganz bestimmt nicht. Aber ich verstehe nicht. Worauf willst du denn hinaus, Liebes?«

»Na ja, könnte es nicht sein, dass Matthias und Marion sich dort verabredet hatten? Wenn du recht hast und sie tatsächlich ein Liebespaar waren. Es muss doch etwas zu bedeuten haben, dass beide in der gleichen Nacht so spät noch draußen unterwegs waren, oder? Vielleicht wartete Marion an der vereinbarten Stelle auf Matthias – nur der wurde vom Mörder abgefangen, den Berg hinaufgeschleppt und dann Marion vor die Füße geworfen. Eine sehr deutliche Botschaft, wenn du mich fragst. Und das würde erklären, warum Marion die Leiche fand. Ich meine, wie groß kann die Wahrscheinlichkeit sein, hier in all diesen Bergen und Wäldern ausgerechnet auf jemanden zu treffen, der gerade eben abgestürzt ist? Es kann einfach kein Zufall sein, dass Marion die Leiche fand, oder?«

Beatrices Stirn lag in tiefen Falten. »Warum in Gottes Namen sollten sich die beiden denn im Wald treffen, wo sie doch dieses hübsche kleine Chalet zur Verfügung hatten?«, näselte sie. »Das ist doch wohl wesentlich adäquater für eine romantische Nacht? Wer möchte schon Liebe machen in der Gesellschaft grunzender Wildschweine?«

»Keine Ahnung. Marion vielleicht?«

Beatrice legte den Kopf schief. »Hm, wenn du es sagst. Von irgendwem muss diese Nymphomanin von Tochter ihre Flausen ja haben. Matthias jedenfalls war nicht der rustikale Typ. Er mochte es im Allgemeinen stilvoll und bequem.«

Ich massierte meine Schläfen, hinter denen schon wieder der

Kopfschmerz lauerte. Zugegeben, die Theorie war nicht perfekt, aber es war die beste, die wir bis jetzt hatten. Es war ein Anfang. »Wenn der Mörder von Matthias derjenige ist, der auch im Büro der Foundation eingebrochen ist, dann arbeitet er – oder sie – womöglich dort«, sagte ich. »Jemand, der einen Schlüssel hat. Das Sicherheitsschloss wurde laut Marions Sekretär weder aufgebrochen noch manipuliert. Oder der Einbrecher ist ein tollkühner Kletterer und kam über den Balkon.«

»Vielleicht hat er aber auch einen Experten hinzugezogen«, warf Beatrice ein.

Ja, die Möglichkeit bestand natürlich auch. Nicht nur meine achtzigjährige adelige Freundin hatte Zugang zur Unterwelt. Im 21. Jahrhundert konnte man den Verbrecher, den man gerade brauchte, passgenau und bequem im Internet buchen.

Nur: Wer konnte Marion so sehr hassen, dass er ihren Liebhaber ermordete? Und hieß das nicht, dass sie selbst auch in Gefahr schwebte? Hatte sie die Drohbotschaft womöglich gar nicht verstanden und hielt Matthias' Tod tatsächlich für nichts weiter als einen tragischen Unfall?

Ich kaute auf meiner Unterlippe. Umgekehrt ergab es wenig Sinn. Wenn Marion wusste, warum ihr Geliebter sterben musste, dass sein Tod kein Unfall gewesen war, dann wäre sie doch wohl kaum nur ein paar Tage nach seiner Ermordung nach Wien gereist, um sich dort einen beschaulichen Abend in der Oper zu gönnen? Niemand war so abgebrüht. Oder doch? Wieder einmal drehte ich mich im Kreis.

»Wir dürfen keine voreiligen Schlüsse ziehen«, sagte ich zu Beatrice, auch wenn das vor allem mich selbst betraf. »Ich habe Marion schon meine Hilfe angeboten, um den Einbruch in der Foundation aufzuklären. Und sie ist im Bilde, dass ich nach Raffael suche. Ich werde weitermachen, bis wir mehr wissen. Vermutlich ist es das Beste, du hältst dich im Hintergrund.«

»Die schrille Alte im Discounter-Look«, sagte Beatrice mit einem Schaudern. »Der Teufel muss mich geritten haben, mir so eine Tarnung auszudenken.«

Ich lachte, und Beatrice stimmte mit ein. Es fühlte sich gut an, fast befreiend, nach all den düsteren Szenarien, die ich durchgeackert hatte.

»Falls nötig, spiele ich auch weiterhin den Geist«, sagte Beatrice schließlich. »Und ich werde ein Auge auf dich haben, Liebes. Wenn du mich brauchst, lass es mich einfach wissen. Denk dran, ich kann alles hören, was du in diesem Raum sagst.« Sie sah mich eindringlich an.

»Ist gut«, sagte ich. Nun wurde ich also doppelt bewacht und auch noch abgehört. Alles zu meiner Sicherheit.

Beatrice griff in eine der Taschen ihres scheußlichen Kleids und zog eine unscheinbare Plastikkarte hervor. »Hier, für dich. Der gute Sergej hat mir mehrere davon angefertigt. In meinem Alter verlegt man die Dinge schon mal.« Sie verzog die Mundwinkel zu einem schelmischen Grinsen. »Nun nimm schon. Sie öffnet alle Türen, außer die der Foundation.«

Ich nahm die Karte an mich.

»Und jetzt schlaf noch ein bisschen«, sagte Beatrice und erhob sich von meiner Bettkante.

Ich nickte. »Ach, eine Sache noch. Kann ich mein Notizbuch bitte wiederhaben, du Superschnüfflerin?«

Beatrice sah mich verständnislos an. »Dein Notizbuch?«, echote sie.

»Ja. Du hast es doch weggenommen, oder? Ich habe es vorhin überall gesucht.«

Beatrice musste nichts sagen. Ich konnte die Antwort in ihrem Gesicht lesen. Sie hatte keine Ahnung, wovon ich sprach.

Jemand anderes hatte das Buch gestohlen. Bloß, wozu?

21

Auf dem Weg zum Frühstück machte ich die Bekanntschaft von Sven, Ramóns Kollege vom Sicherheitsdienst. Ein glatzköpfiger, etwas o-beiniger junger Mann mit buschigen blonden Augenbrauen, der sich lässig im Fauteuil bei der Spa-Rezeption drapiert hatte. Er war scheinbar in sein Handy vertieft, doch als er mich sah, legte er es beiseite und nickte mir zu. »Gut geschlafen, Frau Annerson?«, fragte er mit breitem Lächeln.

»Danke, bestens«, log ich.

Sven schien sehr befriedigt, dem nächtlichen Spuk ein Ende bereitet zu haben. »Ich bin noch bis Mittag im Dienst, dann haben Sie wieder Ramón«, sagte er, wobei er auf seine Armbanduhr tippte.

»Vielen Dank. Ich bin froh, dass Sie da sind«, entgegnete ich. Das entsprach immerhin teilweise der Wahrheit. Wenn jemand Marions Liebhaber ermordet hatte, war ich, die man hier im Hotel für ihre enge Freundin hielt, womöglich ein ebenso attraktives Ziel. Oder weil ich, wie Raffael vor mir, herumschnüffelte und zu viele Fragen stellte. Zwei gute Gründe, mich ebenfalls loszuwerden. Und jemand war in meinem Zimmer gewesen und hatte mein Notizbuch gestohlen – ziemlich sicher nicht wegen seines literarischen Werts.

Als ich allerdings nach dem Frühstück den Weg in den Wald

einschlug und Sven sich erneut an meine Fersen heftete, kam mir ein anderer Gedanke. Ich hatte mir vorgenommen, das Waldchalet in Augenschein zu nehmen, in dem Matthias Rothenach logiert hatte. Auf halbem Weg dorthin hielt ich jedoch inne.

Wenn der Mörder jemand aus dem engeren Kreis der Foundation war oder zumindest aus dem Hotel, sollte ich vielleicht unauffälliger herumschnüffeln. Das Chalet im Beisein von Sven zu besichtigen war da womöglich keine so gute Idee. Wem würde er davon erzählen, was ich tat? Marion? Daniel Crane? Nach allem, was ich wusste, konnte Sven der Mörder sein. Und ich gab ihm in der Waldeinsamkeit die perfekte Gelegenheit, mich ebenfalls *verunglücken* zu lassen.

Nein, ich sollte mir das Chalet besser allein ansehen – was hieß, dass ich mich nachts unauffällig aus meinem Zimmer stehlen musste. Das lag zwar nur im ersten Stock, aber ich war definitiv keine Fassadenkletterin. Hm.

Für den Augenblick jedenfalls beschloss ich, so rasch wie möglich ins Hotel zurückzukehren. Ich tat also so, als habe ich mir mit meinem Ausflug in den Wald nur ein wenig die Beine vertreten wollen. Ein Verdauungsspaziergang nach dem Frühstück. Bestimmt nichts allzu Ungewöhnliches für eine Touristin aus der Großstadt.

Bei der nächsten Abzweigung bog ich auf den *Jogging Trail A* ein, der mich laut der am Wegrand aufgestellten Tafel in nur eineinhalb Kilometern zum Hotel zurückbringen würde. Ich bemühte mich, entspannt und absichtslos zu wirken, spähte dabei aber alle paar Minuten über meine Schulter. So unauffällig ich es vermochte. Sven blieb stets in Sichtweite zu mir, kam mir aber nicht näher als vielleicht hundert Meter. Auch er war nach außen hin nichts weiter als ein Tourist, der an einem heißen Sommermorgen die kühle Waldluft genoss.

Nach ungefähr zehn Minuten kam ich zu einem eingezäunten Gehege, in dem sich putzige kleine Tierchen tummelten, eine Art Zwerglamas. In weniger touristischen Alpenregionen traf man auf Kühe oder vielleicht auf ein Rotwildgehege – im noblen Kitzbühel hingegen hielt man sich Exoten. Die Lamas sahen so einladend plüschig aus, dass ich schon anhalten wollte, um sie zu streicheln. Meine Sicherheit hatte ich für den Moment völlig vergessen. Dann aber entdeckte ich auf der gegenüberliegenden Seite des Geheges zwei bekannte Gestalten. Abrupt blieb ich stehen und duckte mich dann in den Schatten einer großen Fichte.

Keine Frage, die beiden Gestalten waren Naomi und Benny. Sie lehnten am Gatter, Naomi trank aus einer Wasserflasche, während Benny wild gestikulierend auf sie einredete. Mich hatte offensichtlich keiner von beiden bemerkt. Leider waren sie zu weit entfernt, als dass ich verstehen konnte, worüber sie sprachen.

Versuchte Benny, sich Naomi zunutze zu machen, um Leonore zurückzuerobern? Als ihre beste – nein, einzige – Freundin hatte Naomi bestimmt einen gewissen Einfluss auf sie. Oder ging hier etwas ganz anderes vor sich? Ein geheimes Treffen aus zweifelhafteren Motiven? Benny redete jedenfalls ohne Unterlass, und Naomi wich jetzt einen Schritt zurück. Soweit ich ihren Gesichtsausdruck auf die Entfernung deuten konnte, war sie nicht sehr angetan von dem Gespräch.

Ich spitzte die Ohren, strengte mich an, zumindest ein paar Wortfetzen aufzuschnappen. Ohne Erfolg. Dabei saß mir auch noch die Scham im Nacken, dass mein Leibwächter Zeuge dieses Lauschversuchs wurde.

Schließlich gab ich es auf. Es half ohnedies nichts – um effektiv mithören zu können, was Benny von Naomi wollte, musste ich ganz nahe ans Gatter heran, und dann würden mich die beiden unweigerlich sehen.

Ich verließ also meine Deckung und setzte den Weg in Richtung Hotel fort. Das ungute Gefühl, dass ich etwas beobachtet hatte, das nicht für meine Augen bestimmt war, verfolgte mich jedoch noch eine ganze Weile.

Meine Kondition war wirklich erbärmlich – stellte ich wieder einmal fest. Als ich das Hotel erreichte, schnaufte ich wie eine Dampflok und war vollkommen verschwitzt. Also noch einmal unter die Dusche.

Vielleicht solltest du dich doch endlich einmal im Fitnessstudio anmelden. Jetzt, wo Raffael tot ist, hast du ja genügend Zeit …

Was war nur los mit mir? Wer beherbergte ein solches Monster in seinem Kopf, das derartige Kommentare von sich gab?

Ich drehte den Heißwasserhahn voll auf und gab mich für ein paar hoffnungsvolle Augenblicke dem Gefühl hin, alles wegspülen zu können. Das gehässige Monster, die Angst um Raffael, das nagende Gefühl, noch völlig im Dunkeln zu tappen in diesem Mordfall, der mich in jeder Hinsicht überforderte.

Als ich ein paar Minuten später aus der Dusche stieg und mich abzutrocknen begann, schälten sich Fetzen von meiner Haut ab. Verfluchter Sonnenbrand. Der hatte mir zu allem anderen gerade noch gefehlt.

Ich setzte mich auf die Bettkante, öffnete den Flakon mit Naomis Lotion, der zum Glück noch halb voll war, und ließ einen großen Klecks der milchigen Flüssigkeit auf meine Handfläche tropfen.

Just in diesem Moment klopfte es an der Tür.

Das musste das Zimmermädchen sein. »Bitte etwas später«, rief ich.

»Ich bin's, Marion«, kam prompt die Antwort durch die Tür.

Einen Moment saß ich reglos da und starrte in meine Handfläche. Dann nahm ich ein Taschentuch und wischte den Cremeklecks ab, schlüpfte rasch in den Bademantel und ließ Marion herein.

Sie wirkte verstört, sah aus, als hätte sie eine schlaflose Nacht verbracht. »Entschuldige, Clara«, sagte sie. »Ich suche Daniel. Er ist nicht zufällig bei dir?« Ein hastiger Blick durchs Zimmer gab ihr die Antwort, ohne dass ich etwas sagen musste. »Also nicht. Hm. Hast du ihn gesehen?«

Mir war nicht ganz klar, warum Daniel bei mir sein sollte. Reichte die Rund-um-die-Uhr-Überwachung durch seine Leute nicht?

Marion ließ sich auf mein Sofa fallen, seufzte tief und rieb sich die Schläfen. »Er ist weg. Einfach verschwunden. Das gibt's doch nicht.« Sie musterte mich mit einem Blick, der mir nicht gefiel. Was war es, das darin lag? Argwohn? Verdächtigte sie mich etwa?

»Ich bin nicht dein Feind, Marion«, sagte ich etwas patzig. »Also guck mich bitte nicht so an. Du warst es, die mich hierher eingeladen hat, schon vergessen? Und ich habe nicht die geringste Ahnung, was hier im Hotel vorgeht, genau wie du!«

»Entschuldige«, murmelte Marion, ohne mich dabei anzusehen. »Ich habe das Gefühl, dass mir die Dinge völlig entgleiten. Die Lage hier im Haus. Das Chaos wird immer größer. Und ohne Daniel …« Sie ließ den Satz unvollendet und blickte mit zusammengekniffenem Mund hoch.

»Ich habe schon überall gesucht«, fuhr sie fort. »Und ans Telefon geht er auch nicht. Es ist nicht mal eingeschaltet. Was nicht sein kann, Daniel lässt es immer an.«

Noch ein Verschwundener? Hatte der Mörder wieder zugeschlagen? Mein Magen zog sich zusammen. Aber ausgerechnet Daniel? Einen Ex-Elite-Soldaten überwältigte man bestimmt nicht so einfach wie einen harmlosen deutschen Urlauber.

Und doch ergab es Sinn. Wenn Marion das eigentliche Ziel des Mörders war und sie den Tod Matthias Rothenachs nicht als Warnung erkannt hatte, war sie in größter Gefahr. Ihren Sekretär auszuschalten, der gleichzeitig als ihr Leibwächter fungierte, konnte der nächste logische Schritt des Attentäters sein.

Ich musste mich vergewissern, dass Beatrice richtiglag mit ihrer Theorie, was Marion und Matthias anbelangte. »Marion, darf ich dich etwas fragen?«

»Hm?«

Sie wirkte noch immer abwesend. Aber ich musste die Sache einfach klären. Es konnte der Schlüssel zu allem sein. »Du und Matthias Rothenach … du kanntest ihn persönlich, nicht wahr?«

Marions Augen verengten sich. »Ja, ich … das spielt doch keine Rolle«, sagte sie ärgerlich.

»Vielleicht doch. Sonst würde ich dich nicht fragen.«

Marion sah mich feindselig an.

»Warum hast du es mir nicht gesagt?«, fragte ich. »Nach dem Graffiti an der Wand. *Es war kein Unfall.* Du hättest mir doch sagen müssen, dass du Matthias kanntest!«

Keine Antwort, nur ein starrer Blick, der mich frösteln ließ.

»Matthias war auf Einladung deiner Foundation hier«, fuhr ich fort, entschlossen, mich nicht abschrecken zu lassen. »Und du hast seine Leiche gefunden. Auch das hättest du mir sagen können.«

Marion schloss die Augen und atmete hörbar aus.

»Marion, hattet ihr ein Verhältnis? Du und Matthias?«

Sie zögerte einen Augenblick, dann schleuderte sie mir die Antwort förmlich ins Gesicht. »Verdammt, ja, das hatten wir! Was geht es dich an? Ich bin eine verheiratete Frau. Denkst du, da kann ich das überall herumerzählen? Auch wenn meine Ehe nicht die beste ist – ich brauche Erwin für die Hotelkette.« Sie unterbrach sich, rang nach Luft. »Du wirst das für dich behalten, Clara, okay?«

»Natürlich«, sagte ich entnervt. »Ich habe doch kein Interesse, deine Ehe zu ruinieren. Darum geht es doch nicht.«

Marion stöhnte leise.

Behutsam fragte ich weiter: »Warum warst du bei seiner Leiche, Marion?«

»Das war purer Zufall, nichts weiter. Ich konnte nicht schlafen. Das kommt häufig vor. Ich gehe oft nachts spazieren.«

»So weit? Die Absturzstelle liegt doch nicht in der Nähe des Hotels.«

Marion funkelte mich an. »Worauf willst du hinaus? Erst ist er mein Liebhaber, jetzt soll ich ihn auch noch ermordet haben, oder was? Ich dachte, wir … Ich dachte, ich hätte in dir eine Freundin gefunden, Clara.«

»Ja, ja, schon gut«, sagte ich und hob beschwichtigend meine Hände. Es fühlte sich an, als müsste ich einen Bären besänftigen. Aber ich hatte erfahren, was ich wollte. Marion und Matthias waren ein Liebespaar gewesen, Beatrice hatte recht behalten.

»Lass uns Daniel finden, okay?«, sagte ich.

Marion nickte wortlos und massierte wieder ihre Schläfen.

»Hatte er Streit mit jemandem? Oder gab es sonst irgendwelche Probleme? Kann es sein, dass er den Job hingeschmissen hat?«

Marion lachte tonlos. »Daniel? Nie im Leben. Er ist hundert Prozent loyal. Durch und durch verlässlich.«

Ich kannte Daniel nicht so gut, wie Marion es tat, aber auch mir schien es unwahrscheinlich, dass er einfach wortlos abgehauen war. »Wann wurde er zuletzt gesehen?«, fragte ich.

Die Antwort kam prompt. »Ich habe ihn gestern nach dem Abendessen kurz gesprochen. Und danach hatte er noch Kontakt zu einem seiner Mitarbeiter vom Sicherheitsdienst. Kurz nach neun. Nachts halten sie keine Verbindung zu Daniel – nur im Notfall. Und heute Morgen war er dann wie vom Erdboden verschluckt.«

Ich stand auf, wohl zu abrupt, denn es schwindelte mich etwas. »Darf ich sein Zimmer sehen?«, fragte ich. Ich wusste zwar nicht genau, was ich dort zu finden hoffte, aber eine bessere Idee hatte ich nicht.

Marion schien mich nicht gehört zu haben.

»Ich stecke in der Sache ohnedies schon mit drin«, sagte ich, etwas lauter. »Also lass mich dir helfen, okay?«

Marion sprang unvermittelt auf. »Von mir aus. Komm mit.«

Ich wechselte hastig vom Bademantel in das erstbeste Kleid, das ich zu fassen bekam, und folgte Marion, die sich bereits zum Gehen wandte.

Mein glatzköpfiger Bodyguard erwartete uns direkt vor der Zimmertüre. »Folgen Sie uns, Sven«, forderte Marion ihn auf. »Und erhöhte Achtsamkeit, bitte.«

22

Daniels Zimmer war das erste links hinter der verspiegelten Doppeltüre mit der Aufschrift *Privat.* Ein großer Raum, mit einer quadratischen Säule in der Mitte, die Wohn- und Schlafbereich optisch voneinander trennte. Die Einrichtung war gediegen, aber zweckmäßig, nur im Badezimmer war etwas von dem Luxus zu sehen, der sonst im Hotel allgegenwärtig war. Es gab einen kreisrunden Whirlpool, eine separate Regenwalddusche, plüschig weiße Handtücher und einen Granitwaschtisch.

Daniels Bett war unbenutzt.

»Wurde hier heute Morgen bereits sauber gemacht?«, fragte ich.

Marion schüttelte den Kopf. »Zuerst sind die Gästezimmer an der Reihe. Danach wird hier oben geputzt.«

»Okay.« Daniel hatte also heute Nacht nicht hier geschlafen. Was den Schluss nahelegte, dass sich das – was auch immer ihm zugestoßen war – bereits am späten Abend ereignet hatte. Außerdem war offensichtlich, dass Daniel nicht gepackt hatte, um seinem Job sang- und klanglos den Rücken zu kehren. Überall lagen Sachen herum, als warteten sie nur darauf, dass ihr Eigentümer jeden Augenblick zurückkehrte.

Ich sah mich im Zimmer um, ohne zu wissen, wonach ich suchte. Ich öffnete Laden, Schranktüren, guckte unters Bett.

Nichts in diesem Raum verriet die militärische Vergangenheit von Daniel Crane oder dass er jetzt dem Sicherheitsdienst des Hotels vorstand. Aber er musste doch zumindest eine Waffe besitzen?

Ich trat auf den Gang hinaus, wo Sven ein paar Meter weiter an der Mauer lehnte. »Bewahren Sie Ihre Waffen in einem eigenen Raum auf?«, fragte ich ihn.

Die Frage schien ihn zu erstaunen, doch einen kurzen Augenblick später hatte er sich wieder gefasst. »Nein«, sagte er. »Jeder von uns bewahrt die eigene Ausrüstung in seinem Zimmer auf. Sicher verwahrt, natürlich.«

Weggeschlossen. Das war eigentlich naheliegend. Ich ging in Daniels Zimmer zurück, Sven folgte mir unaufgefordert. Gleich neben der Garderobe stand ein schmaler brusthoher Schrank, der sich nicht öffnen ließ. Das einzig abschließbare Möbel im Zimmer. »Gibt es einen Zweitschlüssel?«, fragte ich Sven.

Der zuckte die Schultern. »Ich glaube nicht, Frau Annerson. Aber diese Schlösser dienen sowieso nur der Vorschrift.«

»Und das heißt?«

»Dass sie kein echtes Hindernis sind. Soll ich den Schrank für Sie öffnen?«

Ich blickte Marion an. Die nickte. Sven zog ein Taschenmesser aus der Gesäßtasche seiner Jeans, trat an den Schrank, und noch bevor ich ausgeatmet hatte, war das Schloss aufgebrochen.

Im Schrankinneren gab es einige offene Fächer sowie eine große Schublade, die noch einmal extra versperrt war. Auch dies war kein Hindernis für Sven.

Nach dem Prinzip *Was man zweimal versperrt, muss wertvoll sein* hoffte ich auf einen aufschlussreichen Inhalt und zog die Lade schwungvoll heraus.

Darin fanden sich einige Packungen Munition, aber keine Waffe. Auch in den offenen Fächern wurde ich diesbezüglich nicht fündig. Daniel hatte seine Pistole also vermutlich bei sich getragen, als er verschwand.

Ein bewaffneter Ex-Elite-Soldat. Wenn er wirklich ein Opfer des Mörders geworden war, hieß das wahrlich nichts Gutes. Ich wollte mir gar nicht erst ausmalen, was ein Killer, der es mit so einem Gegner aufnehmen konnte, mit einer Pseudodetektivin wie mir anstellen mochte, die schon bei einem Waldspaziergang die Kräfte verließen.

Ich nahm mir den Inhalt der Lade genauer vor. Neben einem Feldstecher, einer Armbanduhr, einem zusammengerollten Bündel Bargeld und zwei seltsamen technischen Geräten, mit denen ich nichts anzufangen wusste, fand sich eine kompakte Digitalkamera der neuesten Generation. Ich hob sie hoch, und da erst bemerkte ich, dass sie auf einem schwarzen Stück Stoff gelegen hatte. Einem abgerissenen Stück Stoff.

Ich zog es aus der Lade. Es war kaum größer als ein Daumennagel und stark ausgefranst. Der traurige Rest einer hauchzarten schwarzen Wäschespitze. Ziemlich eigenartig, dass Daniel so etwas in seinem Schrank aufbewahrte. Ich steckte das Stoffstück in meine Tasche, was Marion mit einem erstaunten Blick quittierte. Sie sagte aber nichts.

Und dann war da wieder dieses Schwindelgefühl. Für einen Augenblick wurde mir schwarz vor Augen, und ich schnappte nach Luft. Außerdem klebte mir der Schweiß im Nacken. Das konnte doch nicht sein, ich hatte doch gerade erst geduscht. Gingen die Nerven mit mir durch? Ich stützte mich an der Wand ab und atmete ein paar Mal tief ein.

»Clara?«, hörte ich Marions Stimme. Sie klang alarmiert.

»Alles in Ordnung«, sagte ich rasch. »Bestimmt nur die Hitze.«

Dann nahm ich mir die Digitalkamera vor. Ich schaltete sie ein und klickte mich durch die gespeicherten Bilder. Es gab nur wenige. Zuerst ein paar Fotos einer Männerrunde in einer Bar.

Daniel beim Feiern mit Freunden? Er selbst war nicht auf den Bildern, also hatte er sie wohl aufgenommen.

Ich klickte weiter ... und hätte die Kamera beinahe fallen gelassen. Das Foto, das ich aufs Display geholte hatte, zeigte einen nackten Mann, der in einem großen Raum auf dem Boden lag. Einem Raum, der an mein eigenes Zimmer im Hotel erinnerte, nur noch luxuriöser und mit etwas mehr Holz. Und der Mann war ganz zweifellos tot.

Wieder wurde mir schwarz vor Augen, und ich bekam plötzlich gar keine Luft mehr. Ich japste auf und hielt mich mit der freien Hand an der Schranktüre fest.

Marion starrte auf das Kameradisplay. Sven lugte über ihren Kopf hinweg und betrachtete ebenfalls das Foto. Beide sagten nichts.

»Was ist?«, keuchte ich und wischte mir mit dem Handrücken die Stirn. »Kennt ihr den Mann?«

Was war nur los mit der Luft in diesem Raum? Zwei der drei Fenster standen offen, und trotzdem hatte ich das Gefühl, gleich ersticken zu müssen.

Von Marion und Sven kam keine Antwort. In Svens Gesicht rührte sich nicht der kleinste Muskel, doch Marion war eine schlechte Schauspielerin. Ganz offensichtlich wusste sie, wessen nackte Leiche sie da vor sich sah. Und ich konnte mich des Eindrucks nicht erwehren, dass sie der Tod dieses Mannes nicht überraschte.

»Wer ist das, Marion?«, drängte ich.

»Jemand vom Sicherheitsdienst. Er ... hat vor ein paar Tagen den Job hingeschmissen.«

Ich drückte die passende Taste auf der Kamera, um die gespeicherten Infos zu dem Foto aufzurufen. Es war am 4. September aufgenommen worden. Der Tag, an dem ich angereist war.

Das Gespräch, das ich mit Naomi geführt hatte, drängte sich mir ins Bewusstsein zurück. Hatte sie nicht etwas von einem

Security-Mitarbeiter erzählt, der angeblich verschwunden war? *Mikael.* Genau. So hieß er. Der für irgendeine Reise sparte und den Job im Hotel mochte, weil er so ungefährlich war.

Wenn es nach Naomi ging, war er ein Opfer der finsteren Machenschaften der Foundation geworden, genau wie Matthias. Und Raffael.

Ich rang nach Luft und wollte auf das Foto deuten. Meine Hand allerdings gehorchte mir nicht. Sie fühlte sich seltsam taub an. »Ist … das … Mikael?«, brachte ich heraus. Dann drückte ich Marion die Kamera in die Hand und stützte mich mit beiden Armen an der Wand ab. Mein Herz schlug so laut, als wollte es mir aus dem Brustkorb springen. Schweiß tropfte von meiner Stirn.

»Clara, was ist denn los mit dir?«, fragte Marion.

»Heißt dieser Mann Mikael?«, wiederholte ich drängend.

»Ja«, hörte ich Marion noch sagen. Dann wurde mir schwarz vor Augen, ich schwankte … und fiel in eine alles verschlingende Dunkelheit.

23

Als ich wieder zu mir kam, blickte ich in ein Augenpaar hinter runden Brillengläsern, das ich nicht zuordnen konnte. »Wer sind Sie?«, murmelte ich und stellte im gleichen Augenblick fest, dass ich auf einer Liege in einem fensterlosen Raum lag. Mein Mund war trocken wie Sandpapier. Ich wollte mich hochrappeln, doch eine Hand an meiner Schulter drückte mich zurück.

»Sie bleiben besser noch ein wenig liegen, Frau Annerson. Ihr Kreislauf ist zwar wieder stabil, aber Sie müssen es ruhig angehen lassen.«

Da erkannte ich den Mann. Dr. Minsky, der wissenschaftliche Leiter von Marions Stiftung. Und der Raum war eines der Zimmer im hinteren Teil der Foundation, die ich erst gestern besichtigt hatte.

»Wie komme ich hierher? Was ist passiert?« Meine Zunge tat sich ungemein schwer beim Sprechen. Sie fühlte sich irgendwie zu groß an.

Und dann kam die Erinnerung zurück. Daniels Zimmer, der Schwindel, die Atemnot, schließlich der völlige Blackout.

»Waren Sie Blumen pflücken heute Morgen?«, fragte mich Dr. Minsky. Die Frage kam so unvermittelt, dass ich dachte, ich hätte sie halluziniert.

Im nächsten Moment überkam mich Paranoia. Blumen?

Heute früh? Hatte Dr. Minsky mich bei meinem morgendlichen Waldspaziergang beobachtet – der eigentlich eine Erkundungstour zu Matthias Rothenachs Chalet hätte werden sollen? Wusste dieser Arzt, der so hilfsbereit und harmlos dreinsah, mehr, als er sollte?

»Frau Annerson? Können Sie mich hören?« Er lächelte mich aufmunternd an, aber seine Kiefermuskeln wirkten angespannt. Seine Augenlider hinter den Brillengläsern zuckten genauso nervös wie am Vortag, als er in mein Zimmer gestürmt war und Marion vom Einbruch in der Foundation berichtet hatte.

Er berührte mich an der Schulter. Seine Hand war kalt. Hartnäckig wiederholte er seine eigenartige Frage. »Frau Annerson? Haben Sie vor Kurzem Blumen gepflückt? Eine blauviolette Blume, mit glockenförmigen Blüten? Sie wächst hier überall in den Bergen. Auch wenn sie in den letzten Jahren seltener geworden ist«, fügte er hinzu, das allerdings mehr an sich selbst gerichtet.

Als ich ihn weiterhin nur anstarrte, während mein Gehirn fürchterlich langsam arbeitete und ich hin- und herüberlegte, warum er sich für meinen morgendlichen Ausflug interessieren mochte, griff er nach meiner Hand. Sie fühlte sich immer noch taub an, ich spürte Dr. Minskys Berührung kaum. Er drehte sie sanft um und führte mir meine eigene Handfläche nahe vor die Augen. In deren Mitte leuchtete ein eigentümlicher rosa Fleck. Eine Art Ausschlag.

»Das hätte böse enden können«, sagte Dr. Minsky und ließ meine Hand wieder los. »Sie haben sich vergiftet. Mit Blauem Eisenhut. Das ist eine der giftigsten Pflanzen überhaupt. Schon der bloße Hautkontakt kann tödlich sein.«

Ich starrte in meine Handfläche. »Aber ich habe nicht …«

In diesem Augenblick lugte ein perfekt geschminktes Elfengesicht durch die offene Tür herein. Leonore. »Hallo, Frau Annerson«, flötete sie und bedachte mich mit einem Lächeln, das einen Mann womöglich in Entzücken versetzt hätte. Mich ließ es jedoch kalt.

Leonore stakste auf ihren Zwölf-Zentimeter-Absätzen ins Zimmer. »Oh, Ihnen geht es besser. So ein Glück. Mum hat mir gesagt, was passiert ist. Sie haben ihr 'nen ganz schönen Schrecken eingejagt, als Sie einfach umgekippt sind.« Es klang tadelnd, als wäre ich der missratene Teenager und sie meine strenge Erzieherin.

Obwohl, der BH, den sie trug, störte das Erzieherinnen-Bild doch erheblich. Er quetschte ihre Brüste beinahe bis zu ihren Schlüsselbeinen hoch. Keine Ahnung, wie man in so einem Ding überhaupt noch atmen konnte.

Sie trat näher an mein Bett und strahlte Dr. Minsky mit dem Augenaufschlag eines jungen Rehs an. Überhaupt wirkte sie geradezu euphorisch heute Morgen. Hatte es eine Versöhnung mit Benny gegeben? Wenn nicht, so war Trennungsschmerz ein Fremdwort für diese junge Dame.

»Dr. M. ist ein fantastischer Arzt«, hauchte sie, wobei sie den Mediziner mit ihrem Blick gefangen hielt. »Nur er konnte Sie retten.«

Dr. Minsky lief rot an. »Nicht doch, Fräulein Schiller, ich habe getan, was jeder andere Kollege auch getan hätte.« Und an mich gewandt fügte er hinzu: »Was im Übrigen nicht viel ist. Gegen den Blauen Eisenhut gibt es kein Gegengift. Es war reines Glück, dass Sie keine höhere Dosis abbekommen haben. In diesem Fall hätte Sie kein Arzt der Welt retten können. Sie müssen wirklich vorsichtiger sein, Frau Annerson, Sie …«

»Ich muss weiter«, fiel ihm Leonore ins Wort. »Ich wollte nur gucken, ob unsere Patientin wohlauf ist.« Wieder ein Strahle-Lächeln in meine Richtung.

In Leonores Augen glänzte eher Sensationsgier als echte Sorge um mich, aber dennoch hätte man sie in diesem Augenblick glatt für ein wohlerzogenes junges Mädchen halten können. Freundlich und höflich und, na ja, über alle Maßen kokett. Sie drückte Dr. Minsky einen Kuss auf die Wange, flötete »Sie sind ein Held«, und dann war sie auch schon aus dem Zimmer gestöckelt.

Der Arzt stand einen Augenblick reglos da, dann fasste er sich und fand in seine professionelle Rolle zurück. »Schonen Sie sich in den nächsten vierundzwanzig Stunden, Frau Annerson. Ich behalte Sie noch ein wenig hier, und danach empfehle ich Ihnen Bettruhe. Und trinken Sie viel Wasser.« Er deutete auf Krug und Glas auf dem Tischchen neben meiner Liege. »Ich schreibe Ihnen meine persönliche Durchwahl auf. Sollten Sie sich heute Abend oder morgen wieder unwohl fühlen, rufen Sie mich sofort an.«

Während er sprach, registrierte ich hinter seinem Rücken eine Bewegung auf dem Gang. Und dann Leonores glänzende blonde Mähne. Hatte sie etwas vergessen?

Sie huschte in das Zimmer gegenüber, trat an ein Regal an der Wand, ging in die Hocke und griff nach ein paar Dingen. Ich konnte nur ihre Armbewegungen sehen, aber nicht, was sie erbeutet hatte. Die ganze Aktion dauerte wenige Sekunden. Ich sah sie nur noch ihre Handtasche zuklappen, dann war sie auch schon wieder verschwunden.

Kurz darauf stattete auch Marion mir einen Besuch ab. Sie wirkte so fürsorglich, wie ich sie seit unserem Kennenlernen in der Staatsoper nicht mehr erlebt hatte. Zuerst flößte sie mir Wasser ein, dann tätschelte sie meinen Arm und zupfte meine Decke zurecht. Für einige kostbare Augenblicke fühlte ich mich rundum versorgt und sicher aufgehoben. Dann nickte ich weg.

Als Dr. Minsky mich eine Weile später entließ und mir einen geruhsamen Nachmittag auf meinem Zimmer empfahl, schaute ich auf dem Weg dorthin in den besagten Raum gegenüber. Es war jener Lagerraum, der mir schon bei meinem gestrigen Rundgang hier in der Foundation aufgefallen war. Der, der an eine Apotheke erinnerte. Vermutlich war nichts dagegen einzuwenden, dass die Tochter des Hauses sich hier selbst bediente.

Ich trat an das Regal, an dem Leonore sich zu schaffen gemacht hatte. Sie war in die Hocke gegangen, also tat ich es ihr gleich. Es kostete mich enorme Kraft. »Schonen Sie sich«, hatte Dr. Minsky angeordnet. Und ich musste schon wieder herumschnüffeln. *Typisch, Clara.*

Auf den beiden unteren Regalbrettern lagerte hauptsächlich Verbandszeug. Ich entdeckte Wundsalbe, Heftpflaster, Mullbinden, Kompressen … nichts Spektakuläres. Was hatte ich erwartet? Dass Leonore sich an harten Drogen bediente?

Ich zog mich an den Regalborden wieder in die Höhe wie eine klapprige Neunzigjährige, atmete ein paar Mal tief durch und machte mich dann im Schneckentempo auf den Weg zurück in mein Zimmer.

24

Als ich das nächste Mal zu mir kam, dämmerte es bereits. Und mein Magen knurrte. *Wer Hunger verspürt, ist auf dem Weg der Besserung*, redete ich mir ein, obwohl ich nicht hätte sagen können, wo ich diese Volksweisheit aufgeschnappt hatte. Oder ob sie den Tatsachen entsprach. Immerhin konnte ich mich ohne besondere Kraftanstrengung im Bett aufsetzen, und die Wände des Zimmers begannen nicht zu tanzen, sondern blieben, wo sie hingehörten. Ein gutes Zeichen.

Mein Blick fiel auf den Flakon mit Naomis Lotion, der auf meinem Nachttisch stand. Für einen Augenblick dachte ich an meinen Sonnenbrand, doch dann traf mich die Erkenntnis wie ein elektrischer Schlag. Der rosa Fleck in meiner Handfläche! Der Klecks Lotion, den ich genau auf diese Stelle geträufelt hatte – das war es, was mich beinahe ins Jenseits befördert hatte!

Hätte Marion nicht an meine Tür geklopft oder wäre sie auch nur ein paar Minuten später gekommen, hätte ich die Lotion großzügig über Hals und Arme verteilt, anstatt den Klecks wieder abzuwischen. Und läge jetzt bereits im Leichenschauhaus.

Jemand hatte das Gift des Blauen Eisenhuts in Naomis Lotion gemischt. Mein Magen fühlte sich plötzlich an, als räkelte sich genüsslich eine Python darin, und mit einem Mal gerieten die Zimmerwände doch ins Wanken. Ich hatte verdammtes

Glück gehabt. Mehr als das. Nur um Haaresbreite war ich dem Mörder entkommen.

Der Mörder. Er zögerte also nicht, mich ebenfalls aus dem Weg zu räumen, und – ich durfte mich, was das anbelangte, keiner Illusion hingeben – er würde es nicht bei dem gescheiterten Versuch bewenden lassen. Meine persönlichen Leibwächter waren ihm kein Hindernis gewesen. Das Gefühl der Sicherheit, das ich ihretwegen empfunden hatte, war trügerisch gewesen. Damit musste jetzt Schluss sein!

In meinem Kopf begann es zu arbeiten. Ich hatte den Flakon von Naomi bekommen, aber das Gift konnte nicht von Anfang an in der Lotion gewesen sein. Schon mehrfach hatte ich meinen Sonnenbrand damit behandelt – ohne schädliche Effekte.

Der Mörder musste sich Zutritt zu meinem Zimmer verschafft und den Flakon manipuliert haben. Was den Kreis der Verdächtigen kaum einschränkte. Vermutlich konnte sich jeder ohne größere Mühe eine Zimmermädchenkarte besorgen und damit alle Schlösser öffnen, genau wie Beatrice es getan hatte.

Aber wusste auch jeder von der Existenz dieses Blauen Eisenhuts? »Eine der giftigsten Pflanzen der Welt«, hatte Dr. Minsky gesagt. Ich selbst hatte noch nie davon gehört. Okay, ich war ein Stadtmensch, aber trotzdem. Ich grübelte weiter. Naomi war offenkundig eine versierte Kräuterkundlerin und mit der alpinen Pflanzenwelt bestimmt bestens vertraut, und auch Dr. Minsky hatte das Gift sogleich erkannt. Wer mochte noch davon wissen?

Jemand, der in der Pharmaindustrie arbeitet, zum Beispiel, ging es mir durch den Kopf. *Viktor Kössler.*

Aber das war doch lächerlich. Mir den charmanten und stets gutgelaunten Viktor als skrupellosen Mörder vorzustellen, wie er sich ein Opfer nach dem anderen holte, mit der Präzision eines Schweizer Uhrwerks … Nein, niemals. Außerdem mochte er mich, dessen war ich mir sicher. Er würde mich nicht heimtückisch vergiften.

Ach, würde er nicht? Was männliche Gefühlswelten anbelangt, sind wir ja Expertin, huh?

Ich biss mir auf die Unterlippe. Konnte nicht endlich jemand dieser verbiesterten Zicke in meinem Kopf eine Dosis Blauen Eisenhut verpassen?

Viktor war kein Mörder, Ende der Diskussion. Vielleicht war das Wissen um diese Pflanze und ihre tödliche Wirkung hier in Kitzbühel ja weitverbreitet. Ich beschloss, Dr. Minsky gleich morgen danach zu fragen. Den Flakon packte ich in meine Umhängetasche – den Inhalt würde ich ebenfalls von Dr. Minsky untersuchen lassen. Auch wenn ich kaum Zweifel an dem Ergebnis der Analyse hegte.

Ich überlegte kurz, einen lauten Monolog darüber zu halten, was mir zugestoßen war, damit Beatrices Wanze in meinem Zimmer es aufnehmen konnte und meine Verbündete informiert war. Dann aber entschied ich mich dagegen. Es würde Beatrice nur unnötig beunruhigen, und bei der Suche nach dem Mörder brachte es uns nicht weiter.

Während des Abendessens sprach ich Viktor auf den Blauen Eisenhut an. Er wusste sofort, wovon die Rede war.

»Oh ja«, sagte er, »eine wunderschöne Pflanze. Ich habe schon einige Exemplare gesehen bei meinen Wanderungen hier. Wunderschön und tödlich, sollte ich hinzufügen. Fass sie bloß nicht an, wenn du eine findest.«

»Das habe ich bereits«, sagte ich und hielt ihm meine Handfläche hin. »Heute Morgen, in meinem Zimmer.«

Sein Schock wirkte echt. »Was? Clara, warum tust du so was? Du hättest sterben können!« Er griff nach meiner unverletzten Hand und küsste sie sanft.

»Das war wohl die Absicht«, sagte ich und gab mir Mühe, meine Rührung über seine Besorgnis zu verbergen.

Er sah mich verständnislos an, seine Stirn in tiefen Falten.

»Jemand hat das Gift des Blauen Eisenhuts in meine Bodylotion gemischt«, sagte ich. »Nur durch einen unglaublich glücklichen Zufall sitze ich jetzt noch neben dir.«

Seine Augen weiteten sich. »Ich verstehe nicht. Ein Mordanschlag meinst du? Auf dich?«

Ich nickte stumm.

»Aber wer um alles in der Welt würde …«

»Genau das möchte ich herausfinden«, fiel ich ihm ins Wort und sah ihm mit betont kritischer Miene in die Augen. Vielleicht konnte eine Provokation seine liebevolle Fassade zum Bröckeln bringen. Wenn es denn eine Fassade war. Ein Teil von mir wehrte sich dagegen, diesen Mann mit so offen ausgedrücktem Misstrauen zu verletzen. Auch wenn ich ihn erst wenige Tage kannte, hatte ich ihn bereits ins Herz geschlossen.

Er ließ meine Hand los. »Warum siehst du mich so an, Clara? Du denkst doch nicht, dass ich etwas damit zu tun habe? Sag mir, dass das nicht wahr ist. Ich würde dir niemals …«

Seine Stimme wurde lauter, der Schweizer Akzent trat jetzt deutlicher hervor. Er starrte mich an, als hätte ich ihm ein Messer zwischen die Rippen gerammt. »Das meinst du nicht ernst, Clara. Sag mir, dass du das nicht ernst meinst! Ist dir immer noch nicht klar, was ich …«, an dieser Stelle erstarb seine Stimme zu einem Flüstern, »… was ich für dich fühle, Clara?«

Ich schluckte. »Ich will es dir ja glauben, Viktor. Aber kann ich dir wirklich vertrauen?«, verteidigte ich mich. »Du hast mir nicht die Wahrheit gesagt.«

»Nicht die Wahrheit gesagt?«, brauste er auf. »Was meinst du? In Bezug worauf?« Es war offensichtlich, dass ihn meine Worte tief getroffen hatten.

»Was deinen Job anbelangt. Du hast mich glauben lassen, du wärst ein einfacher Angestellter.«

Er presste die Lippen zusammen und stöhnte. »Spionierst du mir nach? Wenn du mehr über mich wissen willst, hättest du einfach fragen können. Ich habe keine Geheimnisse vor dir.« In einer etwas dramatischen Geste, die gar nicht zu ihm passte, streckte er mir seine offenen Handflächen entgegen.

»Ich wollte dich nicht mit meiner Position beeindrucken, Clara, das war alles. Vielleicht werde ich sie sogar aufgeben.«

»Was aufgeben? Deinen Vorstandsposten? Warum das denn?«

Wieder stöhnte er, wenn auch leiser diesmal. Eigentlich klang es eher nach einem Seufzen. »Ich habe dir gesagt, dass ich eine Auszeit nehme, odrrr? Was auch stimmt, aber es ist … nun, eine längere Auszeit. Und nicht ganz freiwillig. Ich hatte mich zuletzt in ein übles Burn-out manövriert, Clara. Ich habe einfach zu viel gearbeitet und nie über die Konsequenzen nachgedacht. Ich kannte einfach nichts anderes. Damit habe ich auch meine Ehe ruiniert, ich …«

Er wandte den Blick ab, sprach aber weiter. »Nimmst du es mir übel, dass ich dir das nicht erzählt habe? Wo wir uns doch gerade erst kennengelernt haben? Das ist wohl kaum die Art Dinnerkonversation, mit der man eine begehrenswerte Frau beeindruckt.« Er schüttelte den Kopf. »Körperlich fehlt mir nichts«, fügte er rasch hinzu, »ich bin fit wie schon lange nicht mehr, das kannst du mir glauben.«

Ich musste lächeln. Beinahe hätte ich ihm gesagt, dass er diese Art Eigenwerbung wirklich nicht nötig hatte. Sein Aussehen, die Art, wie er sprach, lachte, unkompliziert war, das alles sprach für ihn. Bestimmt gab es jede Menge Frauen, die sich über sein Interesse an ihnen mehr als nur gefreut hätten. Vielleicht hätte ich selbst mich geschmeichelt gefühlt, es sogar erwidert, zu einer anderen Zeit, unter anderen Umständen. Bevor ich Raffael begegnet war.

Ich kämpfte mit Schuldgefühlen, dass ich Viktor so vor den Kopf gestoßen hatte. Konnte ich ihm dieses harmlose Geheimnis übelnehmen, das er mir gerade offenbart hatte? Die kleine Eitelkeit, derentwegen er es verschwiegen hatte?

Wenn es denn der Wahrheit entspricht, kam prompt der Kommentar in meinem Kopf.

Wie ich es hasste, dieses paranoide Gefühl, absolut niemandem mehr trauen zu können. Sosehr es mir widerstrebte, ich musste noch ein wenig weiterbohren. »Dann ist es also reiner Zufall, dass ein Pharmaboss hier urlaubt, am Sitz der Schiller Foundation?«, fragte ich, jetzt aber ernsthaft bemüht, nicht wie ein Großinquisitor zu klingen.

Viktor runzelte die Stirn. »Natürlich. Denkst du, ich interessiere mich beruflich für die Forschungen deiner Freundin? Dass ich hier für meine Firma spioniere?«

Er lachte höhnisch auf. »Glaubst du, wir sind darauf angewiesen, eine unbedeutende kleine Foundation zu bespitzeln? Wenn wir Forschungen in der Gerontologie betreiben wollen – Frau Schillers Budget haben wir in der Portokassa.« Er sagte es so indigniert, dass wir plötzlich beide lachen mussten. Was guttat. Ein Teil der Spannung, die mir wie ein gehässiger Kobold im Nacken saß, fiel damit von mir ab.

»Verzeih mir, Viktor«, sagte ich schließlich. »Ich habe eine schwierige Zeit hier. Ich weiß nicht mehr, was ich glauben soll, wem ich vertrauen kann. Ich bin froh über unsere Freundschaft, ehrlich.« Diesmal war ich es, die seine Hand nahm.

Seine Miene hellte sich blitzartig auf. Nur um sich gleich wieder zu verfinstern. Er deutete auf meine Handfläche. »Jetzt erzähl mir, was passiert ist. Du denkst, es war ein Anschlag auf dich?«

Ich überlegte kurz, wie viel ich ihm offenbaren sollte. Dann entschied ich, ihm alles zu sagen, was ich selbst in der Sache wusste. Was ohnedies verschwindend wenig war. Also erzählte ich ihm die ganze Geschichte, angefangen von meinem Sonnenbrand bis hin zu Dr. Minskys Diagnose, dass es sich um eine Vergiftung mit Blauem Eisenhut handelte. Meinen Zusammenbruch verlegte ich allerdings in mein eigenes Zimmer – von dem

Rätsel um Daniel Cranes Verschwinden wollte ich Viktor lieber doch nichts erzählen.

Während ich sprach, registrierte ich jede Bewegung seiner Hände und jede kleinste Regung in seiner Miene. Doch nichts als Mitgefühl und Bestürzung waren darin zu lesen. Kein noch so winziger Hinweis, dass mit seiner Fürsorge etwas nicht stimmen könnte.

Sind wir jetzt auch Expertin in Körpersprache, ja?, meldete sich prompt meine innere Kritikerin zu Wort. Was auch sonst, ich hatte sie schon richtiggehend vermisst.

25

»Du musst damit zur Polizei gehen, Clara«, sagte Viktor, als ich geendet hatte. »Wenn du wirklich vergiftet worden bist, musst du das melden. Und dann abreisen. Auf der Stelle! Wenn du möchtest, können wir gemeinsam in den Süden …«

Ich hob die Hand. »Ich kann nicht abreisen, Viktor. Und die Polizei einzuschalten halte ich für zu gefährlich. Ich kann es dir nicht erklären. Die Sache ist kompliziert. Hier im Haus gehen merkwürdige Dinge vor. Leute verschwinden, werden aus dem Weg geräumt.«

Für einen Augenblick musterte er mich, als zweifle er an meinem Verstand. Was ich ihm nicht verübeln konnte. Die ganze Geschichte klang wie ein drittklassiger Thriller. Mit einer absolut inkompetenten Protagonistin, die in ihrer Rolle einfach nur überfordert war.

Vielleicht hat er ja recht, dachte ich. Vielleicht war jetzt der Zeitpunkt, die Polizei einzuschalten. Vermutlich hätte ich das schon viel früher tun sollen. Der Gedanke, das ganze Chaos hier den Profis zu überlassen und mich einfach aus dem Staub zu machen, hatte etwas Verlockendes, ja fast Unwiderstehliches.

Das Image von Marions Hotel war mir mittlerweile egal. Wenn man demnächst auch Daniel Cranes Leiche finden würde oder die von – nein, halt, kein oder! Ich weigerte mich nach wie vor, mir Raffael irgendwie anders als lebendig und gesund vorzustellen. Jedenfalls würde sich die Sache dann sowieso nicht mehr vertuschen lassen.

Dass bei einer gründlichen polizeilichen Ermittlung allerdings unweigerlich auch Beatrices nächtliche Aktivitäten ans Licht kämen, war mir schon weniger egal.

Und, was vielleicht die entscheidende Frage war: Wie würde der Mörder reagieren, wenn ein Sonderkommando im Hotel einfiel? Er würde sich aus dem Staub machen, keine Frage, und vermutlich nie gefasst werden. Und sich zuvor noch allen unnötigen Ballasts entledigen. Er würde Raffael loswerden, den er in seiner Gewalt hatte. Haben musste.

Das war das Entscheidende. Deswegen kam die Polizei nicht in Frage.

Und du Möchtegerndetektivin denkst ernsthaft, du kannst den Mörder aufhalten? Allein? Es klang nach der Kritikerin, aber es war die vernünftige Stimme. Anscheinend verlor sie auch langsam die Geduld mit mir. *Du bist dem Tod gerade erst selbst von der Schippe gesprungen, schon vergessen? Und das mit einer an ein Wunder grenzenden Portion Glück. Davon, dass du dich ebenfalls umbringen lässt, kommt Raffael nicht zurück.*

Es war Viktor, der mich aus dieser bedrückenden Gedankenschleife befreite. »Was hält dich hier im Hotel, Clara? Wenn du glaubst, dass jemand ermordet wurde? Dass du selbst in Gefahr bist? Ich dachte, du wärst auf Urlaub hier?«

»Mein Freund wurde entführt«, sagte ich, »hier im Hotel. Ich kann nicht abreisen, bevor ich ihn nicht gefunden habe.«

»Der Mann, nach dem du mich gestern gefragt hast? Du hast nicht erwähnt, dass er dein Freund ist.«

»Vielleicht hat er mich auch verlassen«, sagte ich zögerlich.

»Vielleicht?«

Ich nickte stumm. Mir war vollkommen klar, wie bescheuert das klang.

Nach einem längeren Schweigen ergriff Viktor wieder meine Hand. Sanft strich er über meine Finger. »Du hattest einen furchtbaren Tag, Clara. Du stehst unter Schock. Wollen wir uns etwas zu essen holen? Das wird dir guttun.« Er wies mit der Hand in Richtung des opulenten Marktbuffets.

Ich nickte – das heißt, mein Kopf bewegte sich ohne mein Zutun. Ich stand auf und folgte ihm. Mechanisch nahm ich einen Teller vom beheizten Stapel und wandelte ziellos zwischen den einzelnen Ständen umher. Als Viktor längst wieder am Tisch saß, kehrte ich mit etwas Gemüse und Kartoffeln zurück.

»Was hältst du eigentlich von der Schiller Foundation?«, fragte ich, nachdem wir schweigend gegessen hatten. »Denkst du, irgendetwas geht da nicht mit rechten Dingen zu?«

Egal wie überlegen mir der Mörder auch sein mochte, wie schlecht meine Chancen auch standen, ich durfte nicht aufgeben. Niemals. Inzwischen war ich mir sicher, dass die Morde irgendwie mit der Arbeit der Stiftung zu tun hatten. Das Frankenstein-Graffiti im Büro der Foundation sprach eine deutliche Sprache. Leute aus Marions Umfeld starben oder verschwanden. Erst ihr Geliebter, dann dieser Mikael vom Sicherheitsdienst, jetzt womöglich ihr Sekretär und beinahe auch ich, die man wohl für ihre enge Freundin hielt.

Anstelle einer Antwort erntete ich ein Seufzen. Viktors Geduld neigte sich offensichtlich dem Ende zu. Was ich ihm nicht verübeln konnte. Wer wollte schon den ganzen Abend Dinge diskutieren, die ihm wie Ausgeburten eines kranken Verstands erscheinen mussten?

»Ich denke, die Foundation leistet gute Arbeit«, sagte er schließlich. »Das habe ich dir doch schon gesagt, oder? Im Detail habe ich mich damit nicht befasst. Mit Frau Schiller habe ich nur einmal ein paar Worte gewechselt, als ich sie zur gelungenen Architektur des Hotels beglückwünscht habe. Dr. Minsky allerdings, den wissenschaftlichen Leiter, habe ich einmal abends an der Bar getroffen. Als er hörte, dass ich in der Pharmaforschung arbeite, hielt er mir einen endlosen Vortrag über die Möglichkeiten von Mensch-Maschine-Schnittstellen, den Einsatz künstlicher Intelligenz in der Gentechnik und so weiter und so fort. Er hat immer wieder betont, wie sehr er es bewundert, dass Frau Schiller auch unorthodoxen Forschungsansätzen eine Chance gibt, egal was das wissenschaftliche Establishment davon hält. Und wie sehr er es gleichzeitig bedauert, dass er sie nicht stärker für den Transhumanismus begeistern kann, worin er die beste Hoffnung der Menschheit auf Unsterblichkeit sieht. Ich habe ehrlich gesagt kaum zugehört. Minsky ist zweifellos kompetent, aber seine Interessen liegen doch … na, sagen wir mal, hart an der Grenze zur Science-Fiction. Und die Gerontologie, also die Altersforschung, ist natürlich spannend, aber schlicht kein Schwerpunkt von mir oder meiner Firma. Ob du es mir glaubst oder nicht, ich mache mir keine Gedanken darüber, wie ich hundertfünfzig Jahre alt werden kann. Mir geht es um die Qualität der Zeit, die ich zur Verfügung habe. Jetzt und hier.« Dabei sah er mir tief in die Augen.

Rasch wandte ich den Blick ab und entgegnete: »Es gehen Gerüchte um, dass in der Foundation illegale oder sogar kriminelle Praktiken zum Einsatz kommen. Hast du davon nichts gehört?«

Er machte eine abfällige Handbewegung. »Ja, natürlich, das Personal tratscht. Das ist doch normal. Eine häufige Reaktion des Menschen, wenn ihm etwas unbegreiflich ist. Was wir nicht verstehen, macht uns Angst, also muss es böse, kriminell und gefährlich sein. Und es regt unsere Fantasie an. Voilà, schon kursieren die wildesten Gerüchte. Darauf gebe ich nichts, und das solltest du auch nicht tun, Clara.«

»Du glaubst nicht, dass an den Gerüchten etwas Wahres dran sein könnte?«

»Nein. Entschuldige mich bitte.« Er stand unvermittelt auf und steuerte die Dessert-Ecke an.

»Mohntorte oder Fruchtsalat, Madame?«, sagte er betont leichthin und mit einer galanten Verbeugung, als er mit mehreren kleinen Tellern wiederkehrte.

Ich bemühte mich zu lächeln. »Mohntorte klingt gut.«

Wir bestellten Kaffee, und schließlich schaffte ich es sogar, doch noch etwas Appetit zu entwickeln. Ich holte Nachschub vom Buffet und verschlang mehrere der kleinen Dessert-Portionen. Die geballte Dosis Zucker fühlte sich gut an. Als kehrten meine Lebensgeister zurück.

»Also gut, Clara«, sagte Viktor unvermittelt, kaum dass er seinen Espresso ausgetrunken hatte. Er blickte mir direkt in die Augen und straffte seine Schultern. »Ich kann nicht behaupten, dass ich verstehe, in was für eine Angelegenheit du hier verwickelt bist. Aber offensichtlich bist du entschlossen, zu bleiben und es durchzuziehen, was auch immer es ist. Du bist eine Frau, die weiß, was sie will. Das bewundere ich an dir.« Er lächelte. »Was ich sagen will: Wenn ich dir irgendwie helfen kann, egal womit – du kannst auf mich zählen, Clara.«

Meine Kehle wurde eng. »Danke«, brachte ich gerührt hervor, »das bedeutet mir viel.« Und während ich noch dachte, dass ich Viktor ganz bestimmt nicht in diese Sache mit hineinziehen würde, kam mir eine Idee.

»Dein Zimmer liegt im Erdgeschoss, nicht wahr?«, sagte ich.

Er nickte hoffnungsvoll. Für einen Augenblick musste er gedacht haben, dass ich einen erotischen Ausklang des verpatzten Abends vorschlagen wollte, doch diese Illusion raubte ich ihm schnell.

»Ich plane einen Ausflug heute Nacht«, sagte ich. »Meine Zimmertür wird beobachtet, und ich möchte nicht über meinen Balkon nach unten klettern müssen.«

»Ich verstehe«, murmelte Viktor nach einer schmerzhaft langen Pause. Er war sichtlich bemüht, sich seine neuerliche Enttäuschung nicht anmerken zu lassen. Anstatt zu hinterfragen, worum es bei dem besagten Ausflug ging, sagte er schlicht: »Da bietet ein Zimmer im Erdgeschoss natürlich eine praktischere Ausgangsbasis, odrrr.«

Ich nickte und setzte ein strahlendes Lächeln auf. Ein Teil von mir kam sich extrem schäbig vor, diesen gutherzigen Mann so auszunutzen. Aber Raffaels Leben hatte Vorrang. Und zwar vor allem anderen. »Danke, Viktor, du bist ein Schatz«, sagte ich rasch, bevor er es sich anders überlegen konnte. Oder ich.

26

Ich verabredete mich für halb zwei Uhr morgens mit Viktor und kehrte auf mein Zimmer zurück, um davor noch ein paar Stunden auf Vorrat zu schlafen. Bevor ich mich hinlegte, sagte ich laut: »Beatrice, treffen wir uns heute Nacht beim Waldchalet, das Matthias bewohnte? Da sollten wir uns in Ruhe umsehen können. Um 2 Uhr, okay? Nein, warte, besser, wir treffen uns an der ersten Kreuzung auf dem Waldweg, wo der Jogging Trail A abbiegt. Es ist auf der Karte eingezeichnet, die im Hotel ausliegt.« Wenn ich schon nachts durch den Wald musste, dann auf keinen Fall die ganze Strecke allein.

Als es so weit war, zog ich mich so an, dass ein nächtliches Rendezvous noch halbwegs glaubwürdig erschien, ich aber nicht im Dunkeln im Wald über meine eigenen Füße stolpern würde. Flache Schuhe, Jeans und für den Sexappeal eine eng anliegende Bluse mit tiefem Ausschnitt.

Es war Ramón, der heute Nacht an der Spa-Rezeption Position bezogen hatte. Ihm musste ich die Sache mit dem Rendezvous verkaufen. »Ich werde heute bei einem, äh, Freund übernachten«, teilte ich ihm geradeheraus mit. »Zimmer Nummer 28. Im Erdgeschoss. Ich denke, er wird mich nicht ermorden.« Ich lächelte kokett.

Ramón war sofort auf den Beinen. Wenn er erstaunt über

meine nächtliche Verabredung war, so ließ er sich nichts davon anmerken. Ganz der Profi. »Selbstverständlich, Frau Annerson«, sagte er. Kein anzügliches Grinsen, nicht einmal eine hochgezogene Augenbraue. Offensichtlich war ich überzeugend als amouröse Abenteurerin.

»In dem Gang liegt übrigens auch die Raucherlounge«, sagte ich mit einem Zwinkern, »aber das wissen Sie ja bestimmt.« Mir war nicht entgangen, dass sich Ramón jedes Mal sofort eine Zigarette anzündete, wenn er mir bei seinen Wachtdiensten ins Freie folgte.

Seine Mundwinkel zuckten, beinahe hätte er wohl gelächelt. »Danke, Frau Annerson«, sagte er schlicht.

Viktor erwartete mich mit eisgekühltem Champagner und gab sich redlich Mühe, mir die nächtliche Expedition doch noch auszureden.

Ich machte ihm so sanft wie möglich klar, dass ich nicht umzustimmen war. »Ich muss los, Viktor«, sagte ich, obwohl ich noch gut zehn Minuten Zeit hatte. Lieber im Dunkeln auf Beatrice warten, als Viktor falsche Hoffnungen zu machen.

»Dann lass mich mitkommen«, schlug er plötzlich vor. »Das ist wesentlich sicherer, und ich verspreche dir, dass ich keine Fragen stellen werde.«

Beinahe hätte ich Ja gesagt. Aber natürlich war es unmöglich. Ich durfte ihn nicht ins Vertrauen ziehen, was Beatrice anbelangte – sonst war sie womöglich auch noch in Gefahr.

»Tut mir leid, Viktor, ich kann nicht. Versteh das bitte.«

Anstelle einer Antwort streckte er seine Arme aus und zog mich an sich. »Pass auf dich auf, Clara. Wenn du dir etwas antun lässt, werde ich nie wieder mit dir zu Abend essen, hörst du!« Er ließ es wie einen Scherz klingen, aber das leichte Zittern in seiner Stimme machte ihm einen Strich durch die Rechnung. »Ich lasse die Balkontür angelehnt für deine Rückkehr.«

»Danke«, sagte ich, hauchte ihm einen Kuss auf die Wange und schlüpfte hinaus auf die Terrasse. Nur eine niedrige Hecke umzäunte sie, die ich leicht überwinden konnte. Dahinter lag ein schmaler Streifen Wiese, und dann begann auch schon der Wald.

Ich blickte mich noch einmal um. In den meisten Zimmern brannte kein Licht mehr, vereinzelt drangen Geräusche durch die geöffneten Fenster, aber ansonsten waren nur noch das sanfte Rascheln der Baumwipfel und die vielfältigen Stimmen des Waldes zu hören. Die *gruseligen* Stimmen des Waldes. Was hatte ich mir bloß dabei gedacht, nachts in eine einsame Hütte einbrechen zu wollen, deren letzter Bewohner ermordet worden war?

Ich redete mir ein, dass es an der Dunkelheit lag. Dass das Fauchen, Scharren und Heulen, das ich hörte, von harmlosen kleinen Tierchen herrührte. Dass es lächerlich war, sich zu fürchten.

Die Luft war noch warm und roch nach Erde und frischem Gras. Kein Verfolger weit und breit. Zumindest keiner, den ich sehen konnte. Ich hatte erst wenige Schritte getan, da hüllte mich bereits tiefe Dunkelheit ein. Der Waldweg wirkte plötzlich schmaler, die Baumstämme dicker und näher, das Knacken ihrer Zweige bedrohlicher. Ich hätte die Taschenlampenfunktion meines Handys nutzen können – entschied mich jedoch dagegen. Licht zu machen kam nicht in Frage, ich wollte mich nicht auf dem Silberteller präsentieren, falls mir doch jemand folgte.

Unbeholfen tapste ich vorwärts. Ab und zu bahnte sich der Mond, der dreiviertel voll am Himmel hing, einen Weg durch das Blätterdach und spendete mir für ein paar Augenblicke Mut, dann umfing mich wieder Schwärze. Immerhin sagten mir das Knirschen des Schotters unter meinen Füßen und ein gelegentlicher Lichtreflex auf den kleinen Steinen, dass ich noch auf dem Weg war. Wenn ich davon abkam, würde ich es rasch merken, denn abseits der schmalen Schneise drängten sich die Baumstämme dicht an dicht, so viel wusste ich noch von meinem morgendlichen Ausflug.

Beatrice wartete bereits an der vereinbarten Kreuzung. Ich war unendlich froh, sie zu sehen. Sie hatte eine Miniatur-Taschenlampe bei sich, eher ein Spielzeug als eine echte Beleuchtung, aber es war ein Unterschied wie Tag und Nacht. Mittlerweile waren wir auch weit genug vom Hotel weg, dass wir den kleinen Lichtkegel riskieren konnten. Zumindest redete ich mir das ein.

Wir erreichten den Bungalow keine fünf Minuten später und ohne größere Zwischenfälle. Nur der plötzliche Aufschrei irgendeines Nachtvogels hatte mich beinahe aus der Haut fahren lassen und mir einen Kommentar von Beatrice eingebracht, was für ein schreckhaftes Hühnchen ich doch sei.

Das Waldchalet war eine ebenerdige, zu groß geratene Holzfällerhütte. Von außen betrachtet. Als Beatrice das Schloss problemlos mit ihrer Zimmermädchenkarte geöffnet hatte, schalteten wir die Beleuchtung ein – denn sonst war eine Besichtigung des Chalets schlicht sinnlos. Die Lichter gingen an, und wir fanden uns in einem Wohnschlafraum wieder, der den Seiten einer Architekturzeitschrift hätte entsprungen sein können. Landhausschick der edelsten Sorte. Bauschige wiesengrüne Vorhänge, ein Kingsize-Bett mit einem Meer von Kissen, feinste knöcheltiefe Teppiche im Ethno-Look, aber am eindrucksvollsten waren die Wände. Sie waren aus grobem Holz gezimmert, dem man – vermutlich mit irgendwelchen Chemikalien – die Patina von Jahrhunderten verpasst hatte.

Es dauerte nicht lange, da dämmerte mir, dass ich diesen Raum schon einmal gesehen hatte. Erst kürzlich. Der Boden, die Wände, selbst die Ecke des großen Teppichs in der Mitte des Zimmers waren erkennbar gewesen – auf dem Foto, das in Daniel Cranes Kamera gespeichert war! Dem Bild mit der nackten Leiche von Mikael! Ich war mir ganz sicher. Rasch erzählte ich Beatrice davon.

»Einer der Leute vom Sicherheitsdienst?«, fragte sie nach. »Tot?«

»Ja. Er verschwand vor ein paar Tagen. Marion dachte, dass er den Job hingeschmissen hätte, ohne ein Wort zu sagen.«

»Und glaubst du ihr das?«

Ich zuckte die Achseln. Ich konnte beim besten Willen nicht sagen, was oder wem ich noch glaubte. Fest stand, dass Mikael tot war. »Wenn er hier in diesem Chalet ermordet wurde, konnte man seine Leiche verschwinden lassen, ohne dass Marion etwas davon erfuhr«, sagte ich. Es war kein Problem, das zu bewerkstelligen. Man musste den Toten nur knappe hundert Meter in den Wald hineinschleppen, der das Chalet wie ein Dschungel umwucherte, die Leiche dort begraben, und sie würde vielleicht nie gefunden werden.

»Laut der Zeitangabe der Kamera wurde das Foto am Sonntag aufgenommen«, erklärte ich Beatrice. »Der Tag, an dem ich hier im Hotel ankam. Wobei ich da keinen Zusammenhang sehe.«

Beatrice schüttelte den Kopf. Sie wohl auch nicht. Sie trug heute wieder die zerrupfte blonde Perücke und dazu ein grellbuntes Polyesterkleid. Ihr Anblick war hart an der Grenze des Grotesken. Ein hysterisches Lachen ballte sich in meiner Kehle zusammen. Ich musste ein paar Mal heftig schlucken, um es abzuwürgen.

Unvermittelt fiel mir etwas ein, was den Tag meiner Ankunft im Hotel betraf: der Vorfall kurz nachdem Marion und ich uns auf der Terrasse niedergelassen hatten. Wir hatten gerade Mittagessen bestellt, als Daniel Crane seine Chefin unbedingt sofort sprechen musste. »Ein Notfall«, hatte er gesagt. War das der Notfall gewesen – der Fund seines toten Mitarbeiters hier im Waldchalet? Möglich war es. Schließlich hatte Daniel den Toten fotografiert.

»Woran ist er gestorben?«, riss mich Beatrice aus meinen Gedanken. »Dieser Mikael.«

Eine gute Frage – die ich mir selbst noch gar nicht gestellt hatte. Ich versuchte, mir das Foto in allen Einzelheiten in Erinnerung zu rufen. Der Mann war zweifellos tot gewesen, sein Körper in einer unnatürlich verkrampften Position, der Mund weit geöffnet. Aber zumindest die Vorderseite seines Körpers war unversehrt gewesen. Keine sichtbaren Wunden. Auch kein Blut auf dem Boden um ihn herum, fiel mir jetzt ein. Nicht einmal auf einen Kampf hatte etwas hingedeutet. Hätte ich mir das Foto nur genauer angesehen! Zu meiner Verteidigung konnte ich vorbringen, dass ich gerade mit Blauem Eisenhut vergiftet worden war.

Ich gestand Beatrice, dass ich keine Ahnung hatte. »Soweit ich sehen konnte, ist er nicht erschossen oder erstochen worden. Andere Anzeichen für fremde Gewalteinwirkung waren ebenfalls nicht zu entdecken.« Im Prinzip konnte ich nicht einmal sicher sein, dass Mikael überhaupt ermordet worden war. Allerdings war es noch viel unwahrscheinlicher, dass ein Security-Mitarbeiter plötzlich auf dem Boden eines Gästechalets einer Krankheit erlag – und das nackt.

Daniel Crane jedenfalls musste von Mikaels Tod gewusst haben. Er hatte die Leiche fotografiert. Und offensichtlich nicht die Polizei eingeschaltet. Auch in diesem Fall, um den Ruf des Hauses nicht zu ruinieren? War Daniel bereit, für das Schiller Grand Hotel im wahrsten Sinne des Wortes über Leichen zu gehen? Hatte er die Leiche eigenhändig verschwinden lassen? Bezahlte Marion ihn derart fürstlich, dass er zu solchen Taten bereit war?

Frustriert schüttelte ich den Kopf. So viele Fragen. Mit jedem weiteren Tag an diesem verfluchten Ort kamen neue hinzu. Und wie um mich zu verhöhnen, schossen mir gleich noch ein paar durch den Kopf: Was hatte Mikael in diesem Waldchalet zu suchen gehabt, das doch angeblich seit Matthias Rothenachs Tod leer stand? Und warum stand es eigentlich leer?

»Vermutlich wegen anstehender Renovierungsarbeiten«, hatte die Rezeptionistin gesagt. Ich blickte mich noch einmal in dem Raum um. Alles war penibel aufgeräumt und wirkte brandneu. Wo um alles in der Welt gab es hier Renovierungsbedarf?

Konnte das Datum auf dem Foto falsch sein? War Mikael womöglich schon wesentlich früher gestorben? Erklärte sich seine Anwesenheit hier in diesem Waldhaus durch einen Arbeitseinsatz – als persönlicher Bodyguard von Matthias Rothenach? War er mit dem Mann aus Hamburg gemeinsam ermordet worden?

Wenn Marion Matthias einen Security-Mitarbeiter zugeteilt hatte, musste das heißen, dass sie von der Gefahr, die ihr beziehungsweise ihrem Geliebten drohte, etwas geahnt hatte.

Ich grübelte weiter. Angenommen, Mikael hatte tatsächlich Matthias Rothenach beschützt, dann musste der Mörder zuerst Mikael ausgeschaltet haben, um sich anschließend Matthias zu schnappen und ihn den Felshang hinunterzustoßen. Was allerdings keinen Sinn ergab. Warum bei einem Opfer einen Unfall vortäuschen, wenn man gleichzeitig das andere für alle sichtbar hinterließ? Der Mörder hatte ja nicht damit rechnen können, dass irgendjemand Mikaels Leiche für ihn entsorgte.

Es sei denn … hm ja, es sei denn, Daniel Crane hatte Mikaels Leiche nicht nur beseitigt, sondern den Mann auch höchstpersönlich umgebracht. War er aus diesem Grund jetzt selbst verschwunden? Weil *er* der Mörder war, der die Flucht ergriffen hatte?

Nur, welches Motiv sollte Daniel haben, den Liebhaber seiner Arbeitgeberin umzubringen und im Zuge dessen auch einen seiner eigenen Mitarbeiter?

»Sieh mal hier, Clara«, rief Beatrice plötzlich und wedelte mich mit ihrer knochigen Hand herbei. Sie stand neben dem überdimensionalen Bett und betastete die Wandverkleidung.

Mit ein paar raschen Schritten war ich neben ihr und sah sofort, was ihre Aufmerksamkeit erregt hatte: Ungefähr in Bauchhöhe, im Abstand von vielleicht zwanzig Zentimetern, zeichneten sich zwei kreisrunde Flecken im Holz ab. Winzige Stellen, die etwas heller waren und von gleichmäßigerer Farbe als die gemaserten Bretter. Man musste schon nahe davorstehen, um sie zu erkennen. Als ich einen der Flecken mit dem Finger berührte, gab er ein wenig nach, wie harter Gummi.

»Silikonmasse«, sagte Beatrice. »Oder etwas Ähnliches.«

Ich nickte. Die Flecken waren Löcher, die jemand zugeschmiert und übermalt hatte – wie man es zu tun pflegte, wenn man Bilder von der Wand nahm und ihre Dübel entfernte. Nur dass diese Löcher unmöglich von Bilderhaken stammen konnten. Bilder hängte man nicht in Bauchhöhe auf.

Beatrice und ich sahen uns einen Augenblick schweigend an. Ich war es, die den Gedanken schließlich aussprach: »Einschusslöcher?«

27

Beatrice zog ihre schmalen Schultern hoch. »Ich wüsste nicht, was es sonst sein sollte. Hier war bestimmt nichts befestigt. Und die Größe passt auch zu Einschusslöchern, nicht wahr, Liebes?«

In meinem Kopf brach – wieder einmal – das Chaos los. Schüsse? In Matthias Rothenachs Chalet? Matthias hatte keine Schussverletzung erlitten, die hätte die Polizei bestimmt nicht übersehen. Auf den Fotos von Mikaels Leiche waren ebenfalls keine Schussverletzungen zu sehen gewesen. Und nirgendwo Blut auf dem Boden oder dem Teppich. Mikaels verkrampfte Körperhaltung passte auch nicht zum Tod durch eine Kugel. Auch wenn ich, was das anbelangte, keine Expertin war.

War jemand ins Chalet eingedrungen, hatte zweimal auf Mikael gefeuert, ihn aber verfehlt – auf die paar Meter Entfernung, die in diesem Raum möglich waren? Und ihn dann doch irgendwie getötet, ohne sichtbare Spuren? Sehr unwahrscheinlich.

Ich quälte mein Gehirn, sich das Foto in Daniel Cranes Kamera so gut wie möglich in Erinnerung zu rufen. Was ich brauchte, waren mehr Details.

Mikaels Füße hatten in Richtung der Wand mit den Einschusslöchern gelegen, wenn man nach dem Teppich gehen konnte, der auf dem Foto ebenfalls zu sehen gewesen war.

Was bedeutete, dass Mikael selbst die Kugeln in die Holzverkleidung hätte jagen können, in nahezu gerader Linie, bevor er zu Boden ging. Oder noch aus einer liegenden Position, kurz bevor er starb. Vielleicht war also er der Schütze gewesen. Auf dem Foto hatte keine Waffe in Mikaels Hand gelegen, aber das musste nichts heißen. Jemand konnte sie weggenommen haben. Daniel zum Beispiel, als er Mikaels Leiche fand. Oder derjenige, auf den Mikael geschossen hatte.

Nur, wenn Mikael bewaffnet gewesen war – wovon man bei einem Bodyguard eigentlich ausgehen musste – und zwei Schüsse auf seinen Angreifer abgefeuert hatte, wie hatte dieser Mikael dann töten können, ohne erkennbare Kampfspuren zu hinterlassen?

Was zum Teufel hatte sich zugetragen in diesem Waldhaus? Das Chalet war offensichtlich weit mehr gewesen als nur das Liebesnest von Matthias und Marion.

In diesem Augenblick überfiel mich ein Gedanke. Ein grauenvoller, verbotener Gedanke. Er fuhr mir nicht in den Kopf, sondern mitten in die Eingeweide, blitzartig und kalt wie Gletschereis: *War es Raffael, auf den man geschossen hatte?* Hatte er hier herumgeschnüffelt, genau wie ich jetzt – und seine Neugier mit dem Leben bezahlt? Die Schüsse waren in den Raum hinein abgefeuert worden, nicht in Richtung Tür. Was heißen konnte – heißen musste? –, dass nicht auf einen Eindringling von außen geschossen worden war, sondern auf jemanden, der sich bereits im Innern des Chalets aufgehalten hatte.

Aber Einschusslöcher in der Wand bedeuteten doch, dass man ihn verfehlt hatte, oder? Er wurde nicht getroffen, konnte sich wehren, konnte entkommen …

Ich argumentierte gegen meine eigenen Gedanken an, verhandelte mit mir selbst wie ein verzweifeltes kleines Kind.

Beatrice musste bemerkt haben, was in mir vorging, oder sie war zu dem gleichen Schluss gekommen, was die Löcher in der Wand betraf. Weil dieser Schluss unausweichlich war? Der einzig logische, nach allem, was wir wussten? Sie legte mir einen dünnen Arm um die Schulter, dessen Gewicht ich kaum spürte. Ich wollte etwas sagen, ihr erklären, dass es noch hundert andere Möglichkeiten gab, doch meine Stimme war auf einmal weg. Und im nächsten Moment hing ich heulend an Beatrices Hals.

Alles brach aus mir hervor, alle Angst, aller Schmerz. »Ich will ihn nicht verlieren«, schluchzte ich. »Er darf nicht tot sein. Wie soll ich ohne ihn … *Bitte lass ihn nicht tot sein!*«

Nichts ergab einen Sinn ohne Raffael. Mein Leben hatte doch gerade erst neu begonnen, mit ihm an meiner Seite. Alles, was ich davor erlebt hatte, all die Männer, Affären, Beziehungen, die zigtausend Seiten, die ich über die Liebe geschrieben hatte … Ich hatte nicht das Geringste verstanden, bevor ich Raffael traf. Und das alles sollte jetzt vorbei sein? Sollte hier enden, in dieser gottverlassenen Hütte?

Beatrice sagte nichts. Sie hielt mich fest an sich gedrückt, und irgendwann tupfte sie mir mit einem großen Stofftaschentuch die Wangen ab. Es war aus Seide und mit einem Monogramm bestickt. Ich wollte lachen über diese nostalgische Eleganz, die so typisch für Beatrice war, aber es kamen nur noch mehr Tränen.

»Es ist nicht das Ende, Liebes«, sagte Beatrice lange Zeit später. Mein mittlerweile ziemlich vernebeltes Hirn verstand nicht, was sie damit meinte. Es klang wie etwas, das ein Priester sagen würde, und trotzdem wirkte es seltsam tröstend auf mich.

Ich ließ endlich von ihr ab, stellte fest, dass ich ihr grässliches Kleid völlig durchnässt hatte, und schämte mich bis auf die Knochen.

»Ich werde mir morgen die anderen Chalets anschauen«, sagte Beatrice, als hätten wir unsere sachliche Analyse der Situation nur eben kurz unterbrochen. »Das zweite im Wald und auch die auf der Alm oben. Man kann nie wissen. So abgelegen wie die sind, bieten sie sich geradezu an für …« Sie wedelte mit den Armen. »… Was weiß ich, irgendwelche krummen Machenschaften. Vielleicht finden wir ja noch etwas.« Sie lächelte mir aufmunternd zu.

Ich gab mir einen Ruck. Biss mir auf die Lippen. Schluss mit dem Geheule! Ausgerechnet Beethovens Oper war es, die mir jetzt in den Sinn kam. Jener Abend in Wien, der sich anfühlte, als läge er schon Monate zurück. *Fidelio.*

Fidelis, die unerschütterliche Treue. Leonore, die ihrem Florestan bis in den tiefsten Kerker folgte, ohne zu wissen, ob er nicht längst tot war. Hingerichtet.

Und ich heulte hier herum. *Schluss damit.* Ich schwor mir, Raffael nicht aufzugeben, niemals, nicht bevor ich vor seiner Leiche stand! Nichts und niemand würde mich davon abhalten, weiter nach ihm zu suchen. Schon gar nicht meine eigenen halbgaren Schlussfolgerungen.

»Sieh dir auch sonst alles in der näheren Umgebung des Hotels an«, sagte ich zu Beatrice, während ich mir mit dem Ärmel die Augen trockenwischte. Meine Stimme gehorchte mir endlich wieder, zögerlich zunächst, dann immer besser. »Forsthäuser, Almhütten, sonstige Ferienchalets. Check einen Radius von ein paar Kilometern. Alle einsamen Gebäude. Leerstehende Höfe. Spann deine Unterweltfreunde ein, okay? Dieser Sergej … er kann doch sicherlich ein paar, ähm, Kollegen motivieren, oder?«

Ich fühlte mich nicht halb so sehr Herrin der Lage, wie es klang, aber das war mir jetzt egal. Wir mussten etwas tun, alles, was auch nur ansatzweise Aussicht auf Erfolg versprach. »Und sie sollen auch den Wald hier durchforsten. Rund um das Chalet. Vielleicht finden sie Mikaels Leiche. Wenn wir feststellen können, woran er wirklich gestorben ist, haben wir vielleicht eine Spur.«

»Wird gemacht«, sagte Beatrice, und der Blick, den sie mir zuwarf, war wie ein Versprechen, dass wir Raffael finden würden. *Lebendig.*

28

Als ich durch Viktors Balkontür zurück in sein Zimmer schlüpfte, war er noch wach. Bei meinem Anblick zuckte er kurz zusammen, sagte aber kein Wort. Er zog mich einfach in seine Arme und hielt mich fest. Beinahe wäre ich wieder in Tränen ausgebrochen, aber diesmal kämpfte ich sie zornig nieder.

»Danke«, murmelte ich schließlich, machte mich sanft los und wollte die Türe ansteuern. Viktor hielt mich zurück.

»Es ist halb fünf Uhr morgens«, sagte er. »Wer auch immer es ist, für den wir diese Charade hier inszenieren ... Denkst du, es würde ihn nicht wundern, wenn du mitten in der Nacht mein Zimmer verlässt? In diesem Zustand?« Er machte eine Geste in Richtung meines Gesichts.

Ich ließ die Türklinke los, die ich gerade hatte hinunterdrücken wollen. Viktor hatte natürlich recht. Vermutlich sah ich völlig verheult aus, mit Augen so rot wie ein Albinokaninchen.

»Du willst doch meinen Ruf als Liebhaber nicht ruinieren, odrrr?«, fuhr Viktor mit einem halben Lächeln fort. Er berührte sacht meinen Arm. »Du kannst das Bett haben, ich nehme das Sofa. Das ist sehr bequem. Und ich werde Frühstück beim Zimmerservice bestellen. Zur Abrundung unserer, hm, romantischen Nacht.« Etwas Gequältes stahl sich in sein Lächeln.

Ich nickte wortlos. Ein riesiger Kloß saß in meinem Hals.

Ich warf mich, wie ich war, auf Viktors Bett, dachte, ich würde kein Auge zutun … und war wenige Minuten später eingeschlafen.

Beim Frühstück, das wir beide sittsam bekleidet auf dem zugedeckten Bett einnahmen, aß ich wie eine Halbverhungerte – worüber sich nicht nur Viktor wunderte. Ich fand nicht die richtigen Worte, um ihm das leere Gefühl in meinem Inneren zu beschreiben, gegen das ich anessen konnte, so viel ich wollte.

Als ich schließlich auf mein Zimmer zurückkehrte, war es bereits später Vormittag. Ich stand erst einmal ratlos da. Beatrice hatte ich feldmarschallmäßig zur Arbeit eingeteilt, aber was war mit mir? Was würde ich jetzt tun? Wie ging es weiter?

Ich ließ mich aufs Bett fallen und starrte an die Zimmerdecke. Das Gedankenchaos, das seit Tagen in meinem Kopf gewütet hatte, war plötzlich verschwunden. Stattdessen herrschte nun Leere.

Dann läutete das Telefon. Nicht mein Handy, sondern das Zimmertelefon auf dem Nachttisch. Dr. Minsky war am Apparat. »Oh, Frau Annerson, Gott sei Dank. Ich habe schon mehrmals angerufen, konnte Sie aber nicht erreichen. Ich dachte schon, Sie … Ich wollte nur fragen, ob …«

»Ja?«

Er sog hörbar die Luft ein. »Ob alles in Ordnung ist bei Ihnen?«

Ich brauchte einen Augenblick, bis ich begriff, dass es um meine Vergiftung ging. Daran hatte ich gar nicht mehr gedacht. Erst gestern war ich um Haaresbreite dem Tod entronnen, doch es fühlte sich an, als wäre es bereits Wochen her. Schnee von vorgestern. Als beträfe es jemand anderen, einen Fremden.

»Ich wollte eine Nachuntersuchung vornehmen«, hörte ich Dr. Minsky sagen.

»Danke, ich komme nachher bei Ihnen vorbei, okay?« Mir

fiel wieder ein, dass ich ihm ja den Flakon hatte geben wollen. Um den Inhalt analysieren zu lassen.

»Nein, bemühen Sie sich nicht«, erwiderte der Arzt. »Ich komme zu Ihnen. Ich bin gleich da.« Und schon hatte er aufgelegt. Hatte er beunruhigt geklungen? Noch nervöser als üblich? Ich fühlte mich benommen, konnte kaum klar denken. Trotzdem war ich mir sicher, dass etwas nicht stimmte.

Keine zehn Minuten später klopfte Dr. Minsky bei mir an. Als er eintrat, wandte er den Blick nach links und rechts und zog sogleich rasch die Tür hinter sich zu. Dann stand er wie angewurzelt da und starrte mich an.

»Ist alles in Ordnung?«, fragte ich. »Ist Daniel Crane wieder aufgetaucht?« Ich weiß nicht, wieso mir das als Erstes in den Sinn kam.

Dr. Minsky tat die Frage ab, als wäre sie rein rhetorischer Natur. »Nein. Natürlich nicht. Wie könnte er? Und wer wird der Nächste sein?« Seine Hände, die er vor dem Körper knetete, zitterten plötzlich.

Er machte eine fahrige Geste, dann platzte es förmlich aus ihm heraus: »Frau Annerson, Sie sind in Gefahr! Das mit dem Blumenpflücken gestern, das habe ich nur gesagt, weil …« Er blickte sich um, als wollte er sich vergewissern, dass wir uns wirklich alleine im Zimmer befanden. Was doch eigentlich offensichtlich war. Okay, abgesehen von Beatrices Wanze.

»Ich konnte nicht frei sprechen, verstehen Sie, oben in der Foundation«, fuhr der Arzt fort, immer noch mit dem Gesichtsausdruck eines gehetzten Rehs.

Ich nickte langsam, obwohl ich ihm nicht folgen konnte. »Warum das denn?«, wollte ich wissen.

Eine Frage, die er ignorierte. »Ich bin mir sicher, dass das ein Anschlag auf Sie war, Frau Annerson, verstehen Sie? Sie waren nicht Blumen pflücken, oder? Ich habe es in Ihrem Gesicht gesehen, gestern. Sie müssen abreisen, Frau Annerson! Auf der Stelle.

Sie sind hier nicht sicher. Ich werde das Gleiche tun. Ich hätte schon viel früher …«

Er griff bereits wieder nach der Türklinke, doch ich kam ihm zuvor. Ich stellte mich ihm in den Weg, dann deutete ich in Richtung des Sofas. »Bitte beruhigen Sie sich doch, Dr. Minsky. Wollen wir uns nicht setzen, und Sie erzählen mir, was Sie beschäftigt?«

Er lachte hysterisch auf und machte nicht die geringsten Anstalten, sich zu meinem Sofa zu begeben und ein zivilisiertes Gespräch mit mir zu führen.

Ich lehnte mich mit dem Rücken gegen die Tür und sah ihm herausfordernd in die Augen. Dann eben hier, im Stehen. Aber er würde dieses Zimmer nicht verlassen, bevor er nicht redete. Es war offensichtlich, dass er etwas wusste. Und Angst hatte.

»Sie verstehen nicht, Frau Annerson. Ich wollte Sie nur warnen. Jetzt lassen Sie mich gehen, bitte. Ich muss …«

»Sie müssen mir sagen, was hier vorgeht. Im Hotel. In der Stiftung. Was wissen Sie?«

»Nichts. Ich weiß nichts.«

»Wollen Sie, dass noch mehr Menschen verschwinden? Ich werde die Polizei rufen«, drohte ich.

Dr. Minsky lachte schrill auf. »Die Polizei. Ha! Denken Sie, das ängstigt mich? Die Polizei! Wir haben es hier mit einem ganz anderen Kaliber zu tun. Sie verstehen nicht.«

»Dann erklären Sie es mir! Was geht in der Schiller Foundation vor? Sie sind doch Arzt, oder? Sie haben einen Eid geleistet, niemandem Schaden …«

»Ich bin doch nicht das Problem! Natürlich habe ich Fehler gemacht, das ja. Aber doch aus hehren Motiven! Meine Forschung voranbringen, nur darum ging es mir. Wovon die Menschheit … Es ist doch zugunsten aller, verstehen Sie? Die Unsterblichkeit ist die Zukunft! Ich bin zu weit gegangen, das ist mir jetzt klar. Wir sind alle zu weit gegangen.« Die Worte schossen nur so aus seinem Mund.

»Bitte, Dr. Minsky«, versuchte ich es erneut. »Sie müssen sich beruhigen und mir alles erzählen. Langsam und der Reihe nach. Setzen wir uns doch und Sie …«

Er ignorierte meine Worte. Als hätte er sie gar nicht gehört. »Ihr Freund«, sagte er unvermittelt, »er hat Ihnen wirklich nichts erzählt? Gar nichts? Sie sind vollkommen ahnungslos?«

»Raffael!?« Mit einem Mal war es meine Stimme, die sich überschlug. »Sie kennen ihn? Sie wissen, was ihm zugestoßen ist? Reden Sie!« Bevor ich wusste, was ich tat, hatte ich ihn an der Schulter gepackt. Er wich zurück, als hätte ich ihn geschlagen.

In diesem Augenblick klopfte es an der Tür.

Dr. Minsky taumelte rückwärts wie von einer Gewehrsalve getroffen. »Ich bin ein toter Mann«, flüsterte er. Sein Blick hetzte durch den Raum. Ein in die Enge getriebenes Tier, das verzweifelt einen Fluchtweg suchte.

»St. Germain«, stammelte er plötzlich. »Alles wegen diesem St. Germain!« Seine Augen fixierten die meinen, halb wahnsinnig vor Angst. An seinem Hals leuchteten rote Flecken, seine Zunge schnalzte über die spröden Lippen.

Wieder klopfte es. »Frau Annerson? Sind Sie da?« Das war nicht das Zimmermädchen. Eine Männerstimme.

Dr. Minsky zuckte zusammen, sprach jetzt wie im Delirium. »Man wird mich töten. Ganz bestimmt. So wird es also enden. Es war so greifbar nahe. Das ewige Leben, St. Germain … Aber nicht für mich! Nicht für mich. Ich war ein Narr.«

Ich dachte schon, er würde jeden Augenblick umkippen, doch stattdessen sprang er plötzlich auf mich zu, mit einer Behändigkeit, die ich ihm niemals zugetraut hätte, stieß mich zur Seite, riss die Türe auf und rannte meinen Besucher über den Haufen.

Es war Benny.

29

»Was ist denn in den gefahren?« Benny rappelte sich hoch, klopfte seine Kleidung ab und starrte dem fliehenden Arzt hinterher. »Komme ich ungelegen?« Ein schüchternes Lächeln huschte über sein Gesicht.

»Nein, ich … Kommen Sie nur herein.«

Er trat ins Zimmer. Sah sich um, als suchte er jemanden. »Ich wollte eigentlich nur fragen, ob Leonore bei Ihnen ist. Aber offensichtlich nicht.«

»Leonore? Nein. Warum sollte sie?«, sagte ich abwesend. In Gedanken war ich noch damit beschäftigt, den Worten Dr. Minskys irgendeinen Sinn zu entlocken. Vergeblich. War ich gerade Zeuge geworden, wie der Arzt den Verstand verloren hatte?

Benny ließ die Schultern hängen.

»Setzen Sie sich doch«, sagte ich und deutete auf das Sofa. Benny trabte bereitwillig hin und ließ sich fallen.

In meinen Ohren echoten Dr. Minskys verwirrte Tiraden. *Raffael … St. Germain … Ich bin ein toter Mann.* Ich wollte zur Minibar gehen, um meinem Besucher ein Getränk anzubieten, aber ein plötzlicher Gedanke ließ mich innehalten: *Vergiftete Lotion.* Mein Zimmer war nicht sicher. Während meiner Abwesenheit in der Nacht hatte der Mörder jede Gelegenheit gehabt, die nächste Teufelei auszuhecken. Auch verschlossene Getränke konnte man manipulieren.

Mit leeren Händen kehrte ich zu Benny zurück und ließ mich neben ihm auf dem Sofa nieder. Lieber eine schlechte Gastgeberin als zwei weitere Tote.

Leonores verlassener Liebhaber sah mich erwartungsvoll an, sein Gesicht ganz junger britischer Gentleman. Mit Dr. Minskys kryptischen Worten würde ich mich später befassen müssen. *St. Germain?* Schon wieder?

Ich bemühte mich, einen klaren Kopf zu kriegen. Setzte ein Lächeln auf, das sicher schrecklich hölzern wirkte. »Noch keine Versöhnung mit Leonore?«, sagte ich, denn bestimmt ging es darum bei Bennys Besuch.

»Nein«, erwiderte er und sah dabei so bemitleidenswert aus wie ein geprügelter Welpe. »Ich habe es versucht. Ich bin gestern Nacht zu ihr gegangen. Hiermit.« Er zog eine dunkelblaue Samtschatulle aus seinem Jackett und ließ sie vor meinen Augen aufklappen.

Ein Paar Ohrstecker mit funkelnden Diamanten und riesigen Saphiren kam zum Vorschein. Für viele Frauen bestimmt ein gewichtiges Argument, das für eine Versöhnung sprach. Ob sich Leonore davon beeindrucken ließ, wagte ich allerdings zu bezweifeln.

Benny steckte die Schachtel wieder ein. »Leo war nicht auf ihrem Zimmer. Dabei war es spät, schon nach Mitternacht.« Der geprügelte Welpenblick wich jetzt einem anderen, der eher an einen besorgten Vater erinnerte.

»Und heute Morgen kann ich sie auch nirgends finden«, fuhr er fort. »Ich mache mir Sorgen, Frau Annerson. Ich habe im ganzen Haus nach ihr gesucht. Deswegen bin ich zu Ihnen gekommen. Überall sonst war ich schon. Leonore ist verschwunden.«

Als er *verschwunden* sagte, spürte ich Gänsehaut über meine Arme kriechen. Jetzt auch noch Leonore?

Es würde natürlich verdammt gut passen. In den Plan, den der Mörder womöglich verfolgte. Marions Tochter. Wieder eine enge Angehörige, auch wenn sich Mutter und Tochter nicht besonders nahestehen mochten.

»Haben Sie mit Marion gesprochen?«, fragte ich.

Benny zögerte. »Ich war vorhin oben, im Büro der Foundation. Frau Schiller war gerade sehr beschäftigt. Ich habe nach Leonore gefragt. Sie sagte, sie würde bestimmt noch schlafen, aber die Art, wie sie es sagte ...« Er stockte.

»Ja?«

»Nun. Die Message war klar. *Leonore geht dich nichts mehr an.*« Er zuckte die Achseln. »Womit sie ja recht hat. Aber sehen Sie, ich mache mir Sorgen. Sie haben doch neulich erwähnt, dass Ihr Freund, na ja, dass er verschwunden ist, hier im Hotel. Und dann dieser angebliche Geist, der hier sein Unwesen treibt. Der auch bei Leo eingebrochen ist, erinnern Sie sich? Ich weiß, ich habe gelacht darüber, aber jetzt ...« Er ließ den Satz unvollendet.

»Vielleicht hat sie einfach, hm, auswärts übernachtet?«, schlug ich vor, so behutsam wie möglich. »Bei einer Freundin?«

Benny gab einen Laut von sich, eine Mischung aus Stöhnen und gequältem Lachen. »Sie müssen mich nicht schonen, Frau Annerson! Sie können ruhig *Freund* sagen. Es würde mich nicht wundern, wenn Leo einen Neuen hat.«

Ich lächelte mitfühlend, aber innerlich atmete ich erleichtert auf. Das musste es sein. Leonore war nicht verschwunden, sie war kein weiteres Opfer des Mörders geworden. Sie hatte nur bei ihrem neuen Liebhaber übernachtet, nichts weiter. Neulich hatte ich sie ja auch kurz vor Mittag im Morgenmantel auf dem Gang getroffen. Eindeutig nicht in der Nähe ihres eigenen Zimmers.

Benny druckste herum. Es lastete ihm wohl noch etwas auf dem Herzen.

Ich legte meine Hand auf seinen Arm. »Ich weiß, wie Sie sich fühlen. Verlassen zu werden ist ...« Meine Kehle zog sich zusammen, ohne die geringste Vorwarnung. Nicht schon wieder, nicht jetzt! Ich machte eine Handbewegung, versuchte es wegzuwischen, dieses unerträgliche Selbstmitleid. Dafür war nun wirklich nicht der richtige Zeitpunkt.

»Ich habe Ihnen nicht alles gesagt«, murmelte Benny. »Ich … Es war nicht recht von mir. Ein Gentleman sollte niemals …«

Ich würgte den Kloß in meinem Hals hinunter. »Was denn? Was haben Sie getan?«

Obwohl er mich um einen guten Kopf überragte, schrumpfte Benny jetzt neben mir zusammen, schaffte es irgendwie, von unten zu mir aufzusehen. »Ich war in Leos Zimmer. Ich habe nachgeguckt«, gestand er.

»Sie sind eingebrochen?«

»Nein, ich hatte eine Schlüsselkarte. Das heißt, ich habe sie immer noch. Leo hat sie nicht zurückgefordert, wissen Sie. Ich dachte, das wäre ein gutes Zeichen, und als ich gestern Nacht … Nun, ich habe ein paar Mal geklopft … und gewartet. Aber dann …«

Er ließ den Kopf hängen. »Ich musste wissen, ob sie einen anderen Mann bei sich hat. Ich war so, wie sagt man …«

»Eifersüchtig?«

»Ja, genau.«

»Nun, Sie sehen ja offensichtlich ein, dass es falsch war, den Schlüssel so zu missbrauchen«, sagte ich und fühlte mich bescheuert dabei. Wer war ich, hier den Moralapostel zu spielen? Vermutlich hätte ich genau das Gleiche getan.

»Ja, natürlich. Aber wissen Sie, Frau Annerson, was ich eigentlich sagen wollte, warum ich mir Sorgen um Leonore mache: Sie war nicht im Zimmer, keine Party mit einem anderen Mann. Mir fiel ein Stein vom Herzen – sagt man das so? Aber dann habe ich gesehen, dass Leos Handtasche auf dem Tisch stand. Und ihr Handy lag daneben. Und heute Morgen, gerade vorhin, da habe ich noch einmal nachgeguckt. Und alles war unverändert. Handtasche, Handy, aber keine Leonore. Verstehen Sie, Leo würde nie ohne diese Dinge weggehen.« Er holte tief Luft. »Und deswegen mache ich mir Sorgen, ihr könnte etwas zugestoßen sein.«

Ich nickte langsam. Das klang nicht gut. »Ich komme mit Ihnen«, sagte ich, ohne lange zu überlegen. »Sehen wir uns Leos Zimmer noch mal genauer an. Vielleicht ist ja alles ein Missverständnis.« Eine drückende Ahnung kroch mir in den Nacken, dass es sich nicht als Missverständnis entpuppen würde, dass Leonore doch etwas zugestoßen war. Dass der Mörder sich das nächste Opfer aus Marions engstem Umfeld geholt hatte.

»Treffen wir uns in zehn Minuten vor dem Zimmer?«, sagte ich zu Benny. »Ich muss mir nur rasch etwas anziehen.«

Benny hatte sich seit seinem Geständnis nicht mehr bewegt, doch jetzt sprang er auf und nickte mehrmals. »Ja, ja, eine gute Idee. Danke, Frau Annerson.«

Er lief zur Tür, drehte sich noch einmal um, wieder mit dem gequälten Welpenblick. *Reißen Sie sich zusammen*, wollte ich ihm nachrufen, doch es gelang mir gerade noch, mich zu beherrschen. Ich konnte ihm schlecht vorwerfen, was sein Anblick in mir auslöste! Dass die Wehmut und die Sorge in seinem Gesicht meine eigenen Ängste schürten und die Hoffnungslosigkeit aus dem Verlies holte, in das ich sie erst vor wenigen Stunden gesperrt hatte. Ich war echt miserabel, wenn es ums Verdrängen ging.

Ich lief ins Bad und klatschte mir eiskaltes Wasser ins Gesicht. *Klar denken, Clara. Du bist es, die sich zusammenreißen muss.*

Während ich in Jeans und Sandalen schlüpfte, sprach ich laut in den Raum hinein: »Beatrice, was weißt du über St. Germain? Ein angeblich Unsterblicher, der erstmals im 18. Jahrhundert erwähnt wird. Dr. Minsky hat von ihm gesprochen. Er hat halb den Verstand verloren, glaube ich. Na ja, das konntest du ja hören. Aber Marion hat mich auch schon nach diesem St. Germain gefragt.« Ich zögerte kurz. »Und ich glaube, dass Raffael und Andreas ebenfalls von ihm wissen.«

Letzteres war mir bekannt, weil ich die beiden belauscht hatte, damals, während meiner Mordermittlungen auf dem Landschloss. Ich hatte heimlich mitverfolgt, wie Andreas die eigenartige Liste mit St. Germains Namen darauf vorlas. Aber das tat jetzt nichts zur Sache. Das musste ich Beatrice jetzt nicht beichten.

»Vielleicht gibt es da einen Zusammenhang?«, fragte ich meine abwesende Freundin via ihrer Wanze. »Dr. Minsky jedenfalls hörte sich an, als wäre dieser St. Germain der Schlüssel. Ich weiß auch nicht, zu was genau. Vielleicht fällt dir ja dazu was ein. Und, hm, das mit Leonore konntest du ohnehin gerade mithören. Ich guck mich mal in ihrem Zimmer um. Bis später.«

Schnell zog ich mir ein T-Shirt über den Kopf, schnappte mir meine Tasche und lief auf den Gang hinaus.

»Bin im Erdgeschoss«, rief ich Ramón im Vorbeigehen zu, der gerade mit der Empfangsdame der Spa-Rezeption plauderte. Er nickte, flüsterte der hübschen Rothaarigen etwas ins Ohr und heftete sich – ohne Eile und mit dem üblichen Abstand – an meine Fersen.

30

Benny öffnete die Türe zu Leonores Zimmer mit seiner Schlüsselkarte, und ich trat hinter ihm ein. Der Raum sah aus, als wäre er durchwühlt worden, aber auf den zweiten Blick war es wohl nur eine Art kreatives Chaos. Ein heilloses Durcheinander aus teuren Klamotten, überall im Raum verstreuten Schminkutensilien und Schuhen, die an den unmöglichsten Orten abgestreift worden waren.

Leonores Handtasche und Handy lagen auf einem großen Schreibtisch, genau da, wo sie sich auch schon am Vorabend befunden hatten – wie Benny mir versicherte. Natürlich war die besagte Handtasche nicht die einzige im Raum. Von winzigen Clutches bis hin zu riesigen Shoppern gab es eine reiche Auswahl. Die Tasche auf dem Schreibtisch allerdings war als einzige gefüllt. Portemonnaie, Ausweisetui und zwei Lippenstifte befanden sich darin, dazu Puder und Mascara, ein Parfumzerstäuber, zwei Kugelschreiber und eine Packung Kaugummi. Bereit zum Ausgehen. Nur dass weder Tasche noch Handy mit Leonore ausgegangen waren.

Keine vorschnellen Schlussfolgerungen, ermahnte ich mich, aber in meinen Gedanken ging es bereits drunter und drüber.

Gestern erst war Daniel Crane verschwunden … und heute Leonore? Wurde der Mörder ungeduldig und holte sich jetzt jeden Tag ein weiteres Opfer? Na ja, beinahe zwei gestern, wenn ich mich hinzurechnete. Sollte das eine Art Galgenfrist für Marion darstellen? Ein Countdown des Todes? Das war doch Wahnsinn.

Aber da war noch ein anderer Gedanke, einer, der sich jetzt an die Oberfläche drängte: *Daniel und Leonore.* Daniel war scharf auf Leonore, wie sie selbst es ausgedrückt hatte. Ich hatte zwar nicht den Eindruck gewonnen, dass das auf Gegenseitigkeit beruhte, aber wer konnte Leonore schon einschätzen? War Daniel vielleicht doch der neue Mann in Leonores Leben? Der Grund dafür, dass sie Benny den Laufpass gegeben hatte? Waren die beiden nicht Opfer des Mörders geworden, sondern schlicht und einfach gemeinsam durchgebrannt? Leonore hatte gesagt, ihre Mutter würde es niemals dulden, wenn Daniel sich an ihr vergriff. Aber das war doch kaum Grund genug, deswegen alles hinzuwerfen und klammheimlich abzuhauen?

Leonore traute ich eine derart wahnwitzige Aktion zu, aber Daniel Crane? Außerdem waren die beiden ja nicht wirklich gemeinsam verschwunden. Er fehlte seit gestern, sie erst seit heute. Was wiederum nichts heißen musste. Wenn ein Ex-Elite-Soldat die Flucht mit seiner Geliebten plante, war eine derartige Finte beinahe zu erwarten. Es war zum Verrücktwerden.

Ich wollte mich wieder Benny zuwenden, der ziellos im Raum umherwanderte, aber keine Chance. Mein übereifriges Gehirn war noch nicht fertig mit mir. Es spuckte noch eine dritte Theorie aus. Hatte es in diesen überhitzten Modus geschaltet, bloß um nicht an Raffael denken zu müssen? Um mir zu beweisen, dass es nicht aufgab, dass es das Rätsel lösen würde, komme, was wolle? Vermutlich. Und ich konnte nichts dagegen tun. Gegen sein eigenes Gehirn war man wehrlos.

Unaufgefordert präsentierte mir besagtes amoklaufendes Organ jetzt ein Bild: *Daniel Crane übernächtigt und mit Schrammen an den Armen.* Wann hatte ich das gesehen? Erst vorgestern, am

Dienstag, in der Foundation. Dann folgte ein weiteres Bild, beinahe wie in einem Symbolrätsel: Leonores Fingernägel, die reinsten Dolche. Was das in Summe ergeben sollte, war nicht schwer zu erraten. Stammten die Schrammen an Daniels Armen von Leonores Fingernägeln? War er deswegen so müde, weil er ihr nachts nachstellte? Weil er sie verfolgte, beobachtete und schließlich sogar bedrängte? Hatte sie ihn so lange mit ihrer Femme-fatale-Nummer provoziert, dass er die Beherrschung verloren hatte? Waren die beiden kein Liebespaar, das gemeinsam durchbrannte, sondern Daniel Crane ein Entführer und Leonore sein Opfer?

Benny rettete mich schließlich aus der Endlosschleife meiner Gedanken. Als er mich ansprach, zuckte ich zusammen, als hätte er mich aus tiefer Trance geweckt. »Haben Sie eigentlich herausgefunden, was Ihrem Freund widerfahren ist? Sie sagten, er wäre verschwunden. Genau wie Leonore jetzt. Denken Sie, es könnte da einen Zusammenhang geben? Dass womöglich dieselbe Person dahintersteckt? Hat es mit diesem … diesem Berggeist zu tun?«

»Ich weiß es nicht«, sagte ich mit einem Seufzer. Es gab so viele Theorien in diesem Fall, und genau das machte es so schwer, die Lösung des Rätsels zu finden. Man konnte leicht den Mut verlieren, wenn man in einer Mordsache nicht die geringste Spur fand. Aber das Gegenteil war fast noch schlimmer. Die vielköpfige Hydra, mit der ich es hier aufnehmen musste, all die neuen Spuren, Fragen und Theorien, auf die ich ständig stieß.

Schrammen, Nägel, Liebschaften und Morde, Frankenstein, Blauer Eisenhut, ein angeblich unsterblicher Graf, ein toter, nackter Wachmann, Einschusslöcher in einem Waldchalet, Menschen, die im 24-Stunden-Takt verschwanden … Wie sollte ich Schmalspur-Kriminologin mit all dem fertigwerden?

Ich lief zum Fenster, riss es auf und japste nach Luft. Sie war warm, roch ein wenig nach Sonnenöl und wie immer nach Wald. Gierig sog ich sie in meine Lungen.

»Alles in Ordnung, Frau Annerson?« Bennys besorgte Stimme.

Ich ballte die Hände zu Fäusten. »Es geht mir gut. Ich brauche nur etwas Luft.«

Dann wirbelte ich herum, krempelte die Ärmel hoch und begann, Leonores Zimmer Quadratzentimeter für Quadratzentimeter zu durchwühlen. Beschäftigungstherapie. Wenn die Hände arbeiteten, schwieg die Stimme im Kopf. Zumindest wurde sie etwas leiser.

Als ich plötzlich mein eigenes Notizbuch in Händen hielt, traf mich das wie ein Schlag. Es lehnte ganz harmlos in einem Buchregal, das neben einer Sammlung von CDs und DVDs eine Reihe zerlesener Taschenbücher enthielt. Liebesromane. Die aktuellen Bestseller von Nora Roberts, Nicholas Sparks und von meiner Freundin, Luiza Adoray. Keines meiner eigenen Werke, aber für verletzte Eitelkeit war jetzt nicht die Zeit.

Ein Regalbrett darunter fanden sich Sachbücher mit Titeln wie:

Die große Liebe. Du hast sie dir verdient

Traummann gesucht – und gefunden!

Was IHN verrückt macht

Mr Right, für immer dein

Und zwischen den Büchern entdeckte ich mein Notizbuch. Also war es Leonore gewesen, die es aus meinem Zimmer entwendet hatte? Auf dem cremeweißen Leineneinband prangten schmutzige Fingerabdrücke.

»Haben Sie etwas gefunden?«, fragte Benny.

Ich zuckte die Achseln. »Dieses Buch gehört mir. Es wurde mir gestohlen.«

»Ihr Tagebuch?«

»Nein, nichts dergleichen. Nur Notizen, Ideen für ein Buch, Kritzeleien … Nichts, womit ein Außenstehender etwas anfangen könnte.«

Benny zog die Stirn in Falten. Er schien über etwas nachzudenken. »Leo ist sehr neugierig, wissen Sie«, sagte er dann. »Und Grenzen, die kennt sie nicht so richtig. Vielleicht dachte sie, sie könne etwas daraus lernen? Weil Sie doch Liebesromane schreiben, verstehen Sie? Leo glaubt, sie müsse die perfekte Kurtisane werden, oder etwas in der Art. Als ob ihre Wirkung auf Männer nicht schon ...« Seine Worte verloren sich in einem unverständlichen Murmeln.

Ich suchte weiter, vom Fund meines Notizbuchs ermutigt, dass zielloses Herumstöbern doch mehr sein konnte als bloße Beschäftigungstherapie. Als Nächstes nahm ich mir die Schubladen einer Designerkommode mit weißer Lackfassade vor – und fühlte mich augenblicklich in einen Sexshop versetzt. Von Latex bis Leder war alles vertreten. Korsetts, neckische Strumpfbänder, Strings, die mehr aus Fantasie als aus Stoff bestanden. Und einige Utensilien, deren Zweck sich mir nicht erschließen wollte. Leonore war anscheinend entschlossen, in der weiten Welt der körperlichen Liebe absolut gar nichts auszulassen.

In der Lade mit den Büstenhaltern fand ich etwas, das mich innehalten ließ: eine Packung Viagra. Die Schachtel lag in den Cups eines dunkelroten Push-up-BHs mit schwarzer Spitze. Ich war mir ziemlich sicher, dass es der war, den Leonore gestern getragen hatte. Die Schwarz-rot-Kombination war mir aufgefallen.

Von den zwölf Tabletten, die die Viagra-Packung laut Aufschrift enthalten sollte, waren noch acht übrig. Das alte Klischee: Frauen liebten es, Dinge in ihrer Wäschelade zu verstecken. Schmuck, manchmal auch Bargeld ... aber ein Potenzmittel für Männer?

Benny riss mir die Packung aus der Hand. »Das gibt's doch nicht«, knurrte er, und ich konnte förmlich sehen, was sich hinter seiner Stirn abspielte: Leonore, die sich in einem der Porno-Outfits, die wir gerade gesichtet hatten, einem lüsternen Greis hingab.

»Ich habe einmal gelesen, dass Viagra auch bei diversen Frauenleiden hilft«, sagte ich. »Bei Regelschmerzen zum Beispiel. Angeblich sogar, wenn man schwanger werden will.«

Benny sah mich herablassend an. Und wütend. »Nett, dass Sie mich schonen wollen, Frau Annerson. Aber uns ist doch wohl beiden klar, dass Leo das Zeug nicht selbst genommen hat. Dismenol ist das Schmerzmittel ihrer Wahl, und ansonsten hasst sie Tabletten. Vielleicht weil ihre Mutter sich praktisch davon ernährt, keine Ahnung. Und schwanger will sie ganz bestimmt nicht werden. Sie ekelt sich vor Babys, hat sie Ihnen das noch gar nicht erzählt?« Er schüttelte den Kopf. »Nein, machen wir uns nichts vor.«

Seine Schultermuskeln spannten sich. »Ich wusste es ja schon, wollte es bloß nicht wahrhaben. Leo hat mich abserviert, weil sie einen anderen hat. So einfach ist das! Einen älteren Gentleman offensichtlich.« Bei letzteren Worten kräuselten sich seine Lippen so angewidert, dass es trotz der höflichen Wortwahl wie eine wüste Beschimpfung klang.

»Haben Sie eine Idee, um wen es sich dabei handeln könnte?«, fragte ich.

»Wie bitte?«

»Bei dem älteren Gentleman.«

»Keine Ahnung. Daniel Crane?«

»Das halte ich für unwahrscheinlich.«

Benny schnaubte verächtlich, zuckte dann aber die Schultern. »Ja, schon recht, vermutlich ist er fitter als wir beide zusammen.«

Ich nickte. »Und allerhöchstens fünfzig.«

»Trotzdem«, beharrte Benny, »Potenzprobleme sind nicht immer eine Altersfrage. Außerdem ist er der Typ dafür. Vielleicht gar nicht, weil er es nötig hat, sondern um es Leo so richtig …« Er unterbrach sich, ganz der britische Musterschüler, dem niemals etwas Vulgäres über die Lippen kam. Dann ballte er die Hand zur Faust, öffnete sie wieder und schlug daraufhin mit der offenen Handfläche auf die Deckplatte der Wäschekommode.

Mir war völlig klar, was er hatte sagen wollen. *Um es ihr so richtig zu besorgen*. Leonore war zuzutrauen, dass sie sich von derlei Imponiergehabe beeindrucken ließ, ja, dass es sie sogar anspornte.

Ich legte die Schachtel in die Lade zurück, aber etwas störte mich bei der ganzen Sache. Wenn ein Mann Potenzmittel einnahm, zu welchem Zweck auch immer, dann ließ er doch wohl kaum die Frau, die er mit seiner herausragenden Männlichkeit zu beeindrucken gedachte, seine kleinen blauen Pillen aufbewahren, oder?

In diesem Augenblick klopfte es an der Tür. Benny durchquerte mit drei langen Schritten den Raum und öffnete.

Es war Naomi.

Bei Bennys Anblick riss sie erstaunt die Augen auf, und als sie dann mich sah, mit einer Hand noch immer in Leonores Wäschelade, klappte zusätzlich ihre Kinnlade herunter. »Was ist hier los? Wo ist Leo?«, fragte sie.

Benny ergriff sie bei den Schultern wie einen Rettungsring, den man ihm zugeworfen hatte, und begann auf sie einzureden. Ohne hörbare Atempausen sprudelte all das aus ihm hervor, was er bereits mir erzählt hatte, und dann begann er, Naomi Fragen zu stellen. Wann hatte sie Leo zuletzt gesehen, wo konnte sie stecken, wer war der neue Mann in ihrem Leben und so weiter.

Naomi bekam kaum Gelegenheit zu antworten, ließ sich aber von Bennys wachsender Panik anstecken. »Nicht jetzt auch noch Leo«, brachte sie schließlich mit gepresster Stimme hervor. »Schrecken die denn vor gar nichts zurück? Die eigene Tochter! Sie ist jung, verstehst du, Benny, blutjung! Das ist es, was sie wollen. Sie werden sie …«

Naomi und ihre Verschwörungstheorien. Ich wusste bereits, was als Nächstes kommen würde: Leonore war entführt worden, um als menschliches Versuchskaninchen missbraucht zu werden, man würde ihr die Organe oder sonstwas entnehmen et cetera.

Es mochte ja etwas dran sein an Naomis Gruselgeschichten über die Schiller Foundation, aber dass Marion ihrer eigenen Tochter etwas antun würde – diese Vorstellung erschien mir dann doch ein wenig zu weit hergeholt.

Meine Gedanken drifteten ab, wanderten zu der Packung Viagra zurück. Kurz bevor Naomi uns unterbrochen hatte, war mir eine Idee gekommen. Ein kurzes Aufblitzen am Rande meines Bewusstseins. Hm, was war das gewesen? Ich kramte die Schachtel erneut aus der Schublade hervor und ließ sie zwischen meinen Fingern kreisen. Immer und immer wieder.

Nachdem ich meine halbe Unterlippe abgekaut hatte und gerade dabei war, mich für meine beginnende Senilität zu verfluchen, fiel es mir wieder ein: Die Packung sollte nicht hier sein! Nicht bei Leonore. Sondern bei *ihm*. Ihrem Liebhaber, wer immer er auch war.

»Wir müssen etwas unternehmen!«, hörte ich Naomi sagen. »Jemand muss sie aufhalten, bevor wir alle …«

Benny hielt sie noch immer an den Schultern fest und begann jetzt, sie zu schütteln. Sanft, aber nachdrücklich. »*Wen* aufhalten, Naomi? Von wem redest du?« So ungeduldig wie er klang, hatte er sie das schon mehrfach gefragt, auch wenn mir das entgangen war. Ich hatte den gehetzten Dialog der beiden vorübergehend ausgeblendet.

»Die Foundation natürlich«, rief Naomi. Sie machte sich von Benny los und sah ihn an, als hätte sie ein minderbemitteltes Kind vor sich. »Raffst du es noch immer nicht? Erst Rothenach, dann Mikael, dann Frau Annersons Freund und jetzt auch noch Leo! Sie schrecken vor nichts zurück. Sogar die eigene Tochter! Was sollen wir …«

»Vielleicht interessiert es Sie, dass nicht nur Leonore verschwunden ist, sondern auch Daniel Crane«, unterbrach ich Naomis Redeschwall, bemüht, ruhig und sachlich zu sprechen. »Ein wichtiger Mitarbeiter der Foundation, nicht wahr?«, fügte ich hinzu. »Hat er sich Ihrer Ansicht nach selbst entführt? Oder wie erklären Sie sich sein Verschwinden?«

Naomi murmelte nur etwas Unverständliches und begann dann wieder auf Benny einzureden, den sie nun ihrerseits an den Armen packte.

Bevor sie ihn völlig vereinnahmte, fing ich noch einen seltsamen Seitenblick von ihm auf. Dass Daniel Crane ebenfalls abgängig war, schien er nicht gewusst zu haben. Was mich nicht weiter erstaunte, Marion hatte es bestimmt nicht an die große Glocke gehängt. Wieder registrierte ich, wie es hinter Bennys Stirn zu arbeiten begann, aber diesmal vermochte ich seine Gedanken nicht zu erraten.

Ich ging zur anderen Seite des Raums hinüber, die Packung Viagra noch immer in der Hand. Hinter mir redete Naomi weiter, ihre Stimme war immer mehr angeschwollen und hatte die Grenze zur Hysterie längst überschritten.

Die arme Beatrice bekommt das auch alles ab, ging es mir durch den Kopf. Dank ihrer hübschen kleinen Wanze hier in Leonores Zimmer. Die bis heute nichts aufgezeichnet hatte, was uns weiterhelfen konnte. Dafür bekam Beatrice jetzt jede Menge Drama, samt einer ausgewachsenen Verschwörungstheorie.

Ich stockte. Meine Gedanken stolperten einen Schritt zurück. *Nichts aufgezeichnet.* Die Worte gewannen plötzlich eine völlig neue Bedeutung. *Leonore ist kaum je daheim. Und wenn, dann allein.* Das hatte Beatrice gesagt, da war ich mir hundertprozentig sicher. Und das hieß: Der geheimnisvolle Konsument der Viagra-Tabletten hatte Leonore nicht auf ihrem Zimmer besucht. Jedenfalls nicht, seit Beatrice ihre Wanze hier platziert hatte. Sonst hätte sie seine Stimme aufgenommen.

Kein Sex auf Leos Zimmer.

Andererseits lag die Packung in einem BH, den Leonore erst gestern getragen hatte. Es war also nicht davon auszugehen, dass der Viagra-Konsum der ferneren Vergangenheit angehörte.

Für einen Moment war ich beinahe stolz auf meine Kombinationsgabe, fühlte mich fast wie Hercule Poirot. Die kleinen grauen Zellen hatten triumphiert! Nur dass Agatha Christies Meisterdetektiv sich bestimmt nicht durch Schubladen voller Reizwäsche und erotischer Spielsachen gewühlt hätte.

Also kein Sex in Leonores Zimmer. Ein weiterer Grund, warum es keinen Sinn ergab, die Viagra-Pillen bei ihr zu deponieren.

In diesem Augenblick machte etwas *Klick* in meinem Kopf. Und wieder fühlte ich mich an Hercule Poirot erinnert. *Mon Dieu!*, hätte ich am liebsten gerufen. Das Chaos, das mich noch kurz zuvor halb in den Wahnsinn getrieben hatte, begann sich mit einem Mal zu lichten. Wie Nebelschwaden, die sich in der Morgensonne auflösten.

Was sie freigaben war allerdings so grauenvoll, so ekelerregend, dass es mich würgte. Und doch musste es wahr sein.

Viagra in den Händen einer Frau, die nur an ihr eigenes Vergnügen dachte. Die Sachbücher zum Thema »Traummann« und »Große Liebe«, die sich in Leos Regal fanden. Leonore im Morgenmantel auf dem Gang vor meinem Zimmer. Ihr Besuch an meinem Krankenbett nach dem Giftanschlag. Mein gestohlenes Notizbuch.

Mit klammen Händen zog ich das Buch aus meiner Umhängetasche, in der ich es vorhin verwahrt hatte. Ich betrachtete erneut die Fingerabdrücke auf der Hülle. Sie waren zu groß, zu weit auseinander für Leonores zarte Elfenhände.

Die Einschusslöcher im Waldchalet. Mikael, nackt und tot auf dem Boden. Das Stück schwarze Wäschespitze, das Daniel Crane aufbewahrte – hatte er es bei Mikaels Leiche gefunden? Leonore, die sich im Medikamentenlager bediente, beim Verbandszeug.

Die tausend Köpfe der Hydra, die mich noch keine Stunde zuvor ins Gedankenchaos gestürzt hatten, wurden plötzlich zu einem einzigen riesengroßen, der mit weit aufgerissenem Maul nach mir schnappte. Fauliger Atem und ein schwarzer bodenloser Schlund. Unaussprechlich widerwärtig.

Aber sie würde mich nicht verschlingen! Gegen eine einzelne, deutlich erkennbare Bestie hatte ich eine Chance. Und ich würde diese Chance ergreifen. Endlich ergaben die Dinge einen Sinn, so abscheulich er auch war.

Die Frage war nur, was Leonores Verschwinden zu bedeuten hatte. War es Anlass zu Hoffnung oder eine Katastrophe?

Und da war noch etwas, das nicht in dieses neue Bild passte, wie ich es auch drehte und wendete: Warum hatte Marion mich nach Kitzbühel eingeladen? Wenn ich – was Leonore betraf – richtiglag, ergab das keinen Sinn. Nicht den geringsten. War unsere Begegnung in der Staatsoper doch nichts weiter als ein Zufall gewesen? Konnte es das geben?

Wie auch immer, ich hatte endlich Fortschritte gemacht. Ich musste dringend mit Beatrice sprechen.

31

Ich brauchte nicht auf mein Zimmer zurückzukehren, um meiner Verbündeten eine weitere Nachricht per Wanzenpost zu hinterlassen. Beatrice saß, in einen grellorangen Polyester-Kaftan gehüllt, an der Spa-Rezeption vor meinem Gang und blätterte in einer Frauenzeitschrift. Der Blick, den sie mir zuwarf, als sie mich entdeckte, war eindeutig: *Ich muss dich dringend sprechen.*

Mein Herz tat einen Sprung. Hatte sie etwas gefunden bei ihrer Suchaktion?

Ramón kam gerade erst die Treppe herauf, wie üblich war er mir mit einigem Abstand gefolgt. Beatrice stand plötzlich auf und informierte – wie mitteilsame alte Damen das so zu tun pflegten – alle Anwesenden, dass ein Tässchen Earl Grey jetzt genau das Richtige wäre. Daraufhin trippelte sie zu der Teebar, die dem Empfangsschalter gegenüber lag.

Die Rezeptionistin lächelte still vor sich hin, während die zwei wartenden Gäste, die in Bademänteln herumsaßen, der Sache keinerlei Beachtung schenkten.

»Oh ja, Tee, was für eine hervorragende Idee«, sagte ich laut und bog ebenfalls in Richtung der langen Theke ab. Neben einem Dutzend verschiedener Teesorten in hübschen Holzkästchen und einem orientalisch anmutenden Heißwasserspender gab es da Edelstein- und Minz-Wasser, Äpfel und Weintrauben und ein Tablett voller zuckerglasierter Miniplunder.

Ich trat neben Beatrice, die sich tief über die Holzkästchen gebeugt hatte und scheinbar unfähig war, den Earl Grey zu finden. »Hier ist er«, sagte ich laut. »Warten Sie, lassen Sie mich das für Sie machen.«

Ich griff nach einem Teebeutel, hängte ihn in eine der silbernen Kannen und ließ langsam heißes Wasser hineinlaufen.

Beatrice klammerte sich an meinen Arm, tätschelte dankbar meine Schulter. »So reizend von Ihnen, junge Dame, Sie sind ein Engel!«

Danach nuschelte sie etwas. So leise, dass ich selbst es kaum verstehen konnte. »Was du vorhin gesagt hast, Clara, *St. Germain*, das ändert alles! Wir sind von völlig falschen Voraussetzungen ausgegangen. Wir müssen ...«

In diesem Augenblick knarzte hinter uns ein Fauteuil. Ich blinzelte über meine Schulter, während ich Beatrice die Teekanne reichte. Ramón. Er hatte seine übliche Position bezogen und wühlte den Stapel mit den Magazinen durch. Bestimmt kannte er inzwischen alle auswendig.

»Ich komme heute Nacht zu dir«, hauchte Beatrice, ohne mich anzusehen, dann wandte sie sich mir zu, strahlte mich an und sagte laut: »Haben Sie vielen Dank, mein Kind. Wirklich nett von Ihnen!« Sie trug ihre Kanne in beiden Händen und trippelte zu ihrem Fauteuil zurück. »So eine reizende junge Dame.« Wieder an niemand Bestimmtes gerichtet.

Ich bereitete mir eine Tasse Schwarztee zu, während ich versuchte, Beatrices Worten einen Sinn zu entlocken. St. Germain? Den hatte ich beinahe schon wieder vergessen gehabt. Ebenso wie Dr. Minskys Nervenzusammenbruch, bei dem dieser Name eine zentrale Rolle gespielt hatte. In jener Version der Ereignisse, die ich mir gerade erst in Leonores Zimmer zusammengereimt hatte und die mir eben noch so folgerichtig, ja geradezu zwingend erschienen war, kam St. Germain nicht vor. Nicht einmal am Rande.

»Das ändert alles«, hatte Beatrice geflüstert. Sie musste sich irren.

In meinem Zimmer angekommen, warf ich mich aufs Bett, um mich zu einer Siesta zu zwingen. Schließlich wollte ich heute Nacht fit und einsatzbereit sein. Wobei sich schnell herausstellte, dass ich mich gar nicht zwingen musste. Denn kaum war ich unter die Bettdecke geklettert, wurden meine Augen schwer. Nichts mehr denken, einfach abschalten. Ich sehnte mich geradezu nach der alles auslöschenden Umarmung des Schlafs.

Die mir leider nicht vergönnt war. In dem Traum, der mich quälte, war es Raffael, der nackt und tot auf dem Boden des Waldchalets lag. Über seiner Leiche kniete ein flamboyant gekleideter Mann aus dem 18. Jahrhundert.

Meine eigenen Schreie aus dieser Horrorvision klangen mir noch in den Ohren, als ich zum Dinnerbuffet ins Restaurant ging. Wie eine Schlafwandlerin hatte ich das erstbeste Kleid übergestreift, das ich gefunden hatte, und mich dann auf den Weg gemacht.

Viktor erwartete mich bereits, genau wie all die Abende zuvor. Ich war ihm zutiefst dankbar für dieses Ritual, für unsere gemeinsamen Abendessen, die mir wenigstens für ein paar Stunden die Illusion schenkten, eine ganz normale Urlauberin zu sein, die einen ganz normalen Abend mit einem ... Nein, Viktor war kein normaler Mann. Er war außergewöhnlich.

Heute Abend saß er lesend bei Tisch, als ich ins Restaurant kam. Ich erkannte das Buchcover sofort. *Meeresatem*, eines meiner Werke. Ein erfolgreicher Liebesroman, mit dem ich sogar einen Preis gewonnen hatte.

Eine seltsame Nostalgie überkam mich. Es fühlte sich an, als hätte ich dieses Buch in einem anderen Leben geschrieben, vor Jahrhunderten, in einer anderen Welt. In einer Welt ohne skrupellose Mörder, Entführer oder Attentäter, die mir nach dem Leben trachteten.

»Es ist wunderbar, wie du von der Liebe schreibst«, sagte Viktor, nachdem er mich mit einer viel zu engen und viel zu langen Umarmung begrüßt hatte.

»Schrieb«, verbesserte ich ihn. »Ich mache das nicht mehr. Ich bin ins Krimifach gewechselt.«

»Wieso?«, fragte Viktor. »Warum hast du aufgehört?«

Mit einer Handbewegung tat ich die Frage ab, aber Viktor sah mich so erwartungsvoll an, dass ich schließlich doch den Versuch einer Erklärung unternahm: »Mein eigenes Liebesleben war ein Fiasko. Irgendwann hatte ich einen Punkt erreicht, an dem ich meinen Leserinnen nur noch etwas vormachte. Und das wollte ich nicht. Ich dachte eigentlich, ich wäre mit der Liebe fertig. Für immer, verstehst du?«

»Und was ist dann passiert?«

»Raffael«, sagte ich schlicht. In diesen drei Silben lag alles, was es über die Liebe zu sagen gab. Und nichts davon würde sich je zu Papier bringen lassen.

Raffael. Würde er fortan nur mehr eine Erinnerung sein? Oder, schlimmer noch: War er das schon längst, und ich machte mir bloß noch etwas vor?

»Der Mann, den du hier suchst«, bemerkte Viktor.

Ich nickte wortlos.

»Er hat alles verändert für dich, nicht wahr? Es kommt dir vor, als hättest du nie zuvor geliebt.« Viktors Stimme verebbte. Etwas Träumerisches lag plötzlich in seinen sonst so klaren grauen Augen.

»Woher weißt du das?«, fragte ich erstaunt.

»Ich sehe es dir an. Wenn du von ihm sprichst, bloß an ihn denkst.«

Er fasste sich wieder, sein Blick gewann die übliche Klarheit zurück. Sein Lächeln wirkte leicht melancholisch. »Ich weiß, wie sich das anfühlt«, sagte er, »auch wenn das bei mir sehr lange her ist.«

Wir schwiegen beide für eine Zeit, die mir endlos erschien.

»Ich beneide ihn«, sagte Viktor schließlich. »Deinen Raffael. Er hat großes Glück.« Dabei umfasste er meine Hand, hielt sie warm und fest in seiner.

Ich schluckte mühsam und griff rasch nach dem Wasserglas. *Großes Glück? Vielleicht ist er bereits tot.* Und dann hörte ich mich etwas sagen, das mich selbst überraschte: »Vielleicht werde ich wieder schreiben. Über die Liebe.«

Viktor nickte. »Das wäre schön.«

32

»Ich warte auf dich«, sagte ich zu Beatrices Wanze, nachdem ich auf mein Zimmer zurückgekehrt war. »Komm so rasch du kannst.«

Nichts geschah. Aber was hatte ich denn erwartet? Dass meine Freundin sich wie ein Dschinn im Zimmer materialisieren würde, sobald ich sie rief? Auf einer magischen Brise angeritten kam?

Ich lief auf meiner Terrasse hin und her, wie ein Tiger in seinem Käfig, und die Zeit schien nur so dahinzukriechen. Kleine Wolken gondelten in der warmen Abendluft über den Himmel, und dazwischen leuchteten immer mehr Sterne auf. Als wollten sie den Lichtern von Kitzbühel Konkurrenz machen. Auf der Hotelterrasse zu meinen Füßen plauderten und lachten die Menschen. Wie konnten sie nur alle so unbeschwert sein?

Endlich, endlich klopfte es an der Tür.

Erst als ich hingestürmt war und sie aufgerissen hatte, wurde mir klar, dass es nicht Beatrice sein konnte. Beatrice würde nicht anklopfen.

Stattdessen war es Sven vom Sicherheitsdienst, der im Türrahmen stand und ihn nahezu ausfüllte. »Entschuldigen Sie bitte die Störung«, sagte er in sachlich-kühlem Tonfall. »Frau Schiller möchte Sie dringend sprechen.«

»Jetzt? Ich … ich kann jetzt nicht«, stammelte ich. »Ich … bin sehr müde. Ich schaue morgen früh bei ihr vorbei, okay?«

»Ich fürchte, es kann nicht warten«, sagte Sven, noch sachlicher, wenn das denn überhaupt möglich war.

»Was ist denn los?«, fragte ich.

Sven ließ sich keine Antwort entlocken, aber meine überreizte Fantasie sprang für ihn ein. War noch jemand verschwunden? Gab es überhaupt noch jemanden, der verschwinden konnte?

Ich zögerte, überlegte fieberhaft. Vielleicht hatte Marion ja etwas entdeckt, das mir weiterhelfen konnte. Mein Herz tat einen Sprung. Ein Hinweis, wo Raffael steckte? Beatrice würde hören, dass Sven mich abgeholt hatte. Sie würde auf mich warten.

»Gut, ich komme mit. Aber ich hoffe, es dauert nicht allzu lange«, sagte ich lauter als nötig zu Sven. »Ich bin wirklich sehr müde.«

Er nickte wortlos und hielt mir die Tür auf.

Beim Lift angekommen, erwartete ich, dass wir nach oben fahren würden, in den dritten Stock, wo Marions Büro und die Privaträume lagen. Sven allerdings nahm die Treppe ins Erdgeschoss. »Wo gehen wir hin?«, fragte ich, bekam jedoch abermals keine Antwort.

Erst als wir die Lobby bereits durchquert hatten und auf den Seitenausgang des Hotels zusteuerten, blieb ich stehen und wiederholte meine Frage – mit Nachdruck: *»Wo treffen wir Marion?«*

»Bitte folgen Sie mir einfach. Sie werden es gleich sehen.« Svens Sachlichkeit nervte mich jetzt entschieden.

»Ich werde nichts dergleichen tun. Ich …«

In diesem Augenblick trat der massige Mann näher an mich heran und machte eine seltsame Handbewegung. Ich brauchte einen Augenblick, um zu begreifen, was vor sich ging. Mit der Linken hatte er sein Jackett einen Spalt weit geöffnet, und seine Rechte lag jetzt auf einer schwarzen Pistole, die in einem Schulterhalfter steckte. »Kommen Sie, Frau Annerson. Hier entlang.« Er deutete auf den Ausgang.

Erschrocken blickte ich mich um.

»Bitte bewahren Sie Ruhe. Wir wollen doch die Gäste nicht verschrecken, oder?« Sven zog eine seiner buschigen Brauen hoch und rückte noch näher an mich heran.

Die Gäste und deren Urlaubsfrieden waren mir in diesem Augenblick herzlich egal. Svens Hand an der Waffe allerdings weniger. Zögernd setzte ich mich wieder in Bewegung. Und ein lächerlicher Teil von mir war immer noch neugierig, was das alles zu bedeuten hatte. Das konnte doch nur ein Missverständnis sein. Ich würde mich bei Marion über Svens Verhalten ausgiebig beschweren!

Erst als wir bereits den Waldweg entlangliefen, der mir schon von meinem eigenen nächtlichen Ausflug vertraut war, kam mir der Gedanke, dass das mit Marion womöglich nur ein Vorwand gewesen war. Dass nicht sie es war, die Sven geschickt hatte. Aber was wollte er dann von mir?

Mein Magen zog sich zusammen. Ich hatte diesen Mann nicht ernsthaft miteinbezogen in meine Ermittlungen, in den Kreis der Verdächtigen. Die lächerliche alte Krimiregel kam mir in den Sinn: *Eine der Hauptfiguren muss der Täter sein. Personal kommt nicht in Frage.* Danach war ich wohl unbewusst vorgegangen bei meiner Suche nach dem Mörder. Nur dass dies kein Buch war.

Hatte ich komplett falschgelegen? War Sven der Killer, den ich suchte, und ich gerade auf dem Weg zu meinem Grab?

Der angebliche Sicherheitsmann hatte seine Pistole jetzt aus dem Halfter gezogen und trug sie entsichert in der Hand. Wann immer ich stehen blieb oder langsamer wurde, hob er sie wortlos an. Dabei blickte er sich ständig um, als erwartete er einen Verfolger. Schließlich fand ich mich vor dem Waldchalet wieder, das zuletzt Matthias Rothenach bewohnt hatte.

Sven öffnete die Tür, schubste mich ziemlich unsanft hinein und deutete mit seiner Waffe auf das Sofa. »Machen Sie es sich gemütlich. Frau Schiller sollte gleich zu uns stoßen.«

Ich blieb stehen. »Sparen Sie sich das Theater«, fuhr ich ihn an. »Mir ist völlig klar, dass Sie mich reingelegt haben.«

Ich verdammte Idiotin! Warum hatte ich nicht in der Lobby um Hilfe gerufen, als Sven mir seine Waffe offenbart hatte? Warum war ich nicht davongelaufen oder was auch immer? Er hätte mich wohl kaum vor aller Augen mitten im Hotel erschossen. Hier in diesem Waldhaus dagegen konnte er mich völlig ungestört erledigen. Wenn überhaupt, dann würde der einzige Zeuge meines Tods ein Hirsch sein.

In diesem Moment öffnete sich die Tür, Sven hob erneut seine Waffe – aber dann trat tatsächlich Marion ins Zimmer. Allerdings war auch sie bewaffnet. Sie ließ gerade eine mattgraue Pistole in ihrer Handtasche verschwinden und blickte sich ihrerseits noch einmal um, bevor sie die Tür hinter sich schloss. Irgendetwas sagte mir, dass es zu früh war, erleichtert aufzuatmen.

Die Art, wie Marion mich ansah, beraubte mich der letzten Illusionen, dass das hier ein harmloses Stelldichein sein könnte, das nur zu einem etwas unorthodoxen Zeitpunkt – und an einem nicht minder ungewöhnlichen Ort – stattfand.

Die Frau, die sich jetzt vor mir aufbaute, war mir völlig fremd. Verschwunden war die liebe, fürsorgliche Freundin, die ich vor ein paar Tagen in der Oper kennengelernt hatte. An ihrer Stelle taxierte mich jetzt eine Fremde mit eiskaltem Blick und angespannten Muskeln, wie ein Raubtier, das jeden Moment zum Sprung auf mich ansetzen würde.

»Ihr seid jetzt wirklich zu weit gegangen«, fauchte sie mich an, ohne mich auch nur begrüßt zu haben. »Was habt ihr mit meiner Tochter gemacht?« Sie entsicherte ihre Waffe und zielte zwischen meine Augen.

Es war nicht nur diese Geste, die mich völlig unvorbereitet traf. Auch ihre Worte ergaben keinerlei Sinn. »Mit deiner Tochter gemacht? Ich? Ich habe nur versucht, bei der Suche nach ihr zu helfen! Benny kam zu mir, er hat mir erzählt, dass er sie nirgends finden kann und …«

Marion schnitt mir das Wort ab. »Spiel hier nicht die Unschuldige. Schluss mit dem verdammten Theater!« Ihre Hand krallte sich jetzt so fest um die Waffe, dass die Fingerknöchel weiß hervortraten. »Es geht hier nicht um Benny! Du und dein verlogener Freund, ihr … Wie konntet ihr es wagen? Aber jetzt ist Schluss mit eurem Rachefeldzug. Ein für alle Mal!«

Sie wedelte mit der Waffe vor mir herum. »Wo ist Leonore? Wenn ihr meiner Tochter etwas angetan habt, seid ihr beide tot, das schwöre ich dir! Und du bist die Erste.« Sie machte einen großen Schritt auf mich zu, sodass ich jetzt direkt in den Lauf der Pistole starrte.

Mein Gehirn mühte sich fieberhaft, ihren Worten irgendeinen Sinn zu entlocken. Dachte sie ernsthaft, ich hätte ihre Tochter entführt? Mit meinem Freund? Welchem Freund? Sie konnte doch nicht Raffael meinen?

»Warte, Marion!« Ich hob beide Hände, versuchte sie zu beschwichtigen. »Ich habe keine Ahnung, was du da andeuten willst. Sprichst du von Raffael? Lass uns in Ruhe über alles reden, ja?« Ich machte einen zaghaften Schritt auf sie zu, ohne meine Beine zu spüren. Meine Knie gaben beinahe nach.

Marion hatte immer noch den Finger am Abzug, und auch Sven legte jetzt wieder auf mich an. »Bleiben Sie zurück«, zischte er, scheinbar ohne die Lippen zu bewegen.

»Marion, bitte, das ist ein Missverständnis. Ich bin auf deiner Seite. Das weißt du. Mein Freund wurde doch auch entführt. Ich …«

»Bleib stehen. Nein, setz dich auf das Sofa da.« Sie deutete mit dem Kopf schräg hinter mich.

Es war wohl das Beste, diesem Befehl nachzukommen. Der kalte Zorn, der in Marions Augen loderte, machte sie unberechenbar. Ich ließ mich also in die weichen Polster fallen und versuchte, mir meine wachsende Panik nicht anmerken zu lassen.

»Verdammt, Clara, guck mich nicht so an. Auf diesen Bambi-Blick bin ich nicht mal anfangs reingefallen. Du abgebrühte kleine Heuchlerin. Aber damit ist jetzt Schluss! Dein Raffael hat Zeit bis morgen Mittag, sich zu stellen und Leonore unversehrt zurückzubringen. Sonst kann er dich abschreiben. Und das meine ich ernst. Ich habe keine Ahnung, wie er sich befreien und Mikael ausschalten konnte. Aber es ist ihm gelungen. Und dann hat er seinen Rachefeldzug gestartet. Erst hat er sich Daniel geschnappt, dann meine Tochter. Und nach allem, was ich weiß, ist jetzt auch noch Dr. Minsky verschwunden. Aber mich bekommt er nicht, das sag ich dir! Und wenn er dich lebend wiedersehen will, sollte er sich beeilen. Gegen Sven hat er keine Chance, das schwöre ich dir. Wir hätten dich schon viel früher als Geisel nehmen sollen. Das war mein Fehler.«

Eine tiefe Falte grub sich quer durch ihre Stirn, als sie endlich verstummte. Sven knurrte etwas Unverständliches und betrachtete konzentriert seine Waffe. Zärtlich beinahe. Als könnte er es kaum erwarten, sie abzufeuern.

Die Szene war völlig surreal. Hatte Marion den Verstand verloren? Wut stieg in mir auf. »Du denkst, Raffael steckt hinter dem ganzen Horror in deinem Hotel? Er ist doch selbst verschwunden, schon vergessen? Und mich hat er verlassen, wenn ich dich erinnern darf. Ich habe also keine Ahnung, was du von mir willst. Mich zu erschießen wird dir deine Tochter nicht wieder bringen. Nach allem, was ich weiß, hat sie …«

Ich unterbrach mich. Was hatte Marion da eben gesagt? Erst jetzt sickerte die Bedeutung ihrer Worte zu mir durch. *Ich habe keine Ahnung, wie er sich befreien und Mikael ausschalten konnte.*

Dann war es *Marion*, die Raffael entführt hatte? Ihn gefangen hielt? Alles in mir wehrte sich gegen diese Vorstellung. Marion war eine liebenswürdige, intelligente Frau. Ein wenig exzentrisch vielleicht, aber eine Kidnapperin? Warum um alles in der Welt würde sie Raffael entführen, ihn einsperren? Hier in diesem Waldchalet, genau wie mich jetzt? Es war der perfekte Ort, schön abgeschirmt gegen neugierige Blicke oder Ohren.

Ich starrte sie an, während mein Gehirn ihre Worte durchkaute, immer wieder, verzweifelt bemüht, sie zu erfassen. *Mikael ausschalten …*

Raffael sollte den Security-Mann getötet haben? Ich musste wieder an das Foto in Daniels Kamera denken. Der nackte, verkrampfte Körper auf dem Boden des Chalets. Er hatte ungefähr da gelegen, wo Marion jetzt stand.

Mikael. Dann war dieser Mann also nicht der Leibwächter von Matthias Rothenach gewesen, sondern Raffaels Bewacher? Im Auftrag von Marion? Und Raffael hatte ihn schließlich getötet? Konnte fliehen?

Aber dann hätte er sich doch gemeldet, wäre längst zurück in Wien und hätte die Polizei gerufen. All das hier wäre dann gar nicht passiert. Nein, das war ein Irrtum. Musste einer sein. Raffael ermordete keine Menschen, tauchte nicht unter wie ein Phantom, um dann einen Rachefeldzug gegen Marion anzuzetteln und Leute verschwinden zu lassen. Erst Daniel, dann Leonore und nun sogar noch Dr. Minsky? Den nervösen, am Ende fast panischen Dr. Minsky. Wobei Minsky sich vielleicht nur heimlich aus dem Staub gemacht hatte. Er hatte selbst gesagt, dass er das vorhatte.

»Du warst es, die Raffael entführt hat?«, fragte ich Marion, noch immer unfähig zu glauben, was ich mir da eben zusammengereimt hatte.

Ich erhielt keine Antwort. Aber das war auch gar nicht nötig. Sie hatte es ja bereits zugegeben, wenn auch indirekt. Diese Frau also, die ich für eine Freundin gehalten hatte, steckte hinter Raffaels Verschwinden. Sie hatte mir den Mann genommen, den ich liebte, der mir alles bedeutete.

Marion hatte ihn entführt und daraufhin mich, nur ein paar Tage später, in der Oper kennengelernt. *Ganz zufällig.* Dort hatte sie dann die Einladung in ihr Hotel zu ein paar unbeschwerten Urlaubstagen ausgesprochen. So hatte sie es ausgedrückt. Um meinen Liebeskummer zu lindern.

Meinen Liebeskummer!

»Du warst es!«, entfuhr es mir. »Du hast Raffael sein Handy abgenommen. Du hast mich in seinem Namen abserviert, um zu verhindern, dass ich Fragen stellte, wenn er mir plötzlich aus heiterem Himmel nicht mehr schrieb, richtig? Um zu vermeiden, dass ich nach ihm suchen würde, ihn als vermisst melden oder was auch immer.«

Es war genau wie Beatrice vermutet hatte. Die Abschieds-SMS war nichts weiter als ein billiger Trick gewesen. Und ich war prompt darauf hereingefallen. Ein Teil von mir war überzeugt gewesen, dass mich Beatrice mit dieser Theorie nur trösten wollte. Aber nein. Sie hatte ins Schwarze getroffen.

Alles war umsonst gewesen, die Trauer, die Verzweiflung, das Gefühl, die Welt würde enden, alles nur wegen einer Farce. Raffael hatte mich nicht verlassen. Marion hatte mich hereingelegt, auf grausamste Art und Weise. Ich spürte, wie mir das Blut in die Wangen schoss, spürte die Wut, die immer weiter anstieg und die Angst beinahe verdrängte.

»Du Miststück«, zischte ich, und am liebsten wäre ich ihr an die Kehle gesprungen. »Wie konntest du mir das antun!« Die Worte brodelten nur so aus mir heraus, voller Hass und Verachtung.

Aber Moment mal, die Oper – etwas stimmte hier nicht. Ich stutzte. Warum war Marion nach Wien gekommen, hatte die *Fidelio*-Vorstellung besucht, es darauf angelegt, mich kennenzulernen, und mir dann die Verständnisvolle vorgespielt, die liebevolle Trösterin? Doch wohl kaum, um mich nach Kitzbühel einzuladen, an den Schauplatz ihres Verbrechens. Vor allem nicht, nachdem sie kurz zuvor noch versucht hatte, mich mittels der gefälschten Raffael-SMS loszuwerden. Nein, wieso sollte sie das tun? Mich erst aus dem Weg räumen, um mich dann mit einigem Aufwand wieder einzuladen?

Ergab eigentlich irgendwas in diesem ganzen Albtraum Sinn? Egal wie ich es anging, wie verzweifelt ich mein Hirn auch quälte, jede meiner Theorien erwies sich bereits nach kürzester Zeit als falsch.

Von Marion war keine Hilfe zu erwarten. Sie sagte nichts, sah mich nur unverwandt an, fast so, als könnte sie das Chaos meiner Gedanken mitverfolgen. Als hätte ich sie mit meiner Unwissenheit und Verwirrung nun ihrerseits in Erstaunen versetzt. Sie war ganz offensichtlich davon ausgegangen, dass ich all die Dinge, die ich mir gerade mühsam zusammenreimte, längst wissen musste. Dass ich tatsächlich Raffaels Komplizin war, die Partnerin bei seinem angeblichen Rachefeldzug.

Was hatte Raffael dieser Frau angetan? Kannte ich die Antwort auf diese eine Frage nicht zumindest schon? Raffael war nach Kitzbühel gekommen, um den Tod von Matthias Rothenach aufzuklären, so viel stand fest – wenigstens für mich. *Und genau das musste der Grund für seine Entführung sein.* Einen lästigen Schnüffler beseitigen, bevor er zu viel enthüllte.

Doch Raffaels Anwesenheit hier, seine Nachforschungen, konnten nur einer einzigen Person gefährlich geworden sein: dem Mörder. Wenn also Marion Raffael gekidnappt hatte, musste das zwangsläufig heißen … dass sie es war, die Matthias Rothenach ermordet hatte!

Aber das war doch unmöglich. Sie war seine Geliebte gewesen, und abgesehen davon konnte sie Matthias nicht in die Tiefe gestoßen haben. Schließlich war sie es, die ihn gefunden hatte, unmittelbar nach seinem Absturz. Am Fuß des Berges, wo sie niemals in so kurzer Zeit eingetroffen wäre, wenn sie ihn von oben in den Abgrund gestoßen hätte. Die Wegzeit nach unten betrug mehr als eine Stunde.

»Er hat sich also wirklich nicht bei dir gemeldet, nachdem er abgehauen ist, dieses egoistische Schwein?«, riss mich Marions Stimme in die Gegenwart zurück. »Ich kann es dir förmlich ansehen. So eine gute Schauspielerin bist du nicht.« Sie schnaubte voller Verachtung. Dann guckte sie mich beinahe mitleidig an. »Tja, dein Pech, dass du jetzt für ihn den Kopf hinhalten musst, vermutlich hast du das nicht verdient.« Sie rümpfte die Nase. »Nun, so oder so, mir bleibt keine andere Wahl. Es ist nicht meine Schuld, dass du dich mit so einem miesen Typen eingelassen hast. Du dummes, ahnungsloses Ding! Ich hoffe nur, dass ihm wenigstens irgendetwas an dir liegt. Dass er versuchen wird, dich zu befreien. Sonst war der ganze Aufwand umsonst.«

Sie zögerte einen Augenblick, schien über etwas nachzudenken. Dann zuckte sie mit den Achseln. »Hm, nein. Vermutlich wird er nicht kommen, das erkenne ich jetzt. Aber selbst wenn ich ihn kriege, kann ich dich nicht gehen lassen, das ist dir doch klar? Du bist nicht die Art von Frau, die solche Dinge auf sich beruhen lässt. So viel weiß ich. Wie du hier im Hotel die große Detektivin gemimt hast …« Sie schüttelte den Kopf und verzog dabei den Mund, als hätte ihr jemand einen dümmlichen Witz erzählt.

Daraufhin wandte sie sich Sven zu. Sie wollte etwas sagen, doch er kam ihr zuvor. »Ich denke, wir haben die Situation falsch eingeschätzt«, bemerkte er. Dabei war sein Tonfall wieder so nüchtern sachlich, als kommentierte er den Wetterbericht. »Dieser Raffael wird nichts riskieren für die da.« Er deutete mit dem Lauf seiner Pistole in meine Richtung. »Die taugt nicht als Köder. Der hat sie längst abgeschrieben.«

Seine Worte schnürten mir abrupt die Kehle ab, ließen mich nach Luft japsen wie einen gestrandeten Fisch. Ein achtlos weggeworfener Fang, den niemand mehr wollte.

Noch ein mitleidiger Blick von Marion in meine Richtung.

Dann ein klarer Befehl an Sven: »Wir geben ihm Zeit bis morgen Mittag. Wir haben ja nichts zu verlieren. Wenn er bis dahin nicht aufgetaucht ist, wissen Sie, was Sie zu tun haben. Und es muss absolut überzeugend wirken, verstanden? Wir dürfen uns keine weiteren Pannen erlauben.«

»Sie können sich auf mich verlassen«, sagte Sven und lächelte plötzlich. »Die Amokläuferin, die sich am Ende selbst richtet«, verkündete er genüsslich, als zitierte er aus einem philosophischen Werk.

»Marion!«, rief ich, als ich endlich meine Sprache wiedergefunden hatte. »Warte! Das ist doch Wahnsinn!« Ich musste etwas tun, konnte nicht einfach mit offenem Mund zusehen, wie die beiden hier meinen Tod verhandelten. Das hatten sie sich ja fein ausgedacht: mir alles anhängen, all die Gräueltaten, den ganzen Horror in diesem verfluchten Hotel. Die durchgeknallte Serientäterin nahm sich am Ende selbst das Leben. Würde ich mich von einem der pittoresken Kitzbüheler Berggipfel in den Tod stürzen? Mir eine Kugel durch den Kopf jagen, gleich hier im Waldchalet, oder mir die Pulsadern aufschneiden? Nein, das wohl nicht, das gäbe eine echte Sauerei, und am Ende würde man womöglich wirklich noch renovieren müssen.

Meine Fantasie, der ich beim Schreiben jeden noch so kleinen kreativen Einfall mühsam abringen musste, wollte gar nicht mehr aufhören, sich mein alsbaldiges Ableben in den grellsten Farben auszumalen. Ich spürte, wie die Panik in mir aufstieg. Mit aller Gewalt kämpfte ich den Reflex nieder, hysterisch aufzulachen.

Marion hatte sich zu mir umgedreht, sah mich jetzt erwartungsvoll an. »Wolltest du etwas sagen, Clara?« Dann an Sven gewandt: »Sorgen Sie dafür, dass sie keine Schwierigkeiten macht.« Sie deutete auf die kleine Reisetasche, die sie mitgebracht hatte.

Sven ging hin, öffnete den Reißverschluss und zog ein Bündel glänzendes Metall heraus. In diesem Augenblick ging meine Fantasie endgültig mit mir durch. Folterinstrumente!

Auf den zweiten Blick waren es allerdings »nur« Hand- und Fußschellen. Sven hatte sie mir bereits angelegt, bevor ich mich zu wehren versuchte. Davonlaufen konnte ich mir also abschminken. Nicht dass ich gehofft hätte, Sven würde mich dafür lange genug aus den Augen lassen.

»Nun, Clara?« Wieder Marion. Mit einem widerlich süßlichen Lächeln auf den Lippen.

Raffael ist nicht frei!, wollte ich ihr entgegenschleudern, damit sie es endlich begriff – doch dann biss ich mir auf die Zunge. Es war zwecklos. Marion würde mir niemals glauben, was ich mir heute Nachmittag in Leonores Zimmer zusammengereimt hatte. Ich konnte es ja selbst kaum fassen.

Und noch etwas wurde mir schlagartig klar: Der Versuch, Marion zu erklären, dass Raffael nicht kommen würde, wäre glatter Selbstmord. Nur als vermeintlicher Köder für Raffael hatte ich zum jetzigen Zeitpunkt noch einen Wert für sie, das hatte sie mir unmissverständlich klargemacht.

Solange sie eine Chance sah, dass Raffael mich doch retten kommen würde, gewann ich zumindest Zeit. Bis morgen Mittag, hatte sie gesagt. Das waren nur wenige Stunden, und auch wenn ich nicht auf Raffael hoffen konnte, so hatte ich doch eine andere Verbündete: Beatrice.

Ihre Wanze in meinem Zimmer würde sie ins Bild setzen, dass ich abgeholt worden war, und spätestens wenn ich nach einigen Stunden nicht zurückkehrte, würde sie nach mir suchen. Bestimmt auch hier in diesem Chalet, wenn sie im Haupthaus keinen Erfolg hatte.

Beatrice war meine einzige Hoffnung. Sie würde nicht zögern, mir zu Hilfe zu kommen, das wusste ich. Aber gebe Gott, dass sie die Lage nicht unterschätzte. Sven war ein beachtlicher Gegner, das sah man auf den ersten Blick. Ein bestens geschulter, kräftiger Security-Typ im Kampf gegen eine achtzigjährige Gräfin. Ich konnte nur hoffen, dass Beatrices Unterweltsdienstleister auch die Evakuierung von Entführungsopfern im Angebot hatten. Und dass Beatrice ihre Helfer schnell genug mobilisieren konnte.

33

Keine zehn Minuten nachdem Marion das Waldchalet verlassen hatte, war jemand an der Tür. Sven hörte es lange vor mir. Er sprang auf, entsicherte seine Pistole, und ich hätte schwören können, dass seine Ohren zuckten wie die eines Luchses.

»Ich … bin es … wieder«, drang Marions Stimme durch die Tür, aber sie klang jetzt verändert. Unsicher, abgehackt. Der Grund dafür offenbarte sich sogleich. Als die Türe aufschwang und sie in den Raum trat, war sie nicht allein. Die mattgraue Pistole, in deren Lauf ich gerade noch geblickt hatte, zielte jetzt aus nächster Nähe auf Marions Kopf. Die Hand, in der die Waffe lag, gehörte Viktor Kössler.

Marions Haar war nass, an ihrer Schläfe klebte Blut. Und dennoch war es Viktors Anblick, der mich in Erstaunen versetzte. Er war der Letzte, mit dem ich gerechnet hätte.

»Was machst du hier?«, entfuhr es mir.

»Begrüßt man so seinen Retter?«, kam es zurück. Ein Lächeln huschte über das Gesicht, das ich beinahe nicht wiedererkannt hätte. Die Muskeln in Viktors Kiefer traten deutlich hervor, er hatte die Stirn in tiefe Falten gelegt, und die sonst so freundlichen grauen Augen waren zu Schlitzen verengt. Aufmerksam verfolgte er jede von Svens Bewegungen. Der Security-Mann hatte unaufgefordert seine Waffe sinken lassen, legte sie jetzt auf den

Boden. Der Pistolenlauf an der Schläfe seiner Chefin schien ihn in Windeseile zu überzeugen.

»Rüberschieben«, befahl Viktor, und Sven gab der Pistole einen Kick mit der Fußspitze. Viktor besaß sogar die Gemütsruhe, weiter mit mir zu scherzen. »Würdest du mich bitte nicht so ansehen, als hättest du mir das niemals zugetraut, meine Liebe? Das ist nicht gerade schmeichelhaft. Ich bin Schweizer, odrrr? Unser Grundwehrdienst beim Militär ist der beste auf der ganzen Welt.« Wieder zuckte ein Lächeln über sein Gesicht. »Auch wenn das bei mir schon ein Weilchen her ist«, fügte er hinzu.

Er wandte sich erneut an Sven. »Jetzt den Schlüssel für die Handschellen – ebenfalls rüberschieben.«

Sven gehorchte wortlos. Kein Muskel in seinem Gesicht bewegte sich, es war völlig reglos – wie eine Maske. Sein Körper allerdings erinnerte mich an ein Raubtier, das jeden Moment zum Sprung ansetzen konnte.

»Da hinüber mit Ihnen«, befahl Viktor. »Sie dürfen es sich auf dem Bett bequem machen.«

Der Bodyguard zögerte. Es missfiel ihm sichtlich, eine größere Distanz zwischen sich und den Eindringling zu bringen.

Ein Teil von mir sprach ein Dankgebet, dass er Viktor nicht so gut kannte wie ich. Auch wenn mein Dinnerfreund hier zugegebenermaßen eine beeindruckende Szene hinlegte, traute ich ihm nicht zu, die Waffe im Ernstfall tatsächlich abzufeuern.

Du hast ja auch Marion für deine Freundin gehalten, ätzte die Zynikerin in meinem Kopf. *Tolle Menschenkenntnis und so.*

Als Sven sich endlich auf der Bettkannte niedergelassen hatte, gab Viktor Marion einen sanften Stoß. Sie stolperte vorwärts. »Sie dürfen ebenfalls Platz nehmen, Madame – am anderen Ende des Bettes. Nein, weiter drüben. Gut so.«

Ohne seinen Blick von Sven und Marion zu nehmen, ging er in die Knie und hob Svens Pistole und die Schlüssel für die Handschellen auf. Dann kam er auf mich zu und ließ beides in meinen Schoß fallen. »Schaffst du das allein, meine Liebe? Ich denke, es wäre ungesund für uns beide, wenn ich abgelenkt bin.« Er deutete mit dem Kopf in Richtung Sven. »Unser Rambo hier wirkt ein wenig nervös.«

Rasch nickte ich, ohne ein Wort herauszubringen, dann fingerte ich mit dem kleinen Schlüssel so lange an meinen Hand- und Fußfesseln herum, bis ich wieder frei war. Ich sprang auf und trat neben Viktor. Am liebsten hätte ich ihn in diesem Moment umarmt. »Wie um alles in der Welt hast du mich hier gefunden?«, stammelte ich stattdessen.

Viktor verzog den Mund zu einem melancholischen Lächeln. »Du bist direkt an mir vorbeigelaufen – mit diesem Kerl hier.« Er deutete mit seiner Waffe auf Sven. »Ich hatte es mir an der Lobbybar gemütlich gemacht, hatte ein romantisches Date mit einer heißen Französin.« Für einen Augenblick musterte er mich aus dem Augenwinkel und grinste befriedigt, als er mein erstauntes Gesicht sah. »Nun, du hast mich ja verschmäht, Cherie, nicht wahr?«

»Ich ... das stimmt nicht. Du weißt doch, dass ich ...«

»Schon gut, schon gut, bemüh dich nicht. Mein Date war mit einer Flasche bestem französischem Wodka. Nur sie und ich. Und als du mit diesem Rohling da vorbeigekommen bist, wollte ich doch wissen, wohin es gehen sollte. Du hast ihn nicht gerade verliebt angesehen. Also bin ich euch gefolgt. Bis hierher. Wo ich dann ein wenig durch die Fenster des Chalets gelugt habe. Sehr ungezogen von mir, ich weiß. Aber dein Begleiter verhielt sich auch nicht eben artig dir gegenüber. Und dann tauchte noch Madame Schiller auf, ebenfalls mit einer Pistole in der Hand. Das ist nun wirklich keine schöne Art, seine Gäste zu behandeln, oder?«

»Und dann hast du, als Marion wieder ging ...«

»Meinen überteuerten Wodka geopfert, ja.« Er blickte drein wie ein Mann, der um seine Geliebte trauerte. »Sie hat sich als eine erstaunlich gute Waffe erwiesen, meine kleine Französin. Auch wenn ich sie viel lieber ihrer regulären Verwendung zugeführt hätte.«

Marions feuchtes Haar und das Blut an ihrer Schläfe – jetzt erst begriff ich. »Du hast ihr die Flasche über den Kopf gezogen?«, fragte ich ungläubig.

Viktor nickte. »Nun, ich hatte das gute Stück natürlich nicht zu diesem Zweck mitgenommen. Ich wollte sie nur nicht einfach stehen lassen an der Bar. Wo ich doch noch nicht einmal die Hälfte ausgetrunken hatte. Die Spirituosen-Preise in Ihrem Etablissement sind übrigens schlimmer als in Basel, Teuerste«, wandte er sich an Marion.

Die verdrehte bloß die Augen und betastete ihre Kopfwunde. »Sie hätten mich umbringen können, Sie Wahnsinniger!«, fauchte sie.

»Oh, das hätte ich«, sagte Viktor mit einer Seelenruhe, bei der sich mir die Nackenhaare sträubten. »Wenn Sie Clara auch nur ein Haar gekrümmt hätten. Ich bin ein sehr friedliebender Mensch, wissen Sie, aber wenn jemand mein Mädchen kidnappt und ihr mit der Waffe vor dem Gesicht herumwedelt, das mag ich gar nicht. Dafür haben Sie doch sicherlich Verständnis?« Er zuckte die Schultern und lächelte, als würde er höfliche Dinnerkonversation betreiben.

Ich hatte einen Stich verspürt, als er »mein Mädchen« gesagt hatte. Er und ich, wir wussten beide, dass ich nicht sein Mädchen war, es nie sein würde, nicht solange Raffael lebte. Und trotzdem stand er jetzt hier neben mir und riskierte seinen Hals für mich.

»Aber kein Grund zur Sorge«, fuhr Viktor fort, immer noch an Marion gewandt, »Sie haben bestenfalls eine leichte Gehirnerschütterung davongetragen. Ihre Unsterblichkeit ist nicht gefährdet.«

Der Blick, den er dafür von Marion erntete, war purer Stahl.

Ihre Finger gruben sich wie Krallen in den Rand der Matratze, auf der sie saß.

Viktor wandte sich ungerührt wieder mir zu und fragte beiläufig: »Was wollten diese beiden eigentlich von dir, meine Liebe?«

Mir entfuhr ein Stöhnen. »Das ist eine sehr lange Geschichte«, sagte ich wenig einfallsreich. Eine, die ich selbst nur in Ansätzen verstand.

»Okay, gut. Du kannst mir alles später erzählen. Ich denke, du solltest jetzt anrufen.«

»Anrufen? Wen denn?«, fragte ich begriffsstutzig.

»Die Polizei natürlich. Ich gebe zwar gerne hier den Ritter für dich, aber jetzt ist ein guter Zeitpunkt für die Kavallerie, würde ich sagen.«

Ich nickte mechanisch, langte nach meiner Umhängetasche, die nur eine Armlänge entfernt neben mir auf dem Sofa lag, und zog mein Handy heraus. Als ich das Passwort auf dem Start-Bildschirm eingegeben hatte, zögerte ich jedoch.

Die Polizei – was hieß das genau für Raffael? War das das Beste, was ich jetzt für ihn tun konnte? Oder unterschrieb ich sein endgültiges Todesurteil, wenn ich jetzt den Notruf wählte?

Was ich brauchte, mehr als alles andere, waren Antworten. Von Marion. Ich musste wissen, was hier vorging, warum sie Raffael entführt hatte, wie er geflohen war und wie das alles mit dem zusammenpasste, was ich mir am Nachmittag in Leonores Zimmer zusammengereimt hatte. Ich brauchte endlich Klarheit. Erst dann würde ich sagen können, ob die Polizei eine gute Idee war.

Also legte ich mein Handy beiseite. »Zuerst will ich Antworten«, erwiderte ich auf Viktors fragenden Blick.

Für einen Moment bröckelte sie ein wenig, die Fassade des selbstbewussten und wortgewandten Ritters, der die Situation voll im Griff hatte. Seine Augenbrauen zuckten, er legte den

Kopf schief, aber schließlich nickte er. »Deine Party«, sagte er und lächelte tapfer.

Antworten, endlich. Nur hatte ich so viele Fragen, dass ich gar nicht wusste, wo ich beginnen sollte.

Im Zweifelsfall am Anfang, sagte ich mir. Aber wo war der Anfang, wie hatte das alles hier begonnen? Soweit ich es überblicken konnte, mit dem Unfall von Matthias Rothenach.

»Hast du Matthias geliebt?«, hörte ich mich sagen, während meine linke Gehirnhälfte noch über die beste Verhörstrategie nachdachte.

Eine Frage, mit der Marion offenbar nicht gerechnet hatte. Böse starrte sie mich an, aber da lag auch Verwunderung in ihrem Blick. Und noch etwas anderes. Etwas, das mir sagte, dass die Antwort *Ja* lautete, auch wenn Marion keinen Ton von sich gab. Eine Mischung aus Freude und Schmerz, die die bloße Erwähnung von Matthias' Namen auslöste – ein Gefühlsmix, den ich dank der Ereignisse der letzten Wochen nur zu gut kannte.

»Was ist passiert?«, flüsterte ich. Auch diese Frage hatte ich mir nicht zurechtgelegt. Ebenso überraschend war, dass ich sie hauchte wie ein schmachtender Teenager.

Ich konnte sehen, wie sich Viktors Augenbrauen hoben, aber es war Marion, die mich auf den Boden der Realität zurückholte. »Können wir bitte dieses Theater lassen?«, zischte sie. »Für wen spielst du jetzt schon wieder die Ahnungslose? Für deinen neuen Lover hier?« Sie warf Viktor einen verachtungsvollen Blick zu.

Viktor guckte mich einen Moment lang fragend an, dann fasste er sich und richtete seine Aufmerksamkeit wieder auf Sven. Der Security-Mann saß jetzt wie eine steinerne Statue auf der Bettkante, unbeweglich und unbewegt.

Ich wollte Marion ein für alle Mal klarmachen, dass sie sich irrte. Dass ich völlig im Dunkeln tappte, aber sie ließ mich nicht ausreden.

»Gib es auf, Clara, ich habe dich doch längst durchschaut.

Ich lasse mir ja einreden, dass dein Raffael sich aus dem Staub gemacht hat, ohne sich bei dir zu melden. So etwas traue ich diesem Bastard durchaus zu. Aber was Matthias anbelangt, da kannst du mir wirklich nichts vormachen. Dein Blick, als ich dich nach St. Germain fragte, vorgestern in der Foundation … Muss ich noch mehr sagen? Du hättest dich sehen sollen.«

St. Germain? Schon wieder? Dr. Minskys Nervenzusammenbruch in meinem Zimmer kam mir erneut in den Sinn. *Alles wegen St. Germain!* Darauf hatte er beharrt, halb wahnsinnig vor Angst. Und dann Beatrices Reaktion, als ich den Namen St. Germain erwähnt hatte. Wie eindringlich sie an der Teebar auf mich eingeredet hatte. »Das ändert alles«, hatte sie mir zugeflüstert. Ich hatte in diesem Moment nicht die geringste Ahnung gehabt, was sie damit meinte. Genau wie jetzt.

Ein kehliges Lachen von Marion. »Und schon wieder hast du dich selbst überführt«, sagte sie voller Genugtuung. »Dein Gesicht spricht Bände.«

Ich fühlte mich ertappt. »Ja, okay, ich habe den Namen schon einmal gehört«, erwiderte ich ärgerlich. »St. Germain. In einem etwas ungewöhnlichen Zusammenhang. Das ist alles! Ich habe keine Ahnung, was du mit diesem komischen Grafen zu tun hast.«

»Na klar«, ätzte Marion. »Dein holder Raffael hat dich also *komplett* im Dunkeln gelassen, ja? Willst du mir das wirklich einreden?«

Plötzlich verstummte sie, ihre Augen bohrten sich in meine, dann lachte sie geradezu hysterisch auf. Mein Frust, meine Verwirrung hatten sie nun wohl endlich überzeugt, dass ich die Wahrheit sprach. Dass ich wirklich im Dunkeln tappte. In tiefster, schwärzester Finsternis, um genau zu sein.

»Im Ernst?« Sie grunzte beinahe vor Lachen. »Dann ist er ein noch größerer Egoist und Mistkerl, als ich dachte. Unfassbar. Und du verliebte Kuh hältst deinen Kopf für ihn hin. Wie pathetisch!« Angewidert schnalzte sie mit der Zunge.

Kalter Zorn stieg in mir auf. »Dann bin ich eben pathetisch! Es ist mir verflucht noch mal egal, was du von mir denkst. Ich vertraue Raffael, auch wenn er Geheimnisse vor mir haben mag!« Ich setzte ein entschlossenes Gesicht auf – obwohl mich innerlich Zweifel zerfraßen. Aber diesen Triumph gönnte ich Marion nicht.

Ich atmete tief durch. »Reden wir also über diesen St. Germain«, sagte ich, als ich mich wieder einigermaßen im Griff hatte. »Was hast du mit ihm zu tun? Warum interessierst du dich so für ihn?«

Keine Antwort.

Es bedurfte einer Kugel, die nur knapp zwanzig Zentimeter neben ihrem Kopf in die Wand krachte, um Marion endlich zum Reden zu bringen. Viktor hatte sie abgefeuert und dann in bestem Konversationston hinzugefügt: »Machen Sie uns doch die Freude, Madame Schiller, und packen Sie endlich aus, ja? Wir wollen doch nicht die ganze Nacht hier verbringen, oder?«

34

»Die Geschichte meiner Familie ist voller starker, ungewöhnlicher Frauen«, begann Marion schließlich. Die Art, wie sie es sagte, ließ keinen Zweifel daran, dass sie sich ebenfalls zu dieser Gruppe zählte. »Die beeindruckendste unter ihnen war Isabella, Freifrau von Enzenthal. Ihre Geschichte hat mich von Kindesbeinen an fasziniert. In vieler Hinsicht sehe ich mich als ihre Nachfolgerin. Ganz Tirol sprach von ihrer Schönheit – aber die hat Leonore geerbt, nicht ich. Ich dagegen gleiche ihr wohl eher, was die unstillbare Neugier und den Forschergeist betrifft. Isabella stürzte sich in diverse Abenteuer, die sie in ihren Tagebüchern festhielt. Ihr Vater muss seiner Zeit weit voraus gewesen sein oder ein echter Freigeist. Denn Isabella hatte die besten Privatlehrer und Mentoren, durfte zeitlebens unverheiratet bleiben und lediglich in Begleitung einiger Dienstboten die halbe damals bekannte Welt bereisen. Ich glaube, sie war es, die schon früh in mir die Gewissheit weckte, dass kein Ziel unerreichbar ist, wenn man nur all seine Energie und seine geistigen Kräfte darauf ausrichtet.«

Ein Ausflug in Marions Familiengeschichte war kaum das, was ich erwartet hatte, aber sie sprach auf einmal – ganz im Gegensatz zu ihrem anfänglichen Widerwillen – mit solch ansteckender Begeisterung, dass Viktor und ich schon bald wie gebannt lauschten. Selbst Sven hatte aufgehört, uns wie ein hungriges Raubtier zu beäugen, und sich seiner Chefin zugewandt.

»Im Jahre 1812 verschlug es Isabella nach Tibet, wo sie Aymar, Graf von St. Germain, kennenlernte. Er reiste unter anderem Namen, offenbarte ihr jedoch, nachdem sie sich nähergekommen waren, seine wahre Identität.«

Marion machte eine Pause, blickte sich um. Auch wenn Viktor noch immer die Waffe auf sie richtete, waren wir jetzt ihr Publikum, dessen volle Aufmerksamkeit sie beanspruchte.

»1812!«, wiederholte sie und fixierte dabei mich. »Du weißt, was das heißt, Clara.«

Ich konnte nicht anders, als artig zu nicken. »Laut Wikipedia wurde St. Germain in den frühen 1700er-Jahren geboren, nicht wahr?«

»Laut Wikipedia.« Marion schnaubte verächtlich. Von ihrer Überzeugung, Raffael habe mir alles über diesen mysteriösen Grafen erzählt, was es überhaupt zu wissen gab, würde sie wohl niemals ablassen. Ich ging nicht darauf ein. Diese Diskussion würde ich bestimmt nicht noch einmal führen.

»1710«, sagte Marion schließlich. »Das war das Geburtsjahr des Grafen. Und angeblich verstarb er im Jahre 1784. Als Isabella ihn kennenlernte, war er offiziell also bereits seit achtundzwanzig Jahren tot. In jedem Fall hätte er aber bereits ein Alter von über hundert erreicht. Der Mann jedoch, den Isabella in ihren Tagebüchern schildert und in den sie sich schon bald unsterblich verliebte, sah nicht älter aus als fünfzig und besaß die körperliche und geistige Agilität eines jungen Mannes. Und er stand ihr in nichts nach, was Bildung und Abenteuerlust betraf. Die beiden bereisten gemeinsam den Orient, Nordafrika und weite Teile Skandinaviens. Isabella dachte, sie hätte die Liebe ihres Lebens gefunden. Das Geheimnis seiner anhaltenden Jugend verriet ihr der Graf jedoch nie. All ihre Fragen in diese Richtung tat er mit nebulösen Kommentaren ab. Es sei ein mühseliger und aufwendiger Prozess, behauptete er stets, voller Einschränkungen und Entbehrungen. Etwas, das nicht wirklich der Mühe lohne.«

Wieder machte Marion eine Pause. Ihre Miene verfinsterte sich, und noch bevor sie es aussprach, wusste ich, dass es mit der großen Liebe ihrer Ahnin kein gutes Ende genommen hatte.

»Anfang 1817 erkrankte Isabellas Mutter schwer. Isabella kehrte nach Kitzbühel zurück, um in der Stunde ihres Todes bei ihr zu sein. St. Germain versprach ihr nach Erledigung irgendwelcher dringender Angelegenheiten in Prag so rasch wie möglich nachzureisen, und Isabella stellte bei ihrer Heimkehr nach Tirol fest, dass sie schwanger war. Rasch wurde eine Geschichte über eine Vermählung im Ausland mit einem fiktiven Baron in Umlauf gesetzt – samt anschließendem heroischem Ableben des Gatten auf dem Schlachtfeld. Schlachten gab es damals reichlich, und da meine Familie schon in jenen Zeiten zu den angesehensten und mächtigsten in Tirol zählte, stellte niemand unbequeme Fragen. Ein Mädchen namens Anna wurde geboren, und Isabella stürzte sich mit ebenso viel Entschlossenheit in ihre Mutterrolle wie zuvor in die Expeditionen. Von St. Germain jedoch erhielt sie nur noch ein einziges Schreiben, in dem er vage andeutete, er stecke in Schwierigkeiten, Feinde wären ihm auf der Spur. Er versichere sie seiner unsterblichen Liebe, könne es aber nicht verantworten, sie mit seiner Anwesenheit zu gefährden. Isabellas weitere Briefe, in denen sie auch von der gemeinsamen Tochter erzählte, kamen ungeöffnet zurück. Schließlich verschwand der Graf völlig von der Bildfläche, und einige Jahre später starb er angeblich bei einem Duell in Madrid.«

Marions Stimme hatte jetzt wieder jenen harten Tonfall angenommen, den ich erst heute Abend an ihr kennengelernt hatte. Der Glanz in ihren Augen war verschwunden. »Beinahe ein halbes Jahrhundert später, im Jahre 1864, hatte Karoline, Annas Tochter und Isabellas Enkelin, eine seltsame Begegnung auf dem Kitzbüheler Friedhof, wo sich unsere Familiengruft befindet. Karoline hatte ihre Großmutter sehr geliebt und betete regelmäßig an deren Grab. Bei einem dieser Besuche bemerkte sie schon aus der Ferne einen jungen Mann, dem Aussehen nach kaum fünfundzwanzig Jahre alt, der gerade eine weiße Rose auf den Stufen des Mausoleums niederlegte. Eine weiße Rose! Isabellas Lieblingsblume. Und der Tag war Isabellas Geburtstag. Karoline, neugierig geworden, machte sich mit dem jungen Mann bekannt – ohne sich als Isabellas Enkelin zu erkennen zu geben. Er nannte sich Jakob und war angeblich der Adoptivsohn des Barons Sakarov, eines sehr einflussreichen und vermögenden Adligen jener Zeit. Als Karoline ihn näher in Augenschein nahm, entdeckte sie an seiner Hand einen Ring, den sie aus den Erzählungen ihrer verstorbenen Großmutter nur allzu gut kannte. Einen goldgefassten Gemmenring mit den Initialen I & A. Isabella & Aymar. Ihre Großmutter hatte ihn Aymar, Graf von St. Germain, zum Geschenk gemacht, fünfzig Jahre zuvor.«

Marion machte eine Pause und sah sich im Raum um. Niemand sagte etwas, und so fuhr sie fort: »Auf den Ring angesprochen, behauptete Jakob, der sei ein Geschenk seines Adoptivvaters gewesen. Allerdings wisse er nicht, wie der in den Besitz des Schmuckstücks gelangt sei. Karoline war fasziniert von diesem Rätsel und befreundete sich mit dem jungen Mann. Er schien bereits die halbe Welt bereist zu haben und besaß enorme historische Kenntnisse. Karoline war entschlossen, Jakobs Geheimnis zu lüften. Auch in ihren Adern floss das Blut einer echten Abenteurerin. In einer tolldreisten Nacht-und-Nebel-Aktion verschaffte sie sich Zugang zu Jakobs Privatgemächern – und ihre Neugier wurde reichlich entlohnt. Im Besitz des jungen Mannes fand sie Liebesbriefe, die ihre Großmutter dem Grafen St. Germain geschrieben hatte, und sogar ein kleines gemaltes Porträt von Isabella. Letzteres bewahrte Jakob in der Schublade seines Nachttischs auf!« Marion endete, atmete tief ein und blickte mich triumphierend an.

Beinahe hätte ich applaudiert. Es war eine wirklich außergewöhnliche Familiengeschichte, und Marion hatte das Zeug zu einer großen Erzählerin, keine Frage. Doch warum wir in den Genuss dieser Saga gekommen waren, wollte sich mir nicht so recht erschließen. Marions Suche nach der Unsterblichkeit, die Gründung ihrer Stiftung, die Forschungen, die sie finanzierte, und vielleicht sogar die skrupellosen Methoden, derer sie sich angeblich bediente – die Tagebücher ihrer Ahninnen hatten sie offensichtlich zu all dem inspiriert. In ihren Augen war St. Germain wohl tatsächlich ein Unsterblicher. Und damit Beweis genug für sie, dass der uralte Menschheitstraum vom ewigen Leben mehr war als bloßes Wunschdenken?

Unwillkürlich schüttelte ich den Kopf. Nicht umsonst war ich Schriftstellerin, ich konnte einer spannenden Geschichte stundenlang lauschen, aber jetzt war wohl kaum der richtige Zeitpunkt dafür. Ich brauchte endlich Antworten, keine Märchenstunde! »Was hat das nun alles mit Matthias Rothenach zu tun?«, fragte ich voller Ungeduld.

Ich erntete einen vernichtenden Blick von Marion. Bestimmt war sie überzeugt davon, dass ich auch das längst wusste und bloß immer noch die Ahnungslose spielte. Schließlich ließ sie sich aber doch zu einer Antwort herab. »Möchtest du wissen, wie ich Matthias kennengelernt habe? Oder besser gesagt, wann und wo?«

Ich nickte zögerlich. Eigentlich wollte ich wissen, wer ihn ermordet hatte und warum, aber Marion sprach bereits weiter: »Ich bin Matthias letztes Jahr zum ersten Mal begegnet. Am 24. Oktober, dem Geburtstag von Isabella, auf dem Kitzbüheler Friedhof.«

»Wo er eine weiße Rose auf den Stufen Ihrer Familiengruft niederlegte.« Es war Viktor, aus dessen Mund diese Worte gekommen waren.

Verdutzt guckte ich ihn an.

Er zuckte die Schultern. »Ist das nicht naheliegend?«

Marion nickte befriedigt. »Ganz genau. Sie sind ein kluger Mann, Herr Kössler.« Ihr Blick wanderte von ihm zu mir. »Du hättest dich besser an ihn halten sollen, liebste Clara, anstatt diesem Taugenichts von Raffael hinterherzulaufen.«

Ich ignorierte die Schmähung, aber Viktor murmelte etwas, das wie »Wo sie recht hat, hat sie recht« klang.

»Ich verstehe nicht«, sagte ich ärgerlich. »Matthias hat das Gleiche getan wie dieser Jakob damals? Der all die persönlichen Dinge von St. Germain besaß?« Mir drehte sich der Kopf. Wieder hatte ich das Gefühl, gleich im Chaos zu versinken.

Marions Augen bohrten sich in meine. »Jakob war St. Germain«, sagte sie so langsam und gedehnt, als spräche sie zu einem besonders begriffsstutzigen Kind. »Genau wie Matthias. Verstehst du nicht? Der *gleiche* Mann, der nur immer wieder unter neuer Identität auftritt. Um sein Geheimnis zu wahren. *Dass er unsterblich ist.*«

Marion machte eine Pause, wohl um des dramatischen Effekts willen. Und der saß, das musste ich ihr lassen. Ich fand weder Worte noch Gesten, um mein Erstaunen – oder vielmehr meinen Schock – auszudrücken.

Sie fuhr fort: »Auch in Matthias' Besitz fand ich später, als wir uns nähergekommen waren, den Ring, den Isabella dem Grafen St. Germain geschenkt hatte, ihr Porträtbild und ihre Liebesbriefe. Genau wie Karoline bei Jakob.«

»Ein treuliebender Mann, das muss man sagen, wenn er nach zweihundert Jahren immer noch so an Isabella hing.« Wieder Viktor, in seiner Stimme lag jetzt aber unverkennbarer Sarkasmus. »Also wirklich, Frau Schiller«, fügte er hinzu, »dass Sie als Förderin der Wissenschaft uns hier so eine Seifenoper auftischen! Bestimmt gibt es für all das eine ganz vernünftige Erklärung. Gegenstände werden eben vererbt und oft aus ganz unerfindlichen Gründen aufbewahrt. Und wenn jemand gerne auf fremden Gräbern Rosen platziert, mag das zwar ungewöhnlich sein, es heißt aber noch lange nicht …« Er brach kopfschüttelnd ab.

Ich konnte ihm nur zustimmen, auch wenn mir noch immer

die Worte fehlten. Natürlich war es blanker Unsinn, was Marion da von sich gab! Matthias Rothenach, der unauffällige Illustrator von Kinderbüchern aus Hamburg, sollte ein knapp dreihundert Jahre alter legendärer Haudegen und Abenteurer sein? Das konnte sie doch nicht ernsthaft glauben.

»Wissenschaft ist nicht alles«, konterte Marion mit einem herablassenden Lächeln. »Ich vertraue auf sie, sie hat mir gute Dienste geleistet. Und eines Tages wird sie uns ans Ziel führen, was das ewige Leben anbelangt, daran hege ich keinen Zweifel. Aber mir läuft die Zeit davon, verstehen Sie nicht, Herr Kössler? Ich kann mir nicht erlauben, jahrzehntelang in einem derartigen Schneckentempo weiterzumachen, sonst bin ich längst tot, bevor wir endlich am Ziel sind! Und davon mal ganz abgesehen – soll ich Ihnen sagen, was wirklich große Wissenschaftler ausmacht? Sie sind nicht so arrogant zu glauben, dass sie alles verstehen. Dass sie von vornherein wüssten, was möglich ist und was bloßes Wunschdenken. Sie schließen keine noch so vage Idee a priori aus, prüfen jeden noch so unorthodoxen Weg. Und genau das habe ich getan!«

Viktor verzog angewidert die Mundwinkel.

»Ich ließ gründliche Nachforschungen anstellen«, fuhr Marion unbeirrt fort. »Sehr gründliche. Und schließlich gelang es mir, Matthias' beachtliche Vermögenswerte lückenlos zurückzuverfolgen bis hin zu diesem Jakob – der tatsächlich im Erwachsenenalter von Baron Sakarov adoptiert worden war. Und jener wiederum nannte nachweislich umfangreiche Sammlungen von Waffen und Kunstschätzen sein Eigen. Und dazu noch einige Ländereien, die zuvor im Besitz des Grafen St. Germain gewesen waren. Dieses Muster – sich gegenseitig zu adoptieren oder sich zumindest abwechselnd die Vermögenswerte zu vermachen, außerhalb jeder Blutsverwandtschaft, ist eines der Erkennungsmerkmale dieser Unsterblichen. Die Erbfolge deines Raffael sieht genauso aus, nicht wahr, Clara?«

Ein triumphierendes Lächeln spielte um Marions Lippen.

35

»Raffael wurde adoptiert, ja«, gab ich zu, für einen Moment völlig perplex. »Von seinem Mentor, weil seine leiblichen Eltern verstorben waren. Und er hat später das Vermögen dieses Mannes geerbt. Aber …«

»Nichts aber! So machen sie es immer! Ein genialer Schachzug, um ihre Spuren zu verwischen. Sie reisen natürlich im Allgemeinen viel, wechseln oft ihren Wohnort, treten unter neuer Identität auf, aber über die Jahrhunderte wurde das nicht gerade einfacher. Und so begannen sie irgendwann mit diesem Spiel: Ein Unsterblicher adoptiert den anderen oder vermacht ihm zumindest sein Vermögen, verschwindet danach für zwanzig, dreißig Jahre von der Bildfläche, nur um dann seinerseits als Erbe seines Partners aufzutauchen. Meist wiederum verbunden mit einer Adoption im Erwachsenenalter. So können die beträchtlichen Besitztümer, die sie über die Jahrhunderte anhäufen, unauffällig bewahrt werden. Geburts- und Sterbeurkunden werden gefälscht – kein Problem, wenn man über das nötige Geld verfügt –, und oberflächlich betrachtet entstehen dadurch ganz normale Lebensläufe. Aber ich weiß mittlerweile, wonach ich suchen muss. Deswegen wusste ich auch sofort, mit wem ich es zu tun hatte, als dein Raffael hier auftauchte. Ein bisschen Recherche genügte.«

»Und mich hast du natürlich auch durchleuchten lassen«, zischte ich.

»Natürlich. Und wir wissen beide, dass du nicht dazugehörst. Dass du eine ganz gewöhnliche Sterbliche bist. Und wenn ich dich so angucke, könnte ich dir sogar glauben, dass dein Lover dich nicht eingeweiht hat, dass er dir tatsächlich kein Sterbenswörtchen verraten hat. Du solltest dein Gesicht sehen, Clara. Entweder bist du eine begnadete Schauspielerin, oder dein Raffael ist ein ebenso egoistischer Mistkerl, wie Matthias es war. Vielleicht sind sie das ja alle, diese ganze unsterbliche Brut, selbst den Frauen gegenüber, die sie angeblich lieben. Unsterblichkeit nur für sie selbst, ohne Ausnahmen.«

»Frau Schiller, Sie sollten sich in psychotherapeutische Behandlung begeben, und zwar schnellstmöglich«, mischte Viktor sich ein. »Sie haben sich da in eine Wahnvorstellung verstrickt. Dabei lieferten Sie uns doch gerade selbst die Erklärung für alles. Die Besitztümer dieses St. Germain wurden schlicht weitervererbt. Wenn Matthias Rothenach in direkter Erblinie steht, adoptiert oder nicht, ist die Sache doch klar.«

Marion machte eine Handbewegung, als wollte sie eine lästige Fliege verscheuchen. »Und das enorme Wissen, die Lebens- und Welterfahrung, die diese Leute auszeichnet, die wurde auch vererbt? Per Testament, ja? Als Matthias und ich uns näher kennenlernten … Es war, als lebte ich das Tagebuch meiner Ahnin Isabella. Er gebrauchte die gleichen Kosenamen wie St. Germain, hatte die gleichen Vorlieben. Und als ich ihn schließlich hierher einlud und wir, hm, begannen ihn zu befragen, da offenbarte er ein geschichtliches Wissen, das Sie in keinem Lehrbuch finden werden, das können Sie mir glauben!«

Befragen? Das Wort mochte harmlos klingen, aber es schwang etwas darin mit, das mich frösteln ließ. »Was hast du mit Matthias gemacht?«, warf ich Marion an den Kopf. »Wie sah sie aus, diese Befragung?«

Marion zögerte einen Augenblick. Für den Bruchteil einer Sekunde huschte etwas Wehmütiges über ihr Gesicht. »Ich hatte gedacht, Matthias würde mir alles erzählen, freiwillig. Schließlich hat er mir zuvor immer wieder seine Liebe beteuert. Hat mir erzählt, wie glücklich er war, mich gefunden zu haben, wie *ewig* lange es her sei, dass er so viel Freude erfahren durfte. Er lud mich zu sich nach Hamburg ein, wo er eine Prachtvilla in der teuersten Lage bewohnte, verschwieg mir aber, welche Schätze er in geheimen Räumen und Kellern tief unter der Erde hortete. Ich musste erst ein Spezialistenteam engagieren, um mir Zugang zu verschaffen und alles durchsuchen zu lassen. Natürlich hinter seinem Rücken. Dabei fand ich dann auch die Andenken an Isabella. Ich habe ihm von der Arbeit meiner Stiftung erzählt, dass ich Möglichkeiten erforsche, das menschliche Leben zu verlängern, Krankheiten für immer zu besiegen und schließlich die Unsterblichkeit zu erlangen. Er tat stets so, als interessiere ihn das alles nicht. Er meinte, ich könne meine Zeit besser investieren, dass ich doch lieber das Hier und Jetzt genießen solle, statt der Ewigkeit hinterherzujagen. Die Welt sei ohnehin schon überbevölkert und ich solle mein Geld besser in die Rettung des Planeten investieren. Umweltschutz und solches Zeug. Er speiste mich mit spirituellem Blabla ab, die menschliche Seele sei doch ohnedies unsterblich, reinkarniere stets aufs Neue und ähnlicher Unfug. Dieser unglaubliche Egoismus, ewiges Leben für ihn und seine Verbündeten, Krankheit und Tod für den Rest der Menschheit – es machte mich rasend. Obwohl ich ihn durchaus ins Herz geschlossen hatte.« Für einen Augenblick stockte Marion in ihrem nüchternen Bericht.

Ich hatte ohnedies genug gehört. Mir war inzwischen völlig klar, wie es weitergegangen war. »Nachdem dir Matthias also freiwillig nichts verraten wollte, hast du ihn hier gefangen gesetzt, nicht wahr?«

»Pah«, schnaubte Marion. »Ich habe ihn hierher eingeladen und dann mit meinem Wissen konfrontiert. Ich erzählte ihm von

Isabellas und Karolines Tagebüchern und sagte ihm auf den Kopf zu, dass er St. Germain war. Ich versuchte ihn zu überzeugen, dass er es der Menschheit schuldig war, sein Wissen zu teilen. Er aber beharrte darauf, sterblich zu sein, wandte sich von mir ab – mit großem Drama, wie sehr er sich in mir getäuscht habe, wie schwer ihn das treffe, dass ich ihn bloß ausnutzen wolle et cetera. Er wollte auf der Stelle abreisen. Was ich natürlich nicht zulassen konnte.«

»Natürlich nicht. Stattdessen hast du ihn hier in deiner hübschen kleinen Hexenhütte eingesperrt und … was getan? Ihn foltern lassen?«

Marion rümpfte die Nase, als verströmte ich einen höchst widerwärtigen Geruch. »Wofür hältst du mich? Wir haben mit psychoaktiven Substanzen gearbeitet. Drogen, die Menschen gesprächig machen. Und dann konkrete Fragen gestellt.«

»Also Folter«, sagte Viktor.

Marion machte eine unwillige Geste. »Nennen Sie es, wie Sie wollen, es hat ohnedies nicht funktioniert. Wir haben nichts erfahren, was wir nicht schon wussten. Ein echtes Wahrheitsserum existiert nicht. Wenn jemand etwas um keinen Preis verraten will, ist es so gut wie unmöglich, es ihm zu entlocken. So viel habe ich gelernt. Matthias hat sein enormes geschichtliches Wissen unter Beweis gestellt, immer und immer wieder, aber auf die Frage nach dem Geheimnis seiner Unsterblichkeit bekamen wir stets die gleiche Antwort. Er sei am 29. Juni 1982 geboren und werde irgendwann sterben, wie wir alle. St. Germain sei ein entfernter Vorfahr der Familie, und dann kam er mir wieder mit dem Reinkarnationskram. Dass er Hypnoserückführungen gemacht habe, in denen er sich an ein früheres Leben als Graf St. Germain erinnert habe. Was für eine bescheuerte Ausrede.«

»Reinkarnation ist bescheuert – aber an die körperliche Unsterblichkeit zu glauben, halten Sie für vernünftiger?«, schaltete sich Viktor ein. »Bei Ihnen ist ja wirklich eine Schraube locker.«

Marion ignorierte ihn.

»Wen konkret meinst du, wenn du *wir* sagst, Marion?«, ergriff ich wieder das Wort. »Wer war beteiligt an dieser Folteraktion? War es dein Sekretär, der das Wissen über solche Befragungsmethoden besaß? Aus seiner Militärzeit? Gemeinsam mit seinen Schergen?« Ich deutete mit dem Kinn in Svens Richtung. »Und Dr. Minsky überwachte alles medizinisch, nicht wahr?«

Die Art, wie Marion für einen Moment die Augen niederschlug, sagte mir, dass ich ins Schwarze getroffen hatte.

Keine allzu große Leistung. Dass der Arzt sich mit übelsten Schuldgefühlen herumschlug, war nicht zu übersehen gewesen. Sein Nervenkostüm hatte wohl nicht mitgespielt, als er für seine Arbeitgeberin zum Folterknecht geworden war. Und am Ende hatte er sie gefürchtet wie der Teufel das sprichwörtliche Weihwasser. Obwohl ich nicht daran zweifelte, dass auch Dr. Minsky für das Geheimnis des ewigen Lebens buchstäblich über Leichen gegangen wäre.

Über Leichen gehen. Ich stockte. Die Worte lösten etwas aus in meinem Kopf, setzten eine Gedankenkette in Gang. Bilder in meinem Kopf, Gespräche, die ich geführt hatte … sie ordneten sich neu, und plötzlich ergab der angebliche Unfalltod von Matthias Rothenach einen Sinn. Und die Tatsache, dass Marion seine Leiche gefunden hatte.

Es war kein dummer Zufall gewesen, dass ihr der Tote förmlich vor die Füße gefallen war. Und Matthias war auch nicht das Opfer eines fanatischen Gegners von Marions Arbeit geworden, wie ich lange angenommen hatte. Ich war auf dem völlig falschen Dampfer gewesen. Wieder einmal.

»Matthias wollte nicht reden«, sagte ich, »wie sehr ihr ihn auch mit Drogen vollgepumpt habt, nicht wahr? Jedem vernünftigen Menschen wäre der Grund dafür klar gewesen: weil es nichts zu erzählen gab. Weil er die Wahrheit sagte! Aber du, in deinem Wahn, du hast dich entschlossen, das ultimative Druckmittel einzusetzen, die wirksamste Drohung, die es gibt: Rede endlich oder stirb!«

»Es war Daniels Idee«, unterbrach mich Marion, aber in ihrem Tonfall lag keine Spur von Reue.

»Welche Rolle spielt das? Du hast es angeordnet, abgesegnet oder wie immer du es ausdrücken willst. Du hast Matthias auf dem Gewissen! Auch wenn es Daniel war, der ihn mitten in der Nacht auf diesen Steilhang geschleppt hat. Gemeinsam mit ihm hier?« Ich deutete mit dem Kopf in Svens Richtung, aber der saß nur wie versteinert da und stierte mich an.

Ich wandte mich wieder Marion zu. »Du dachtest wohl, du könntest bei diesem Manöver nur gewinnen, was? Entweder Matthias würde im Angesicht des Todes endlich reden, oder er wusste, dass er den Sturz überleben würde, weil er ja angeblich unsterblich war. Deswegen warst du in dieser Nacht am Fuß des Abhangs! Du wolltest mit eigenen Augen sehen, wie Matthias den Tod überwand. Wie er einen Sturz überlebte, den kein normaler Mensch überleben konnte. Du dachtest, er müsse endlich das Geheimnis seiner Unsterblichkeit preisgeben – nicht durch Worte, sondern durch Taten. Was hast du erwartet? Dass er eine magische Formel murmeln würde, ein Wunder wirken?«

Marion antwortete nichts.

»Du brauchst keine Psychotherapie, du gehörst in eine geschlossene Anstalt!«, fuhr ich sie an. Mein eigener Puls dröhnte mir in den Ohren. »Du hast in aller Seelenruhe zugesehen, wie ein Mann hingerichtet wurde. Jener Mann, dem du die große Liebe vorgespielt hast. Du hast eigenhändig sein Todesurteil unterschrieben!« Die Verachtung, die ich in diesem Augenblick für diese Frau, dieses Ungeheuer, empfand, schnürte mir die Kehle zu.

»Ich habe Matthias geliebt«, protestierte Marion, plötzlich unnatürlich blass und mit bebender Stimme. »Wir … wir hatten eine wirklich schöne Zeit. Er war es, der mir etwas vorgemacht hat! Er hat mich belogen, mir die Wahrheit vorenthalten. Er hätte tatenlos zugesehen, wie ich altern und schließlich sterben würde, während er sich in ewiger Jugend sonnte!«

»Und dafür hat er den Tod verdient, ja?«, schrie ich beinahe.

Viktor neben mir sog hörbar die Luft ein, und ich wusste genau, was in ihm vorging. Einen Mann zu töten, nur um zu sehen, ob er tatsächlich unsterblich war – ich bezweifelte, ob es in der langen und blutigen Geschichte des Mordens je ein wahnsinnigeres Motiv gegeben hatte als dieses.

»Es ist mir egal, ob du mich verurteilst«, schleuderte Marion mir entgegen. »Das Geheimnis des ewigen Lebens ist jeden Preis wert. Jedes Opfer! Den Tod zu überwinden, diese ultimative Geißel der Menschheit zu bezwingen, dafür lohnt jeder noch so hohe Einsatz. All die Leute, die behaupten, sie wollen nicht ewig leben, sie machen sich etwas vor, weigern sich, der Wahrheit ins Auge zu blicken. Auf dem Totenbett würden sie alles geben für ein paar weitere Jahre!«

Marions Augen glänzten fiebrig. Sie starrte durch mich hindurch, in eine Vision, in die ich ihr nicht folgen konnte. Nicht folgen wollte. Hatten sie so dreingeblickt, die mittelalterlichen Alchemisten, die nach dem Stein der Weisen gierten, nach dem Quell ewiger Jugend? Die ihr ganzes Leben dieser Suche opferten? Nur dass es nicht Marions eigenes Leben war, das sie geopfert hatte.

»Ihr habt Matthias also kaltblütig ermordet, zum Wohle der Menschheit? Ist es das, was du sagen willst?«, fuhr ich sie an.

Ich erhielt keine Antwort.

»Und dass er einfach starb, wie jeder andere, den man achtzig Meter in den Abgrund stößt, das war dir nicht Beweis genug, dass du dich geirrt hattest? Dass diese ganze St.-Germain-Geschichte Schwachsinn war?«

»Unsterblich heißt nicht unverwundbar.« Es war Sven, der sich unvermittelt zu Wort gemeldet hatte.

Marion machte eine abfällige Handbewegung. »Ja, schon gut. Das weiß ich jetzt auch. Das war ein Fehler. Vielleicht waren meine Erwartungen zu hochgesteckt. Nur weil jemand keinem Alterungsprozess unterworfen ist, heißt das nicht, dass man ihn nicht töten kann. Aber wir hätten das nie herausgefunden, wenn ich auf Sie gehört hätte.«

Sven zuckte die Schultern. »Ich mein ja nur.«

»Matthias wird wohl gewusst haben, wie seine Unsterblichkeit funktionierte«, sagte Marion gepresst. »Er hatte die Wahl, mit uns zu kooperieren, indem er redete. Er hätte nicht sterben müssen.«

Wenn ich mich gewundert hatte, warum Marions sogenannter Sicherheitsdienst sie so bereitwillig bei ihren Verbrechen unterstützte, dann hatte ich jetzt wohl die Antwort. Die Männer waren in die Ziele ihrer Chefin eingeweiht. Vermutlich hatte Marion ihnen nicht nur einen Batzen Geld gezahlt, sondern ihnen darüber hinaus die ultimative Belohnung in Aussicht gestellt: das ewige Leben. Genau wie ihrem Leibarzt, Dr. Minsky, der dafür zum Folterknecht geworden war.

36

Just in diesem Augenblick explodierte eine weitere Erkenntnis in meinem Schädel: Marions Wahnvorstellung beschränkte sich nicht auf Matthias Rothenach. Die Signatur der Unsterblichen, wie sie es genannt hatte – ein Stammbaum mit auffällig vielen Adoptionen, Erbschaften von Nicht-Blutsverwandten, große Vermögenswerte, beindruckendes geschichtliches Wissen –, das alles hatte Marion auch bei Raffael entdeckt. Sie musste ein ganzes Ermittlerteam auf ihn angesetzt haben, um seine Vorgeschichte innerhalb weniger Tage so gründlich durchleuchten zu lassen, aber mit dem passenden Budget war das vermutlich kein Problem.

Ich selbst wusste nur, dass Raffael einen Adoptivvater hatte, den er seinen Mentor nannte und sehr bewunderte. Und dass er nach dessen Tod eine ganze Menge geerbt hatte. Zu den Details hatte ich ihn nie befragt. Es spielte jetzt auch keine Rolle – was zählte, war, dass Marion Raffael in ihrem Wahn offensichtlich ebenfalls für einen Unsterblichen hielt. Nicht bloß für einen Freund von Matthias, der nach dessen verdächtigem Tod ein paar Ermittlungen anstellte. Deshalb also hatte sie ihn ebenfalls in ihre Gewalt gebracht. Raffael war in ihren Augen nicht nur ein unbequemer Schnüffler gewesen, der zu viele Fragen stellte, sondern ein echtes Geschenk des Himmels, nachdem Marions erstes Folteropfer sein Schweigen mit dem Leben bezahlt hatte. Und auch meine Rolle in dem ganzen Drama wurde mir jetzt endlich klar.

»Was hast du mit Raffael gemacht?«, fuhr ich Marion an. Ich musste meine ganze Beherrschung aufbringen, um ihr nicht an die Kehle zu springen. »Habt ihr ihn auch mit Drogen vollgepumpt und verhört, du und deine Folterknechte?«

Ich bekam keine Antwort, nur einen giftigen Blick, aber ich wusste trotzdem, dass ich recht hatte. »Und als er ebenfalls nicht reden wollte, hatte Daniel da wieder eine seiner genialen Ideen? Diesmal kein Sturz in den Abgrund, sondern die Drohung, dass die Freundin sonst getötet wird, richtig? Zuerst dachtest du, ich wäre bloß ein lästiges Anhängsel, und hast mich mit der gefälschten Abschieds-SMS abserviert, aber dann, als Raffael nicht reden wollte, wurde ich mit einem Mal wertvoll. Als Hebel sozusagen.«

Marion brummte etwas Unverständliches, doch ich ließ mich davon nicht beirren. »Deswegen hast du dich in der Oper an mich rangemacht und mich in dein Hotel eingeladen. Von wegen Urlaub vom Kummer! Du wolltest Raffael mit mir erpressen! Ihm mit meinem Tod drohen. Was hättest du getan, wenn ich deine großmütige Einladung nicht angenommen hätte? Wäre Daniel dann nachts mit gezückter Waffe in meinem Haus aufgetaucht? Hättet ihr mich im Kofferraum hierher verschleppt?«

Wieder bekam ich keine Antwort. Marion hatte sich jetzt anscheinend aufs Schweigen verlegt. Doch es passte alles zusammen. Und noch etwas wurde mir jetzt schlagartig klar: Ich hatte hier im Hotel von Anfang an unter Bewachung gestanden. Kein Gast, sondern eine Geisel! Schon bei meinem ersten – und einzigen – touristischen Ausflug, der Wanderung am Hahnenkamm, hatte sich Daniel Crane an meine Fersen geheftet. Nicht weil ihm der Sinn nach Bergluft stand oder gar zu meinem Schutz, sondern um mich im Auge zu behalten. Und Beatrices Geisteraktivitäten hatte Marion dann als Vorwand benutzt, mir rund um die Uhr einen vermeintlichen Bodyguard zuzuteilen. In Wahrheit einen Gefängniswächter.

Ich durfte vorgeblich frei herumlaufen, während Marion und ihre Schergen nach Raffael suchten. Er musste ihnen in der Nacht vor meiner Ankunft entkommen sein. Als Daniel Crane mit uns aus Wien zurückkehrte, hatte er das Waldchalet – Raffaels Gefängnis – leer vorgefunden, abgesehen von der Leiche seines Mitarbeiters. Mikael. Das war der Notfall, über den Daniel kurz nach unserer Ankunft Marion informiert hatte.

Alles ergab jetzt Sinn. Und ich wusste auch, wer Raffael bei seiner Flucht geholfen hatte. Einer Flucht, die nicht in der Freiheit, sondern in erneuter Gefangenschaft geendet hatte. Ein zweiter Täter, ein zweiter Kerker – auch wenn das Tatmotiv ein ganz anderes als das von Marion war. Weniger abgehoben, aber andererseits noch wahnsinniger – falls das überhaupt möglich war.

Während ich fieberhaft überlegte, wie ich jetzt weiter vorgehen sollte, wie ich Raffael endlich finden und befreien konnte, ergriff Marion die Initiative. Sie erhob sich in einer langsamen und gemessenen Bewegung von der Bettkante und wandte sich Viktor zu.

»Sie sind doch selbst in der Forschung tätig, nicht wahr?«, sprach sie ihn an, mit dem gewinnenden Lächeln, das ich aus der Wiener Oper kannte. Auch Viktors Hintergrund hatte sie also recherchieren lassen. »Sie wissen, dass man manchmal, nun ja, unorthodoxe Wege gehen muss, wenn man medizinische Fortschritte erzielen will. Dass man unbequeme Entscheidungen treffen muss.«

Marions Stimme klang wie die eines Fernsehpredigers. »Dass Opfer unerlässlich sind, zum Wohle der Menschheit. Ich denke, Sie verstehen meine Motive, nicht wahr?« Während sie auf Viktor einredete, bewegte sie sich langsam vorwärts, setzte behutsam einen Fuß vor den anderen, als ginge sie über dünnes Eis.

»Stehenbleiben«, befahl Viktor und hob seine Waffe an.

Marion hielt inne und hob die Hände. »Schon gut, schon gut. Sie wollen doch nicht wirklich jemanden erschießen, oder? Niemand muss hier verletzt werden. Lassen Sie uns reden, okay?«

Sie wandte sich mir zu. »Clara. Ich bin nicht deine Feindin, ich meine es doch gut. Ich habe Raffael viel Geld geboten für sein Wissen um die Unsterblichkeit und natürlich die volle Anerkennung, wenn wir damit an die Öffentlichkeit gehen. Vielleicht kannst du ihn überzeugen, dass eine Kooperation in unser aller Interesse ist? Dass er ein Geschenk besitzt, eine Gabe, und dass ich über die Mittel verfüge, dieses Geschenk in die Welt zu tragen, es der ganzen Menschheit zugänglich zu machen. Begraben wir doch das Kriegsbeil und bereden wir alles in Ruhe.«

»Halt den Mund«, fuhr ich sie an. Ich musste nachdenken. Sollte ich nun endlich die Polizei verständigen? Es würde Stunden dauern, denen alles zu erklären, und wer weiß, welche Story Marion zu ihrer Verteidigung vorbringen würde. Man kannte sie zweifelsohne gut hier in Kitzbühel, vermutlich war sie eine angesehene Persönlichkeit, während ich bloß eine Touristin war. Und die Geschichte, die ich zu erzählen hatte, konnte ich ja selbst kaum glauben. Von der Beweislage gar nicht zu reden.

Raffael blieb nur noch wenig Zeit, wenn es nicht überhaupt schon zu spät war. Marions Verhaftung musste warten. Beziehungsweise … genau, das war eine Möglichkeit. »Könntest du mir einen Gefallen tun?«, wandte ich mich abrupt an Viktor.

Er hob beide Augenbrauen. »Ja?«

»Ich rufe jetzt die Polizei, aber dann muss ich von hier verschwinden. Ich muss so schnell wie möglich Raffael finden, sonst ist er verloren. Könntest du die beiden hier bewachen, bis die Beamten eintreffen, und der Polizei dann mal einen, hm, ersten Überblick geben? Ich werde natürlich, so rasch ich kann, zurückkommen und alle Details liefern, eine umfassende Aussage machen. Aber jetzt habe ich dafür einfach keine Zeit. Okay?«

Viktor nickte, wenn auch etwas zögerlich. »Geh nur. Schon in Ordnung«, sagte er. »Ich bleibe hier.«

»Danke«, rief ich. Hoffentlich wusste Viktor, wie viel mir das bedeutete. Ich sprang auf, lief aus der Hütte, zog mein Handy aus der Tasche und wählte den Notruf. Der Frauenstimme, die sich meldete, erzählte ich alles, was ich über Marions Verbrechen wusste, und bat, ein Einsatzteam in das Waldchalet zu schicken, dessen Lage ich mehr schlecht als recht beschreiben konnte. Dann legte ich auf. Viktor war militärisch vorgebildet und bewaffnet. Selbst wenn es etwas dauern würde, bis die Polizei eintraf, würde er die Lage im Griff haben. Er war nicht in Gefahr. Jedenfalls redete ich mir das ein.

Auch wenn ich noch immer keine Ahnung hatte, wo ich nach Raffael suchen sollte, stolperte ich, so schnell mich meine Füße trugen, durch den nächtlichen Wald. Zurück in Richtung Hotel. Diesmal nutzte ich die Taschenlampe meines Telefons, aber es fühlte sich dennoch an, als wollte die Dunkelheit mich verschlingen.

Ich musste Beatrice finden und dann … Tja, ich hatte keine Ahnung. Aber zusammen mit ihr würde ich eine Lösung finden. Das musste ich einfach.

37

»Beatrice!«, rief ich, als ich endlich meine Zimmertür aufstieß. Bestimmt wartete meine Freundin hier schon seit Stunden, inzwischen krank vor Sorge um mich.

Doch mein Zimmer war leer. Rasch sah ich mich um. Nicht das kleinste Detail deutete darauf hin, dass jemand außer mir hier gewesen war. Die Nachttischlampe brannte, das Bett mit seinen Kissenbergen sah verlockend aus wie immer, durch die halb offene Balkontür wehte eine warme, würzige Brise. Pure touristische Idylle. Keine Spur von Beatrice.

»Ich brauche dich«, brüllte ich die Wände an und hoffte, nein betete, dass Beatrice im nächsten Augenblick durch die Türe getrippelt kam, entschlossen, mir mit Rat und Tat zur Seite zu stehen. Wie sie es stets zu tun pflegte – gefragt oder ungefragt. Doch nichts regte sich.

Ich zwang mich zu warten, zählte die Sekunden. Wenn Beatrice sich in ihrem Zimmer aufhielt und auf ein Lebenszeichen meiner Wanze gewartet hatte, hätte sie inzwischen hier sein müssen.

Fieberhaft dachte ich nach. Wo war sie hin? Sie hatte bestimmt mitbekommen, dass Sven mich abgeholt hatte. Wenn sie unser Gespräch nicht live mitgehört hatte, hatte sie inzwischen garantiert die Aufzeichnungen aus meinem Zimmer angehört. Vermutlich suchte sie gerade nach mir.

Frau Schiller möchte Sie sprechen. Damit hatte Sven mich geködert. Dass diese Einladung im Waldchalet enden würde, damit hatte ich nicht gerechnet – und Beatrice war es wahrscheinlich ebenso ergangen. Bestimmt hatte sie zuerst an einer anderen Stelle nach mir gesucht. Das Naheliegendste war … der dritte Stock! Dort lagen Marions Privaträume und die Schiller Foundation. Ich hatte angenommen, dass Sven mich dorthin führen würde. Und Beatrice hatte vermutlich den gleichen Schluss gezogen.

Ich machte auf dem Absatz kehrt, stürmte zur Türe hinaus und lief zum Fahrstuhl.

Die Szene, die sich mir vor der verspiegelten Doppeltür mit der Aufschrift *PRIVAT* bot, war nicht, was ich erwartet hatte. Zuerst fiel mir ein Stein vom Herzen, als ich Beatrice entdeckte, doch im gleichen Moment registrierte ich, dass sie nicht allein war. Und dass etwas ganz und gar nicht stimmte.

In der Ecke vor der verspiegelten Türe kauerte Naomi, eine Hand vors Gesicht erhoben, als wollte sie einen Angriff abwehren.

Erst als ich näher herankam und Beatrice herumwirbelte, zweifellos in Alarm versetzt durch meine Schritte, wurde mir klar, dass sie eine Pistole in der Hand hielt. Eine Waffe, die sie sogleich wieder auf Naomi richtete.

Es war wie ein Echo jenes Albtraums, den ich gerade im Waldchalet durchlebt hatte. Für einen Augenblick fraß sich die Gewissheit durch meine Eingeweide, dass ich nun endgültig den Verstand verloren hatte. Dass einfach alles zu viel geworden war, heute Nacht, und ich jetzt wirklich und wahrhaftig halluzinierte. Es konnte doch nicht sein, dass jetzt auch noch Beatrice mit einer Pistole hantierte … und damit Naomi bedrohte? Ausgerechnet Naomi?

»Gott sei Dank, Clara«, erklang Beatrices Stimme. Dünner und höher als sonst, aber trotz allem unverzagt. »Wo warst du? Was ist passiert?«

»Was zum Teufel?«, war alles, was ich herausbrachte. Dabei deutete ich auf Naomi, die jetzt ihre Hand sinken ließ, sich aber immer noch in die Ecke drückte, als wollte sie mit der Wand verschmelzen.

»Ich habe sie hier vor der Tür erwischt, wo sie um diese Zeit bestimmt nichts zu suchen hat«, erklärte mir Beatrice in einem Tonfall, der mir geradezu lächerlich sachlich erschien. Und die Pistole in ihrer Hand löste sich dabei nicht in Luft auf. Das alles war doch kein Alptraum, keine Halluzination.

»Natürlich war ich vor Stunden schon mal hier oben«, fuhr Beatrice fort, »als ich die Aufzeichnung aus deinem Zimmer abgehört habe und nach dir suchte. Aber da war alles dunkel und still. In der Zwischenzeit habe ich das halbe Hotel auf den Kopf gestellt, um dich zu finden. Ich dachte schon …« Sie ließ den Satz unvollendet, aber ich wusste genau, was sie gedacht hatte. Dass ich das jüngste Opfer des Hotelmörders geworden war und sie mich niemals wiedersehen würde. Es hätte nicht viel gefehlt, und sie hätte recht behalten.

»Und nun bist du nochmal hier hoch gekommen, um was zu tun?«, fragte ich. »Dich durch die Türen zu *schießen?*«

Beatrice nickte grimmig, und beinahe hätte ich hysterisch aufgelacht bei ihrem Anblick. Sie war einfach die unwahrscheinlichste Revolverheldin, die man sich vorstellen konnte. Andererseits hatte ich mein Bild von ihr in den letzten Tagen ja schon in beinahe jeder Hinsicht revidieren müssen.

Nur, was tat Naomi hier oben, mitten in der Nacht? Sie wohnte im Personalquartier, das in einem Nebengebäude lag, und das Büro der Schiller Foundation war schon seit Stunden geschlossen.

Beatrice beantwortete meine unausgesprochene Frage, indem sie mit der Pistole – einem winzigen, silbrig glänzenden Ding, ganz ihr Stil – vor Naomis Nase herumwedelte. »Die hier hatte wohl das Gleiche vor.«

»Was? Bei Marion einzubrechen?«

Beatrice nickte. »Oder in der Foundation. Keine Ahnung, Liebes. Aber was könnte sie sonst wollen? Hier an der Tür, um diese Zeit? Ich habe angenommen, sie wüsste etwas über dein Verschwinden. Gerade hatte ich vor, sie zu einem Gespräch zu überreden.« Noch ein grimmiger Blick, aber darin lag jetzt auch etwas von der Beatrice, die ich kannte. Die Frau, die immer ein wenig den Harlekin mimte, sich selbst nie hundertprozentig ernst nahm. Es war beruhigend, das zu sehen.

Naomi war gänzlich unschuldig an meiner Entführung, so viel wusste ich – nur, was führte sie im Schilde, hier oben, vor dieser Tür, um diese Zeit?

»Reden Sie, Naomi«, kam ich direkt zum Punkt, denn eigentlich wollte ich nichts anderes, als mit Beatrice allein zu sein. Damit ich ihr alles erklären konnte, um dann mit ihrer Hilfe endlich, endlich Raffael zu finden.

Aber, Moment mal. Raffael. *Leonore.* Ich war mir sicher, dass sie der Schlüssel zu ihm war. Dass er bei ihr war, und das nicht freiwillig. Daran hielt ich fest, nach dem, was ich mir nach der Durchsuchung von Leos Zimmer zusammengereimt hatte.

Also zurück zu Naomi. Sie war Leonores beste Freundin, so viel stand wohl außer Frage. Oder vielleicht mehr als das? Ihre Komplizin? Nein, das passte überhaupt nicht, Naomi würde niemals … oder vielleicht doch? Was wusste ich schon? War das wieder eine Annahme, mit der ich falschlag? Ich musste dringend mein Vorstellungsvermögen erweitern und endlich aufhören, voreilige Schlüsse zu ziehen.

War also Naomis Anwesenheit hier oben gerade der Fingerzeig, den ich suchte? Trieb sie sich vor dem Privatflügel der Schillers herum … wegen Leonore?

Ich kannte das Zimmer von Marions Tochter bereits zur Genüge. Es lag nicht hier im dritten Stock. Leonore hatte keine Lust, in der Nähe ihrer Mutter zu wohnen, aber das musste nicht heißen, dass es nicht irgendwo hinter dieser Spiegeltür doch einen Raum gab, den sie für sich beanspruchen konnte. Einen Lagerraum vielleicht, der schon lange nicht mehr genutzt wurde, oder etwas Ähnliches. Ein Zimmer, das niemand betrat, wo niemand suchen würde …

»Wo ist Raffael?«, warf ich Naomi abrupt an den Kopf – und erntete einen verständnislosen Blick. Doch darauf gab ich nichts. Ich würde mir selbst ein Bild machen, jeden Quadratmeter des Privatflügels durchsuchen. »Öffnen Sie die Tür«, sagte ich also, anstatt Naomi mit weiteren Fragen zu bombardieren. »Sofort!«

Wenn Naomi hier Zugang hatte, war das weit besser als Beatrices Brachialmethode. Schüsse würde man im ganzen Haus hören, und Sven – den Viktor jetzt unter Kontrolle hatte – war nicht das letzte Mitglied des sogenannten Sicherheitsdienstes. Ich wollte nicht auch noch Ramón, oder wen es sonst noch alles gab, auf den Plan rufen, auch wenn die Chefin dieser Bluthunde inzwischen keinen Schaden mehr anrichten konnte.

Naomi schüttelte den Kopf und hielt uns ihre leeren Handflächen hin. »Ich habe keinen Schlüssel.«

Es war Beatrice, die in diesem Moment den Kopf hob und schnupperte. »Riechst du das auch?«, fragte sie, während sie die Luft durch die Nase einsog.

Eine Frage, die jeder, der sich beim Kochen so stümperhaft anstellte wie ich, sofort mit *Ja* hätte beantworten können. Ja, ich roch es auch, und ich hatte keinen Zweifel, was es war. Brandgeruch. Irgendwo hinter dieser Spiegeltür verbrannte etwas, das war ganz eindeutig. Die Intensität des Gestanks allerdings nahm so rasch zu, dass es sich nicht bloß um ein in der Pfanne vergessenes Spiegelei handeln konnte.

Das Lächeln, das in diesem Augenblick über Naomis Gesicht huschte, verriet sie. Mir war mit einem Schlag klar, was es zu bedeuten hatte: Beatrice war ihr nicht beim Einbruch *in* die Foundation in die Quere gekommen, sondern auf dem Weg *heraus*.

Naomi hatte das, wozu sie in den dritten Stock gekommen war, bereits erledigt.

»Sie haben Feuer gelegt?«, fragte ich sie. Oder besser gesagt, ich stellte fest, was ohnedies offensichtlich war.

In Naomis Augen blitzte etwas auf. Sie kauerte jetzt nicht mehr in der Ecke, sondern richtete sich zu ihrer vollen Größe auf und straffte die Schultern. »Ja, das habe ich«, verkündete sie. »Ich konnte nicht mehr länger tatenlos zusehen. Jemand musste etwas tun!«

Auch wenn sie sich vage ausdrückte, verstand ich, wovon sie sprach. Ihre Theorien darüber, was alles hinter den geschlossenen Türen der Foundation vorging, waren mir noch in bester Erinnerung. Organdiebstahl, moderner Vampirismus, illegale Experimente am Menschen … Wobei, mit Letzterem hatte sie nicht einmal so falsch gelegen. Verhöre unter Drogeneinfluss konnte man wohl dieser Kategorie zuordnen. Aber Naomi hatte keine Ahnung, wie weit Marion und ihre Schergen in ihrem Wahn tatsächlich gegangen waren.

»Ich war der Geist, der ins Büro der Foundation eingebrochen ist«, gestand Naomi unaufgefordert. Der Stolz in ihrer Stimme war nicht zu überhören.

»Aber nur dieses eine Mal«, fügte sie rasch hinzu. »Der Spuk an sich war bestimmt eine Erfindung von Frau Schiller – keine Ahnung, was sie damit bezweckte. Ich habe ihn mir nur geborgt für diese eine Nacht. Ihn gegen sie verwendet. Ich wollte diesen Verbrechern eine Warnung zukommen lassen, dass ihr Treiben nicht ohne Folgen bleiben wird, dass es jemanden gibt, der Bescheid weiß. Jemanden, der handeln wird, wenn sie nicht endlich selbst zur Vernunft kommen!«

»Und gehandelt haben Sie«, sagte ich, mehr zu mir selbst als zu Naomi, während mein Hirn sich mühte, diese neueste Entwicklung zu verarbeiten.

»Ich habe nichts Belastendes im Büro gefunden«, fuhr Naomi

fort, jetzt offensichtlich begierig, uns ihre Motive zu erläutern. Zweifellos sah sie sich selbst als Heldin und wollte verstanden, wenn nicht bewundert werden. »Keine Beweise. Nichts, was man der Polizei vorlegen könnte. Sie haben es wirklich verstanden, keine Spuren zu hinterlassen, haben gründlich aufgeräumt, oh ja. Aber mich haben sie damit nicht getäuscht!«

»Grundgütiger«, murmelte Beatrice und zog indigniert die Nase kraus.

Naomi ignorierte sie, redete jetzt wie im Rausch, laut und im Stakkato-Rhythmus eines Presslufthammers. »Jemand musste sie aufhalten! Zuerst hatte ich einfach nur Angst, das gebe ich zu. Ich wollte kündigen und mich aus dem Staub machen. Aber dann wurde mir klar, dass ich eine Verantwortung habe. Dass ich den Tod wer weiß wie vieler weiterer Menschen nicht einfach in Kauf nehmen durfte, nur um meine eigene Haut zu retten. Die Morde mussten aufhören! Hätte ich einfach zusehen sollen, wie immer mehr Menschen auf Nimmerwiedersehen verschwanden, für den Unsterblichkeitsdrang dieser Irren? Ich hatte keine Wahl. Das verstehen Sie doch, Frau Annerson, oder? Ihr Freund wurde bestimmt auch ermordet! Ich *musste* es selbst in die Hand nehmen. Ich musste sie aufhalten! Gäste werden bei dem Feuer nicht zu Schaden kommen«, fügte sie noch schnell hinzu, als wäre das nur ein Detail.

Sie legte den Kopf schief, als wartete sie auf ein bestimmtes Geräusch. Und wie auf ein unsichtbares Kommando hin heulte in diesem Moment die Sirene des Feueralarms auf.

»Wie zum Teufel sind Sie reingekommen?«, fuhr ich Naomi an. »Ins Büro?« Ich wusste nicht genau, warum ich diese Frage stellte – anstatt das Offensichtliche zu tun und mich und Beatrice so rasch wie möglich in Sicherheit zu bringen, bevor hier alles in Flammen aufging. Ich glaube, es steckte mehr dahinter als nur meine unstillbare Neugier, die mir schon mehr als einmal beinahe zum Verhängnis geworden war.

Daniel Crane hatte behauptet, die Schlösser der Foundation wären absolut einbruchsicher und dass niemand sich daran zu schaffen gemacht hatte, in der Nacht als Naomi hier eingebrochen war. Und auch jetzt trug sie weder Werkzeug bei sich noch eine Kletterausrüstung, die für die halsbrecherische Route über den Balkon unabdinglich gewesen wäre.

Es musste einen anderen Weg geben, einen, von dem ich noch nichts wusste, der bis jetzt sowohl mir als auch Beatrice verborgen geblieben war. Vermutlich klammerte sich jener Teil von mir, der die Hoffnung noch nicht aufgegeben hatte, daran, dass dieser andere Weg mich auch zu Raffael führen würde.

»Wir müssen hier weg, Clara.« Beatrice. Ihre Stimme drang wie durch einen Nebel zu mir. Sie hielt ihre glitzernde Pistole noch immer fest auf Naomi ausgerichtet, aber ihre Mundwinkel zuckten nervös.

Naomi nickte ein paar Mal in rascher Folge und hob ihre Hände. »Ich stehe zu dem, was ich getan habe. Ich werde keinen Widerstand leisten. Aber Ihre Freundin hat recht. Wir sollten hier verschwinden.«

Ihre Freundin. Erst jetzt wurde mir bewusst, dass Beatrice und ich unsere Tarnung hatten auffliegen lassen. *Echte Vollprofis.* Naomi wusste jetzt also Bescheid, dass wir uns kannten. Mehr noch, dass wir zusammenarbeiteten. Sei's drum, was spielte das jetzt noch für eine Rolle?

»Wie sind Sie reingekommen?«, wiederholte ich beharrlich, und als Naomi nicht antwortete, überraschte ich mich selbst dabei, wie ich auf sie losging, sie am Kragen packte und schüttelte. »Reden Sie!«, befahl ich.

»Die Mine«, keuchte Naomi. »Lassen Sie mich los!«

Ich dachte nicht daran. »Die Mine?«, wiederholte ich. »Was soll das heißen? Welche Mine?«

»Das Bergwerk, es … ist nicht eingestürzt. Lassen Sie mich los, ich bekomme keine Luft! Ich erzähle Ihnen ja alles!«

Und dann, während sich die ersten dünnen Rauchschwaden durch den Spalt unter der Spiegeltüre schlängelten, die Sirene gnadenlos heulte und hinter uns die Gäste aus dem dritten Stock chaotisch durcheinanderplappernd zu den Treppen drängten, tischte mir Naomi eine Geschichte auf, die beinahe so haarsträubend war wie die von Marion.

Dass die alten Schächte und Stollen lange eingestürzt wären, sei bloß ein Gerücht, behauptete sie – eines, das man in den Jahren der Nazi-Herrschaft in Umlauf gesetzt habe, während die Mine in Wahrheit Widerstandskämpfern und Verfolgten als Unterschlupf diente. Nur das damalige Hotelpersonal kannte die Wahrheit, die Schillers hätte man nicht eingeweiht, weil Mitglieder der Familie in Hitlers Armee dienten und man ihnen nicht traute.

Ich erfuhr, dass die Holzbretter, die hinter dem Schauberg-werk die Tunnel versperrten, sich bewegen ließen und ein nicht zu massiger Mensch problemlos hindurchkriechen konnte. Dass in den Räumen, die jetzt der Schiller Foundation als Büro dienten, früher die Personalunterkünfte gelegen hatten, und dass sich hinter den Regalen eines Lagerraums ein geheimer Zugang befand, der ebenfalls in die Mine führte. So konnten die Menschen, die sich über Jahre in dem alten Bergwerk versteckt hielten, unauffällig vom Hotelpersonal versorgt werden.

Und schließlich behauptete Naomi, dass gleich der erste Schacht, wenn man in die Mine lief, eine Verbindung zwischen oben und unten herstellte, dass man also vom Schaubergwerk hinter dem Spezialitätenrestaurant Grube innerhalb von zehn Minuten hinauf in die Foundation gelangen konnte. Ohne Spuren zu hinterlassen.

»Und so bin ich reingekommen«, beendete sie ihre Erklärung leicht atemlos. »Ich habe den Zugang nur die beiden Male genutzt. Montagnacht und heute. Hat mich echt Überwindung gekostet. Ich hasse enge Räume.« Sie schüttelte sich. »Jetzt zufrieden?«

Ihr Blick huschte über die Spiegeltüre, dann zurück zu mir.

Von dem Stolz in ihren Augen war nichts mehr übrig. Da war jetzt nur noch die nackte Angst, ein Opfer ihres eigenen Brandanschlags zu werden.

Die Mine! Das musste es sein! Der einzige Ort, den ich – oder Beatrice – noch nicht durchsucht hatten. Wenn Naomi die Wahrheit sagte und die alten Stollen jetzt noch immer begehbar waren, existierte womöglich auch noch der einstige Unterschlupf der Widerstandskämpfer. Das perfekte Versteck!

Noch immer hielt ich Naomis Kragen umklammert. Es fühlte sich an, als würde ich meine Hand nie wieder öffnen können. In meinen Augen brannte bereits der Rauch. Viel Zeit blieb mir nicht mehr. »Weiß Leonore von der Mine?«, fragte ich Naomi und schüttelte sie erneut, als sie nicht sofort antwortete.

»Ja. Ja! Sie war es, die mir überhaupt davon erzählt hat. Leo hat es von ihrem Kindermädchen erfahren, einer alten Frau, die schon Jahrzehnte im Hotel arbeitete. Diese Frau hat Leo irgendwann Geschichten aus dem Krieg erzählt. Von ihrem Vater, der im Widerstand war. Und von dem Versteck in der Mine. Wie viel Courage das Hotelpersonal damals bewiesen hat, wie sie ihr eigenes Leben riskierten, um die Verfolgten zu retten. Leonore war ganz fasziniert von diesen Storys. Und als Jugendliche, als kein Kindermädchen mehr auf sie aufpasste, ihre Eltern aber nach wie vor ganz mit sich selbst beschäftigt waren, begann sie, die alten Stollen zu erkunden.«

Naomi deutete den skeptischen Blick, den ich ihr zuwarf, völlig richtig. »Da gucken Sie, was! Aber es ist wahr. Leo war schon immer eine echte Abenteurerin. Und bevor sie die Männer entdeckte und zu Lolita wurde, waren das Hotel und der Wald ihre Spielwiese – und das Bergwerk!«

Ich spürte, wie der Puls in meinen Schläfen hämmerte. Es passte alles zusammen! Ein Versteck, das außer Leonore niemand kannte. Ein Bergwerk, in dem kein Mensch suchen würde, weil der Zugang angeblich seit langem eingestürzt war.

Die schmutzigen Fingerabdrücke auf meinem Notizbuch fielen mir wieder ein – die nicht Leonore gehörten, sondern Raffael. Dessen war ich mir jetzt sicher. Jemand, der in jahrhundertealten Stollen gefangen gehalten wurde, hatte bestimmt keine sauberen Hände. Hatte Leo ihm das Buch gezeigt – um ihm vorzugaukeln, dass sie mich in ihrer Gewalt hatte, oder etwas Ähnliches?

Und dann die Schrammen an Daniel Cranes Armen. Er war kein schmächtiger Mann, der sich problemlos zwischen ein paar losen Holzbrettern durchzwängen konnte. Oder durch die Engstellen eines Bergwerks. Er musste Leonore auf die Spur gekommen sein. Vermutlich war er ihr in die Mine gefolgt und hatte sich dort die Arme aufgeschürft. Vielleicht hatte er die richtigen Schlüsse gezogen, als er die Leiche seines Mitarbeiters im Waldchalet fand, samt des abgerissenen Stückchens schwarzer Wäschespitze. Hatte Leonore diesen Mikael irgendwie mit ihren Reizen bezirzt und ihn dann ermordet, um Raffael aus der Gefangenschaft ihrer Mutter zu befreien?

Ich konnte nicht wissen, wie genau es sich abgespielt hatte. Daniel Crane war Leonore vielleicht aus anderen Gründen nachgeschlichen – zum Beispiel, weil er ein sexuelles Interesse an ihr hatte. Und nachdem er ihr gefolgt war, hatte er zufällig ihr Geheimnis in der Mine entdeckt. Aber egal, wie es sich letztlich abgespielt hatte: Leonore war Daniel zum Verhängnis geworden, dessen war ich mir nahezu sicher.

Unzählige Fragen stürmten durch meinen Kopf, da waren so viele Details, die ich noch nicht verstand, doch das alles würde warten müssen.

»Wo ist er, dieser Unterschlupf des Widerstands?«, wandte ich mich wieder Naomi zu, gerade als Beatrice an meinem Ärmel zupfte, um mich endlich zur Flucht vor dem Feuer zu bewegen. »Bringen Sie mich hin!«

Naomi wich entsetzt zurück. »Sind Sie wahnsinnig? Ich habe keine Ahnung. Leo hat mir nur einmal den Gang zwischen dem

Restaurant und der Foundation gezeigt, das ist alles. Und das war vor Jahren, als wir uns angefreundet haben. Sie nutzte diesen Weg früher häufig, spionierte damals noch gerne bei ihrer Mutter im Büro. Aber wie ich schon sagte, für mich war das nichts. Ich bekomme Klaustrophobie da drinnen!«

Beatrice legte eine Hand auf meine Schulter – unter der ich zusammenzuckte. »Du kannst da jetzt nicht rein, Liebes. Das ist Selbstmord.« Ihre Stimme klang fest und vernünftig. »Wenn das Hotel brennt, wird der Rauch womöglich in die Stollen ziehen. Und ich habe keine Ahnung, wie das Gestein auf die Hitze reagiert. Bestimmt …«

»Raffael ist da drin«, fiel ich ihr ins Wort. »Ich bin mir hundertprozentig sicher. Leonore hat ihn entführt. Sie muss … ach, verdammt, ich habe jetzt keine Zeit, dir das alles zu erklären.«

Beatrice sah mich an, als hätte ich den Verstand verloren. Und vielleicht war das ja der Fall.

Dennoch ließ ich mich nicht beirren. Wenn die Mine wirklich die Jahrhunderte überdauert hatte, würde sie nicht ausgerechnet heute Nacht einstürzen, Feuer oder nicht. Das sagte ich mir jedenfalls, klammerte mich so fest ich konnte an diesen Gedanken. Obwohl ich natürlich nicht die geringste Ahnung hatte. Weder von der Statik eines Bergwerks noch von den Auswirkungen eines Großbrands.

»Hör mir zu, Clara«, sagte Beatrice. »Du musst dich irren. Dieser St. Germain, den du erwähnt hast, das ist derjenige, um den es hier geht. Ganz bestimmt. Das hat Dr. Minsky doch deutlich gesagt. Ich hatte ja keine Ahnung, dass … Nun, das spielt jetzt keine Rolle.« Sie wedelte mit ihrer knöchernen Hand in der Luft herum. »Jedenfalls muss es Marion sein, die wir suchen, nicht Leonore! Sie und ihr Unsterblichkeitswahn stecken hinter dem Tod von Matthias, und sie hat Raffael entführt.«

»Das hat sie«, sagte ich, »aber dabei blieb es nicht.«

Beatrice guckte mich verständnislos an.

»Leo hat Raffael aus Marions Gefangenschaft befreit, ihn gerettet. Jedenfalls wird sie das so gesehen haben. Sie muss sich in ihn verliebt haben. Du kennst ja Raffaels Wirkung auf Frauen.«

»Und dann hat sie ihn ihrerseits gekidnappt?«

Ich nickte. »Bea, ich habe jetzt wirklich keine Zeit für Erklärungen. Keine Ahnung, was das Feuer mit der Mine anstellen wird, aber wenn Raffael noch da drin ist …« Ich führte weder den Satz noch den Gedanken zu Ende.

»Sie müssen eine Taschenlampe haben«, wandte ich mich stattdessen noch einmal an Naomi. Sicher hatte sie den Weg durch die Mine nicht ohne Licht zurückgelegt. Und bei dem, was ich vorhatte, wollte ich mich nicht auf den Akku meines Handys verlassen.

Naomi nickte rasch, die Augen weit aufgerissen. »In meiner Hosentasche. Links hinten.« Noch immer hielt sie ihre Arme in die Luft, deutete nur mit dem Kopf in Richtung ihres eigenen Hinterteils.

Ich fasste in ihre Tasche und zog eine kleine Stablampe hervor. Das musste genügen. Jetzt brauchte ich nur mehr Zugang zum Bergwerk. Der Weg durch die Foundation kam eindeutig nicht in Frage, da stand längst alles in Flammen. »Wie komme ich vom Schaubergwerk in die Mine?«, fragte ich Naomi, und als sie mir stockend Anweisungen gegeben hatte – zwei Mal links, dann durch den schmalen Stollen ganz rechts und schließlich durch den Bretterverschlag –, lief ich los.

»Bring Naomi in das Chalet, das Matthias bewohnte. Dort sind auch Marion und Viktor. Er wird dir helfen. Die Polizei sollte demnächst eintreffen. Und wenn der Brand hier im Haus gelöscht ist und die Mineneingänge nicht verschüttet sind, dann schick mir bitte die Feuerwehrleute hinterher. Ich werde den Weg markieren.«

Das waren verdammt viele Wenns … Und wie sollte ich den Weg markieren, so sinnvoll diese Idee auch war, schon allein wegen meines eigenen miserablen Orientierungssinns? Ich hielt noch einmal an und überlegte fieberhaft. Ich konnte keine Brotkrumen streuen wie Gretel in Grimms Märchen. Oder war es Hänsel gewesen? Doch dann kam mir die Lösung. Süßstofftabletten! Ich zog meine Tasche von der Schulter, wühlte mich durch das Seitenfach und zog den Spender heraus, den ich immer bei mir trug. Zum Glück war er noch fast voll.

»Hiermit«, rief ich Beatrice zu, und dann stürzte ich mich im Laufschritt die Treppe hinab.

38

Es kostete mich einige Mühe, mich gegen den Strom der Gäste zu kämpfen, die von allen Seiten in Richtung der Ausgänge drängten. Doch nach einer Weile war es mir gelungen, das Schaubergwerk beim Spezialitätenrestaurant zu erreichen. Ich erntete einige Schreie wie »Falsche Richtung!« oder »Hier entlang, wir müssen raus!«, aber niemand ging so weit, sich mir in den Weg zu stellen. Und das Restaurant samt Bergwerk war um diese Uhrzeit längst geschlossen, lag also völlig verlassen da.

Dank Naomis Beschreibung stand ich nach nur wenigen Minuten vor dem Bretterverschlag, an dem ich tatsächlich nach einigem vergeblichem Herumprobieren zwei der Bretter zur Seite drehen konnte. Ich riss meinen Blick weg von dem großen Schild, das auf dem Verschlag prangte und mir mit *Zutritt verboten, Lebensgefahr!* drohte, klammerte mich an Naomis Taschenlampe, die nur einen winzigen Lichtkegel warf, und tauchte durch die Holzplanken.

Kühle Luft schlug mir entgegen, Stille, die mir nach dem Geschrei in der Lobby geradezu in den Ohren dröhnte, und tiefe Finsternis, gegen die meine Taschenlampe kaum ankam.

Ich musste über einige Schutthaufen und Reste von umgeknickten Stützbalken klettern, die man wohl künstlich aufgehäuft hatte, um dem Gerücht der eingestürzten Stollen Nachdruck zu verleihen. Für den Fall, dass ein zu Neugieriger sich doch persönlich überzeugen wollte. Aber schon bald war der Tunnel frei, breit und zur Gänze ummauert. Bauwerk, das aussah, als könnte es auch noch die nächsten fünfhundert Jahre überdauern. Nur den Brandgeruch konnte ich nicht abschütteln, noch immer biss er in meine Nase.

Es ging kaum merklich bergab, was vermutlich die falsche Richtung war, denn laut Naomis Erzählung hatten die Verschwörer in den Kriegsjahren ihre versteckten Kameraden von den Personalquartieren aus versorgt – die im dritten Stock lagen. Ich ging davon aus, dass sich der Unterschlupf in der Mine nicht allzu weit von dort entfernt befand, was natürlich nur eine Annahme war. Auf jeden Fall wollte ich mein Glück zunächst in den höhergelegenen Stollen versuchen.

Der Gang, durch den ich lief, führte allerdings bergab, daran war nichts zu ändern. Ich hielt Ausschau nach dem Schacht, den Naomi angeblich bei ihrem Einbruch in die Foundation genommen hatte, um von unten nach oben zu gelangen, konnte ihn aber nicht entdecken.

Die erste Abzweigung, die zumindest waagerecht verlief, nahm ich ohne zu zögern, hinterließ eine Tablette aus meinem Süßstoffspender und rannte weiter.

Ich wagte nicht, nach Raffael zu rufen. Vermutlich war er nicht allein hier unten, und ich konnte es nicht riskieren, seine Entführerin frühzeitig auf mich aufmerksam zu machen.

Je weiter ich vordrang, desto weniger gut ausgebaut waren die Stollen. Die Trockenmauern wichen nacktem Fels, der nur teilweise mit Holzbalken abgestützt war, und manche dieser alten Stämme befanden sich bereits im fortgeschrittenen Stadium der Vermoderung. In einem Gang verlief eine schmale Schienenspur, die man wohl vor langer Zeit für die Grubenhunte gelegt hatte, jene kleinen Wägelchen, die dem Erztransport dienten.

Manche Gänge waren so schmal, dass ich mich gerade noch

hindurchzwängen konnte, viele waren tatsächlich eingestürzt und nicht mehr passierbar, und das Labyrinth erstreckte sich schier endlos. Von jedem neuen Stollen schienen drei weitere abzuzweigen, mal ging es endlich nach oben, dann wieder gefühlte Stunden lang bergab. Die mittelalterlichen Bergleute hatten sich ohne Kompromisse entlang der Erzadern in den Berg gegraben, den Luxus der Übersichtlichkeit hatten sie sich nicht geleistet.

Meine Beine protestierten gegen den ungewohnten Dauerlauf. Die Sandalen, die ich trug, waren lächerlich ungeeignet für eine Expedition unter Tage, und meine Lungen brannten von der Anstrengung. Ich ignorierte den Schmerz, zwang mich, weiterzulaufen.

Ebenso ignorierte ich die Zweifel, die mich zunehmend heimsuchten. Doch da war ein Gedanke, der es schaffte, sich trotzdem in mein Bewusstsein durchzukämpfen. Wo er sich hartnäckig festsetzte. Beatrice … und St. Germain.

»Um ihn geht es hier«, hatte sie gesagt, vorhin, oben im dritten Stock. Dass es Marion sein musste, die wir suchten – womit sie ja im Prinzip recht hatte. Aber woher wusste sie das? Wieso hatte sie, sobald der Name St. Germain gefallen war, sofort Marions wahres Interesse an Matthias erkannt? Das war die Frage, die mich nicht mehr losließ.

Während mir die Kälte des Bergwerks trotz meines Dauerlaufs tiefer und tiefer in die Knochen kroch, kam ich zu dem Schluss, dass es darauf eigentlich nur eine logische Antwort geben konnte. Logisch? Nein, sie war völlig bescheuert, aber was, wenn … wenn Marion doch nicht den Verstand verloren hatte? Was, wenn Matthias tatsächlich dieser St. Germain war und Beatrice das wusste?

Die Signatur der Unsterblichen, wie Marion es genannt hatte – große Vermögenswerte, die sich über die Jahrhunderte angesammelt hatten und zwischen den Unsterblichen hin- und hergereicht wurden, damit diese Menschen, die sämtlichen biologischen Gesetzen zu trotzen schienen, zwischendurch für ein paar Jahrzehnte untertauchen konnten. So lange, bis sie niemand mehr kannte und sie ihre Reichtümer zurückerbten von jemandem, mit dem sie nicht verwandt waren.

Auch Beatrice hatte ihr enormes Vermögen und große Teile ihrer Kunstsammlung von einem nicht näher bezeichneten Freund vermacht bekommen – das wusste ich. Genau wie Raffael von seinem Mentor.

Aber Raffael, *mein Raffael*, ein Unsterblicher? Das war doch lächerlich! Natürlich verfügte er über ein erstaunliches geschichtliches Wissen, das war unbestreitbar, aber er war schließlich Kunsthändler, da war das doch nichts Außergewöhnliches, oder?

Gespräche kamen mir in den Sinn, die ich mit Raffael geführt hatte in den wenigen Monaten, die ich ihn kannte. Wie er mir vom Hofe Kaiser Rudolfs II. erzählt hatte, vom Leben des Hofmalers Arcimboldo, so lebendig und detailgenau, als wäre er … *als wäre er dabei gewesen.* Geschichten aus dem römischen Wien, seiner Lieblingsepoche, wie er sagte, oder auch aus der Zeit König Arthurs. Geschichten, die sich in keinem Fachbuch fanden.

Nein, es konnte nicht sein! Bestimmt gab es für all das eine ganz vernünftige Erklärung. Ich würde Raffael finden, in wenigen Minuten, gleich hinter der nächsten Biegung, und dann würden wir uns in die Arme fallen, gemeinsam dieser Unterwelt entfliehen, und ich würde endlich Antworten erhalten. Er würde mir alles erklären, es würde keine Geheimnisse mehr geben zwischen uns. Ich hielt keuchend an, krümmte mich zusammen und stemmte die Faust in meine Seite. Mein Herz hämmerte wie ein Schlagbohrer. Nur ein paar Sekunden Pause. Luft holen.

Irgendwann schien die Zeit stillzustehen. Ich hatte jede Hoffnung verloren, mich in den Eingeweiden dieses vermaledeiten Bergs zu orientieren, unter zigtausenden Kubikmetern Fels, die auf mich herabzudrücken schienen, mich zerquetschen wollten, mich im Kreis laufen ließen. Schon längst war ich meiner eigenen Süßstoffspur wiederbegegnet. Mehr als nur einmal. Ich hatte riesige Kavernen durchquert und Stollen, durch die man nur auf allen vieren kriechen konnte, hatte Heiligenstatuen gefunden, ausrangierte Grubenhunte, mittelalterliche Werkzeuge, eiserne Lampen und sogar ein riesiges geisterhaftes Wasserrad. Ich hatte zu einem Gott gebetet, aus dessen Kirche ich schon vor Jahren ausgetreten war, hatte gefleht, er möge mir einen seiner Engel schicken, an die ich eigentlich nicht glaubte, und wenn sich hinter der nächsten Abzweigung unvermittelt ein Tor zur Hölle aufgetan hätte, so hätte mich das auch nicht verwundert. Nirgends fand sich auch nur die geringste Spur von einem Unterschlupf des Widerstands. Oder von Raffael. Hatte Leonore ihn inzwischen von hier fortgeschafft? Vielleicht. Falls sie überhaupt jemals hier gewesen waren. Denn auch das war ja nur eine Vermutung. Beweise hatte ich bisher keine gefunden.

Nichtsdestotrotz lief ich weiter. Nicht weil ich so mutig war oder so unumstößlich entschlossen, sondern schlicht, weil sich meine Beine wieder in Bewegung setzten, ganz von allein, als wäre Laufen das Einzige, das mir jetzt noch blieb.

Und schließlich, als ich schon jedes Zeitgefühl verloren hatte, stolperte ich über die Leiche von Daniel Crane.

Der Stollen, in dem er lag, war leicht abschüssig und von Pfützen übersät. Auch von den Wänden tropfte Wasser, an manchen Stellen hatten sich sogar schon größere Rinnsale ihren Weg durch den Fels gegraben. Viele der Holzpfeiler, die die Decke stützten, waren eingeknickt, als wären sie bloße Zahnstocher.

Der Anblick, der sich mir bot, war entsetzlich. Daniel sah aus, als wäre er unter einen Lastwagen gekommen. Seine Gliedmaßen standen in bizarren Winkeln vom Körper ab, Arme und Beine waren mit Blutergüssen übersät, sein Gesicht kaum noch zu erkennen, sein T-Shirt schwarz vor Schmutz und wenig mehr als ein Fetzen. Und das war alles, was er trug. Die Reste eines T-Shirts. Nichts sonst. Von der Hüfte abwärts war er nackt.

39

Ich hockte mich neben Daniels Leiche auf den Boden und betrachtete sie näher. Was mich enorme Überwindung kostete. Nicht nur der Anblick war entsetzlich, der Gestank, der von dem Toten ausging, ließ meinen Magen rebellieren.

Ich versuchte, mir ein Bild zu machen, wann Daniel gestorben war. So wie er aussah, vermutlich nicht erst heute Nacht. Aber was wusste ich schon? Ich hatte keine Ahnung, wie eine Leiche auszusehen hatte, nach ein paar Stunden oder ein paar Tagen. Totenstarre, Leichenflecken, beginnende Verwesung, das alles waren nichts als leere Worte für mich. Dinge, die ich für meinen Krimi recherchiert hatte, der seit Monaten nicht vom Fleck kam. Im echten Leben war ich es nicht gewohnt, Leichen zu inspizieren.

Aber warum trug Daniel lediglich ein T-Shirt? Ich musste an das Foto von Mikael denken, nackt und tot auf dem Boden des Waldchalets. Warum war dessen Leiche entkleidet worden? Und jetzt die von Daniel?

Kannte ich die Antwort nicht längst?

Die beiden waren nicht entkleidet worden. Sie hatten sich freiwillig ausgezogen, kurz vor ihrem Tod. Zu einem ganz bestimmten Zweck, einem, bei dem ein T-Shirt nicht störte, eine Hose hingegen schon. Leonore hatte die beiden Männer getötet, indem sie sie verführt hatte. So musste sie die beiden Sicherheitsleute dazu gebracht haben, alle Vorsicht fahren zu lassen, sich ganz ihrer Lust hinzugeben und den tödlichen Fehler zu begehen, sie zu unterschätzen. Und dann hatte sie wohl in einem günstigen Moment gehandelt.

Nur: Was genau hatte sie getan? Mikaels Leiche hatte keine sichtbaren Verletzungen aufgewiesen, Daniel hingegen sah aus, als hätte ihn ein 150-Kilo-Boxer zu Tode geprügelt. Das konnte Leonore unmöglich allein bewerkstelligt haben.

Ein Teil von mir wollte aufspringen, meine Beine drängten danach, ihren Marathon durch das Bergwerk fortzusetzen … aber halt. Kopfloses Im-Kreis-Rennen würde mich nicht zu Raffael bringen, das musste ich mir endlich eingestehen. Ich musste wissen, was hier geschehen war, es *verstehen*, vielleicht brachte mir das den entscheidenden Hinweis, wies mir endlich den richtigen Weg.

Ich blickte mich in dem feuchten, abschüssigen Tunnel um. Warum lag Daniels Leiche ausgerechnet hier? Er war Leonore offensichtlich heimlich nachgeschlichen, als sie nachts nach ihrem Gefangenen sah. Vermutlich hatte er schon nach Mikaels Tod und Raffaels Verschwinden die richtigen Schlüsse gezogen und Leonore verdächtigt. Wie hätte Raffael auch ohne fremde Hilfe aus Marions Gefangenschaft entkommen können? Und wer hinterließ die nackte Leiche eines Wächters samt einem Fetzen Spitzenunterwäsche?

Ja, so musste es gewesen sein. Daniel hatte Leonore in Verdacht gehabt und war ihr unauffällig in die Mine gefolgt. Mehr als nur einmal. Ich musste wieder an die Schrammen an seinen Armen denken, an seine Müdigkeit an dem Tag, als wir die Graffiti des vermeintlichen Berggeistes untersucht hatten. In der nächsten Nacht war er Leonore wohl erneut nachgeschlichen – bis zu Raffaels Gefängnis? Dort hatte sie Daniel schließlich mit irgendeinem Sex-Spielchen geködert und ermordet. So hatte es sich wohl abgespielt.

Aber Leonores Versteck, Raffaels Gefängnis, es konnte doch unmöglich hier unten liegen? Hier, wo die Luft modrig roch und das Wasser von den Wänden tropfte? Wenn aber die einstigen Widerstandskämpfer ihr Lager vernünftigerweise weiter oben angesiedelt hatten, wie hätte Leo dann Daniels Leiche durchs halbe Bergwerk hier nach unten schleppen können? Er wog leicht das Doppelte von ihr. Und wie hatte sie ihn bloß so zurichten können?

Es war diese Frage, die mich schlussendlich auf die richtige Fährte brachte. Leonore hatte Daniel nicht zu Tode geprügelt! Wie auch immer sie ihn getötet haben mochte, die ausgerenkten, zerschundenen Gliedmaßen, die vielen Knochenbrüche verdankte Daniel nicht der Muskelkraft seiner Mörderin. Er hatte sie sich bei einem Sturz zugezogen! Leonore hatte seine Leiche nicht hier herunter, in die tiefsten Tiefen des Bergs, geschleppt, sie hatte sie *gestoßen*. Und so wie Daniel zugerichtet war, aus beträchtlicher Höhe.

Es musste hier einen Schacht geben! Mein Blick ging ruckartig nach oben, an die Decke. Ich richtete die Taschenlampe ins Dunkel, und da war er, nur knapp fünf Schritte hinter mir: ein Schacht, der knapp einen Meter im Quadrat maß.

Daniels Leiche war hier heruntergeworfen worden und nach ihrem Fall wohl einige Meter weit gerollt, weil der Boden des Stollens leicht abschüssig war. So musste es sich zugetragen haben. Ich hatte das gähnende Loch in der Decke auf meinem Weg hierher nicht bemerkt, weil ich meine ganze Aufmerksamkeit auf den Boden gelenkt hatte, um den Wasserpfützen auszuweichen.

Irgendwo dort oben musste Daniel gestorben sein, dessen war ich mir sicher. Leo hatte seine Leiche entsorgt, indem sie sie den Schacht hinuntergeworfen hatte – wie Hochhaus-Bewohner, die ihre Abfallbeutel einfach in den Müllschlucker fallen ließen. Vermutlich hatte sie den Leichengestank in der Nähe ihres Liebesnests vermeiden wollen.

Das war es, das Rätsel war gelöst. Ich wusste jetzt, wo Raffaels Gefängnis lag: irgendwo da oben, am Ende des Schachts.

Stellte sich nur die Frage, wie ich dort hinaufkommen sollte. Ich richtete den Lichtkegel meiner Taschenlampe in das schwarze Loch. Und für einen Augenblick hätte ich am liebsten losgeschrien vor Freude. Da waren Sprossen! Schmale eiserne Griffe, die man in den Fels geschlagen hatte – so verrostet, wie sie aussahen, schon vor sehr langer Zeit. Blieb nur zu hoffen, dass sie nicht unter meinem Gewicht zerbröseln würden.

Nun, ich würde es herausfinden. Welche Alternative blieb mir denn? Sollte ich versuchen, den Weg durch die Stollen nach oben zu finden, ans obere Ende dieses Schachts? Das war aussichtslos, und ich wusste es. Seit Stunden suchte ich einen Weg nach oben und hatte mich dabei nur immer weiter in den Tiefen der Mine verloren.

Ich klemmte mir die Taschenlampe zwischen die Zähne, streckte mich nach der untersten Sprosse und zog mich hoch. Keine Ahnung, wie ich die Kraft dazu aufbrachte und wie ich es letztlich durch den endlos langen Schacht bis nach oben schaffte. Immer wieder klafften Lücken zwischen den Sprossen auf. Durchgerostete Eisenteile standen wie amputierte Glieder von der Wand ab, manche fehlten ganz … doch ich kletterte weiter. Ohne nachzudenken. Ohne der kalten Panik in meinem Magen Beachtung zu schenken, ohne auf den Schmerz zu achten, mit dem meine Muskeln gegen die ungewohnte Anstrengung rebellierten.

Irgendwann kroch ich tatsächlich am oberen Ende aus dem Schacht. Mein Herz schlug so heftig gegen die Rippen, als wollte es sie sprengen, meine Hände waren nur noch eine rostrote krampfende Masse, über die ich jede Kontrolle verloren hatte. Aber ich war oben!

»Raffael«, brüllte ich mit aller Kraft. Dann noch einmal, so laut, dass es mir in den Ohren schmerzte. Es war mir jetzt egal, ob Leonore in der Nähe war, nichts und niemand würde mich jetzt noch aufhalten.

Ich sah mich um. Hier oben war es trocken, die Luft war kalt, aber frisch. Mehrere Stollen zweigten von der Kaverne ab, in der ich mich befand. Ich rief noch einmal – und dann hörte ich das Geräusch. *Klonk klonk klonk*, kam es ohne Unterlass, ganz deutlich, wie aus nächster Nähe. Metall, das gegen Metall schlug.

40

Ich folgte dem seltsamen Geräusch. Und dann, wie aus weiter Ferne, hörte ich plötzlich Raffaels Stimme, die meinen Namen rief! »Clara? Ich bin hier!« Bevor ich wusste, wie mir geschah, stürmten meine Beine los. Liefen und stolperten vorwärts, der Stimme entgegen.

Und dann fand ich ihn, nur zwei Abbiegungen und insgesamt keine zwanzig Meter entfernt: den alten Unterschlupf der Widerstandskämpfer aus dem Zweiten Weltkrieg. Eine geräumige Kaverne, vielleicht dreißig Meter lang und fünfzehn breit, an den Wänden gesäumt von Sperrholzregalen, in denen noch vereinzelte Werkzeuge lagen, vergilbte Bücher, ein paar Konservendosen …

Im vorderen Teil der Höhle stand ein aus alten Grubenhunten und groben Brettern improvisierter Tisch, umgeben von winzigen Holzschemeln und flankiert von einer primitiven Kochstelle.

Den restlichen Platz in der Kaverne teilten sich ein gutes Dutzend Feldbetten, und ganz hinten waren vielleicht zwanzig Quadratmeter durch ein massives Eisengitter von dem provisorischen Schlafraum abgetrennt.

Ein Verlies? Dann war die Mine nicht nur ein Unterschlupf gewesen, sondern die Widerstandskämpfer hatten hier auch Menschen gefangen gehalten?

Wen kümmerte es. Da war Raffael! Hinter den Gitterstäben. Sein langes dunkles Haar fiel ihm in die Stirn, während der Gefangenschaft war ihm ein Bart gewachsen, und er trug eine seidig glänzende Pyjamahose im Pascha-Stil, die ihm bestimmt Leonore verpasst hatte. Dazu einen schwarzen Wollpullover, der sich an seinen schlanken Körper schmiegte. Direkt hinter ihm stand ein Feldbett, auf dem sich Daunendecken und ein Meer aus Kissen türmten. Sie waren eindeutig neuzeitlichen Ursprungs, bestimmt handelte es sich um Bettwäsche aus dem Hotel. Die süßlich-warmen Noten eines Frauenparfums hingen in der Luft.

Raffaels tiefblaue Augen funkelten mich kurz an. Lange genug, dass mein Herz ins Stolpern geriet – dann schlossen sie sich wieder, geblendet vom Licht meiner Taschenlampe. »Verdammt, Clara, du solltest nicht hier sein«, war das Erste, was er sagte. »Aber ich bin unendlich froh, dich zu sehen!« Er lachte gequält.

Raffael. Er war es. Ich hatte ihn gefunden. Er lebte. Im ersten Moment konnte ich nur dastehen und ihn anschauen. Erst dann bemerkte ich, dass er Handschellen trug – und dass er nicht allein war. Auf einem Feldbett zu meiner Linken, außerhalb des Verlieses, lag ein zusammengerolltes Bündel. Es war fast gänzlich von einem blütenweißen Daunenduvet bedeckt. Nur der Kopf mit dem langen blonden Haar lugte hervor.

Leonore.

An ihrer linken Schläfe klebte getrocknetes Blut.

Ich versuchte zu begreifen, was ich da sah. Leonore war nicht tot, ihre Augäpfel rollten unter den geschlossenen Lidern, als durchlebte sie gerade einen besonders intensiven Traum. Raffael war ihr Gefangener – wie ich es befürchtet hatte. Er war nicht nur eingesperrt, sondern auch gefesselt. Die Handschellen waren es, mit denen er den Lärm verursacht hatte, dem ich gefolgt war. Das seltsame *Klonk klonk klonk*. Er musste die stählernen Fesseln gegen die Gitterstäbe geschlagen haben.

Ich trat vor die Tür des Verlieses, streckte meine Arme durch die Gitterstäbe und umfasste Raffaels Hände. Sie waren eiskalt. Ich wollte etwas sagen, irgendetwas, nur um mir selbst zu versichern, dass jetzt alles gut werden würde, aber in meiner Kehle hatte sich ein so dicker Kloß gebildet, dass ich kein Wort herausbrachte.

An Raffaels linkem Oberarm saß ein kruder, schief gewickelter, kreuz und quer verklebter Verband, das bemerkte ich erst jetzt. Mir fiel wieder ein, wie Leonore sich heimlich in der Apotheke der Schiller Foundation bedient hatte. Dafür also war das Verbandsmaterial gewesen, das sie entwendet hatte. Sie hatte Raffael verarztet, wenn auch ziemlich stümperhaft.

»Nur ein Streifschuss, kein Grund zur Sorge«, hörte ich seine Stimme, warm, dunkel, wie ich sie kannte und liebte. Selbst jetzt noch war sie voller Zuversicht und Trost. Als wäre ich es, die des Zuspruchs bedürfte, als hätte ich, nicht er, ein Martyrium hinter mir, dessen Ausmaß und Einzelheiten ich mir gar nicht ausmalen wollte.

»Leonore hat die Schlüssel bei sich«, sagte er. Er deutete mit dem Kinn in ihre Richtung.

Ich nickte benommen, stolperte zu der bewusstlosen Gestalt hinüber und zog unsanft die Decke weg. Leonore trug eine enge schwarze Hose, in deren vorderen Taschen sich keinerlei Inhalt abzeichnete. Dann steckten die beiden Schlüssel wohl in ihren Gesäßtaschen. Einer für die Zellentür, der andere für die Handschellen. Ich musste Leonore auf den Bauch drehen – auch wenn es mir widerstrebte, sie anzufassen.

Ich beugte mich über sie, fasste sie an Hüfte und Schulter – und im gleichen Moment schlug sie die Augen auf. Dann begann sie, panisch um sich zu schlagen.

Ich bekam einen schmerzhaften Kinnhaken ab, der mich zurücktaumeln ließ. Leonore rappelte sich auf ihrer Liege hoch, schwankte, sah sich gehetzt um. Erst als ihr Blick auf Raffael fiel, huschte ein Lächeln über ihr Gesicht, und sie beruhigte sich etwas. Ihre Augen glänzten fiebrig. Sie schien sich erst bewusst machen zu müssen, wo sie war.

Ich ging in sicherer Entfernung zu ihr in die Knie und berührte vorsichtig ihre Hand. Sie zuckte zusammen, riss den Kopf herum und starrte mich böse an. Mit sichtlicher Anstrengung versuchte sie, sich weiter aufzurichten, vermutlich, um nach mir zu schlagen, schwankte aber erneut und sank stöhnend zurück. Sie presste die Handfläche gegen ihre blutverkrustete Schläfe. Ihre Kopfverletzung schien ihr übel zuzusetzen.

In diesem Augenblick fand ich meine Sprache wieder. »Hör mir zu, Leo«, brachte ich hervor – bemüht, fürsorglich zu klingen. Auch wenn ich ihr am liebsten auf der Stelle den Hals umgedreht hätte für das, was sie Raffael angetan hatte. »Du brauchst einen Arzt. Genau wie Raffael. Lass mich dir beim Aufstehen helfen, dann befreien wir ihn und sehen zu, dass wir hier verschwinden, okay?« Ich ließ es klingen, als plante ich bloß einen kleinen Spaziergang, aber Leo brauste theatralisch auf: »Niemals. Raffael gehört mir. Du wirst ihn mir nicht wegnehmen. Wir werden zusammen sterben! Hier ist das Grab unserer Liebe!« Ihr schmächtiger Körper bäumte sich auf, nur um dann erneut zurück auf die Liege zu sinken.

Ach, du liebe Güte. Es war alles noch viel schlimmer, als ich es befürchtet hatte. Leonore hatte sich in ein ausgewachsenes Liebesdrama hineingesteigert. Fieberhaft überlegte ich, wie ich sie zur Vernunft bringen konnte.

Sie will ganz großes Drama?, bemerkte die Stimme in meinem Hinterkopf, die sich schon eine gefühlte Ewigkeit nicht mehr zu Wort gemeldet hatte. *Dann gib es ihr doch. Immerhin ist sie nach einer Opernheldin benannt!*

Das war vielleicht gar keine so schlechte Idee. Es könnte funktionieren – und was hatte ich schließlich zu verlieren? »Leo«, begann ich, diesmal in dem gleichen theatralischen Tonfall, den sie selbst angeschlagen hatte, »denk daran, wessen Namen du trägst. Du bist Leonore, nicht Aida! Du und Raffael – es ist nicht eure Bestimmung, hier in diesem Berg zu sterben. Du hast ihn aus der Gefangenschaft deiner Mutter befreit. Ihn gerettet. Das war sehr tapfer von dir. Aber jetzt musst du es zu Ende bringen, okay? Ihn aus dieser Mine in die Freiheit führen. Ihn in Sicherheit bringen. Nur du kennst den Weg nach draußen.«

Unter großer Anstrengung wandte Leonore den Kopf, blickte zu Raffael hinüber. Erneut leuchtete etwas auf in ihren Augen, doch dann wandte sie sich ruckartig mir zu und zischte mich an: »Du Schlange, denkst du, ich weiß nicht, warum du gekommen bist? Du willst ihn für dich! Aber er liebt nur mich, er gehört mir ganz allein! Sag es ihr, Raffael!«

Raffael tat nichts dergleichen – während ich in diesem Augenblick zu jeder Lüge bereit war, nur um uns aus dem steinernen Grab zu befreien. »Ja, er gehört dir«, sagte ich beschwichtigend. »Mit mir hat er Schluss gemacht, nachdem er hier nach Kitzbühel kam. Als er dich traf. Aber wenn du ihn hier unten einsperrst, wird das seinen Gefühlen für dich nicht gerade zuträglich sein. Das siehst du doch ein, oder? Hier ist nicht der Ort für eure Liebe.«

Einen Augenblick lang starrte mich Leonore mit fiebrigem Blick an. Bestimmt hatte sie keinerlei Schwierigkeiten, meine Lüge zu durchschauen, trotz ihres angeschlagenen Zustands. Ich war schon immer eine miserable Schauspielerin gewesen. »Aida ist eine viel größere Heldin als Leonore«, zischte sie durch zusammengepresste Lippen und schielte wieder zu Raffael hinüber. »Das fand ich schon als Kind, als meine Mutter mich ständig in all diese Opern schleifte. Aida gibt ihr Leben für den Mann, den sie liebt!«

Mit diesen Worten rollte sie sich zur Seite, angesichts ihres Zustands erstaunlich flink. Sie versuchte, auf die Beine zu kommen, doch ihr Körper machte nicht mit. Leo torkelte, taumelte, fiel von der Pritsche und stöhnte auf. Doch dann krabbelte sie auf allen vieren davon, quer durch den Raum, in einem Tempo, das ich ihr in ihrem Zustand niemals zugetraut hätte.

Sie fiel immer wieder auf den Bauch, stieß sich an den Kanten der Feldbetten, aber sie gab nicht auf. Taumelnd wie ein betrunkenes Insekt krabbelte sie weiter. Als ich endlich die Geistesgegenwart besaß, ihr hinterherzulaufen, war sie schon fast bei dem Durchgang angelangt, durch den ich eben gekommen war.

Sie schlug den Weg ein, den ich kannte. Den Weg, der zu dem Schacht führte, den ich hochgeklettert war. Erst wenige Meter vor dem dunklen Loch holte ich sie ein. Ich streckte meinen Arm nach ihr aus, um sie aufzuhalten, auch wenn ich nicht verstand, was sie vorhatte. Ihr musste doch klar sein, dass sie, verletzt und schwach wie sie war, nicht vor mir davonlaufen konnte.

Doch da fuhr plötzlich ihre Hand an die Gesäßtasche ihrer Hose und zog etwas Rostbraunes heraus: den Schlüssel zu Raffaels Verlies.

In diesem Augenblick wusste ich, was sie plante. Sie mobilisierte ihre letzte Kraft, überwand auf den Knien rutschend die letzten paar Meter bis zu dem Schacht, streckte ihren Arm vor, die Hand, die den Schlüssel hielt …

Ich sprang. Warf mich auf sie, riss an ihrer Schulter und bekam ihre Hand zu fassen, genau in dem Moment, als sie sie öffnen wollte – um den Schlüssel in den Abgrund fallen zu lassen.

Kurz leistete sie Widerstand, ihre langen Nägel bohrten sich in meinen Handrücken, aber sie hatte keine Kraft mehr. Ich konnte ihr den Schlüssel entreißen und sie von dem klaffenden Loch wegstoßen. Nicht dass sie sich am Ende noch selbst in die Tiefe stürzte. Ihr war alles zuzutrauen.

Sie prallte hart auf dem Steinboden auf, jaulte auf vor Schmerz.

Dann sank sie in sich zusammen, ihre Lider flatterten – sie verlor das Bewusstsein.

Vor meinen Augen drehte sich alles. Der Stollen, Leonores plötzlich erschlaffter Körper, der klaffende Abgrund. Niemals hätte ich die Kraft aufgebracht, noch einmal diesen Schacht hinunter- und wieder hinaufzuklettern, wenn Leo den Schlüssel fallen gelassen hätte. Schwer atmend umklammerte ich das rostige Metallstück in meiner Hand. Dann lief ich los, zurück in das Versteck der Widerstandskämpfer, zu Raffaels Verlies. Mit zittrigen Fingern manövrierte ich den Schlüssel ins Schloss, drehte ihn um – und dann war Raffael frei, und ich hing an seinem Hals wie eine Ertrinkende.

Ich weiß nicht, wie lange ich ihn küsste, sein Gesicht streichelte und ihn immer wieder an mich drückte. Vermutlich waren es nur ein paar Sekunden, auch wenn ich jegliches Zeitgefühl verloren hatte.

Dann war er es, der mit seinen Fingern sanft mein Kinn anhob und fragte, wo Leonore abgeblieben sei. Er hielt seine gefesselten Hände hoch. »Wir brauchen noch die Schlüssel für die hier.«

»Ja … ja, natürlich.« Ich führte ihn quer durch den Raum, durch die Stollen, bis zurück zu dem Schacht, wo Leonore noch immer reglos an der Stelle lag, wo ich sie zurückgelassen hatte. Raffael bückte sich und durchwühlte mit seinen gefesselten Händen ihre Hosentaschen – bis er den zweiten Schlüssel fand. Den, der seine Handschellen öffnete.

Das Erste, was er tat, als er sich von den Fesseln befreit hatte, war, mich so fest zu umarmen, dass mir die Luft wegblieb. Aber was war schon ein bisschen Luftknappheit gegen das Wissen, dass ich ihn endlich wiederhatte?

»Und was jetzt?«, hörte ich mich sagen. Meine Stimme klang mir völlig fremd in den Ohren. »Ohne Leo finden wir niemals hier raus. Wir müssen sie wach bekommen.«

Erst da erinnerte ich mich wieder an den Brand im Hotel und dass die Eingänge in die Mine nun vermutlich unter Schutt und Asche begraben lagen. Obwohl inzwischen Stunden vergangen sein mochten, war mir kein Rettungsteam gefolgt, oder sie hatten es längst aufgegeben, mich in dem Labyrinth aus Stollen und Schächten aufzuspüren. Selbst wenn Leo also bereit gewesen wäre, uns den Weg zu weisen, waren wir in der Mine gefangen.

47

»Hier entlang«, sagte Raffael, während ich noch überlegte, wie ich ihm die Aussichtslosigkeit unserer Lage schonend beibringen sollte. Sein ausgestreckter Arm wies in Richtung eines Gangs neben dem provisorischen Essbereich, ein schmaler, schiefer Tunnel ohne Holzverkleidung. »Ich habe mir den Weg gemerkt, auf dem Leonore mich hierhergebracht hat«, sagte er so leichthin, als würde er einen Sonntagsausflug beschreiben. »Wir sind nicht weit vom Ausgang.«

Natürlich, warum war ich nicht selbst darauf gekommen? Das ganze Gebiet rund um Kitzbühel war von Schächten und Stollen durchlöchert, über Jahrhunderte hatten zigtausende Bergleute hier geschürft. Da war es doch naheliegend, dass mehrere der Tunnel ins Freie mündeten, auf verschiedenen Seiten des Berges. Und Leonore hatte Raffael ja schlecht mitten durchs Hotel führen können, als sie ihn verschleppte.

Er legte Leonore die Handschellen an, von denen er sich gerade selbst befreit hatte. »Sicher ist sicher«, sagte er. »Keine Überraschungen mehr. Hilfst du mir, sie zu tragen?«

Ich nickte stumm. Wir packten Leo an Schultern und Beinen, hievten sie hoch und schafften es, uns in Bewegung zu setzen. Langsam arbeiteten wir uns voran. Zum Glück war Leo eine schlanke Frau, die nicht viel wog. Raffael beklagte sich zwar nicht, aber ich konnte sehen, dass er sich kaum aufrecht halten konnte, und ich hatte Schwierigkeiten, meine schmerzenden Muskeln unter Kontrolle zu halten.

Nichtsdestotrotz, nach vielleicht zehn Minuten hatte Raffael uns erfolgreich ins Freie gelotst. Der Stollenausgang war halb verschüttet und ebenfalls mit Brettern gesichert, aber wir zwängten uns hindurch, hinaus in die warme Nachtluft, endlich, endlich.

Sterne am Himmel, die Geräusche des Waldes … Wie Sträflinge nach jahrelanger Kerkerhaft stolperten wir ins Freie, kämpften uns durch das Gestrüpp, das um den Stolleneingang wucherte, und fielen schließlich auf einer kleinen Lichtung zwischen riesigen Fichten ins Gras. Im Osten dämmerte bereits der Morgen.

Ich wühlte mein Telefon aus der Tasche und wählte den Notruf. Auch wenn ich keine Ahnung hatte, wo wir uns befanden, versicherte mir der Telefonist, dass uns das Rettungsteam mittels Ortung meines Handys finden würde.

»Danke«, stammelte ich atemlos, legte auf und sank in Raffaels offene Arme. Ich hatte das Gefühl, dass tonnenschwere Gewichte von mir abfielen, all die Verzweiflung, all die Ängste der letzten Tage. Es war Raffaels Stimme, die mich auffing, die mich davor bewahrte, in Bewusstlosigkeit zu versinken. Unbeirrt und fest flüsterte sie mir zu, dass jetzt alles gut war, alles überstanden, dass wir in Sicherheit waren.

Dann blickte er auf Leonore hinab, die reglos zu unseren Füßen im Gras lag. »Sie wusste so viel über dich«, sagte er. »Und sie war im Besitz deines Notizbuchs. Etwas, das du kaum einer Fremden zum Geschenk machen würdest. Deswegen glaubte ich ihr. Nahm ihre Drohungen ernst. Ich dachte wirklich, sie würde …« Er unterbrach sich, sah mich nur an, als wäre *ich* gerade dem Grab entstiegen. Nicht er. Dann wandte er den Kopf ab, und sein Blick verlor sich in den Baumkronen über uns.

Ich nahm an, damit wäre alles gesagt, und ich war dankbar

für die Stille. Ich wollte keine Einzelheiten, keine qualvollen Details, was Raffael alles durchgemacht hatte, zuerst in Marions Gefangenschaft und anschließend in den Händen ihrer liebestollen Tochter.

Aber nach einer kurzen Pause sprach er doch weiter. »Ich hätte sie nicht ermutigen dürfen«, sagte er, mehr zu sich selbst als zu mir. Seine Stimme klang vorwurfsvoll. »Aber wie hätte ich wissen sollen, dass es so enden würde? Ich bin hier ins Hotel gekommen wegen eines Freundes, weißt du. Der angeblich verunglückt war. Leonore fand Gefallen an mir, und ich fürchte, ich habe ihr gewisse Hoffnungen gemacht, bloß um Informationen zu bekommen. Ich wollte sie aushorchen, das war alles.«

»Ich weiß«, sagte ich nickend. »Matthias Rothenach. Marions Geliebter. Sie hat ihn ermordet, weil sie ihn für einen Unsterblichen hielt. Für den Grafen von St. Germain. Sie hat mir alles erzählt.«

In dieser Kürze zusammengefasst klang Marions Utopie noch verrückter. Und doch hatte sie damit mehr als nur einen Menschen überzeugt. Ihre halbe Belegschaft hatte sie mit sich in den Wahnsinn gezogen.

Ein seltsamer Ausdruck lag plötzlich in Raffaels Augen. Einer, den ich noch nie bei ihm gesehen hatte und den ich nicht ansatzweise deuten konnte. Quälte er sich mit Selbstvorwürfen? »Du denkst doch hoffentlich nicht, dass das, was Leonore dir angetan hat, deine Schuld war, oder?«, sagte ich.

»Nein … natürlich nicht. Ich dachte, sie schwärmte bloß ein bisschen für mich und würde mich anziehend finden, gerade weil ich nicht zu haben war.«

»Das war wohl neu für sie«, sagte ich grimmig. »Ein Mann, der nicht auf der Stelle mit ihr ins Bett wollte.«

Raffaels Stirn legte sich in Falten. »Als Marion mich eingesperrt hat, in einem ihrer Bungalows im Wald, da hoffte ich, dass ich mit Leonores Hilfe freikommen würde. Sie tauchte eines

Nachts plötzlich auf, keine Ahnung, wie sie herausfand, wo ich war. Ich musste sie nicht erst bitten, mir zu helfen, sie schien genau zu wissen, was sie wollte. Den Mann, der mich bewachte – es war immer der gleiche, der den Nachtdienst übernahm –, wickelte sie mühelos um den Finger. Leonore tat, als käme sie seinetwegen, als fände sie Gefallen an ihm, redete ihm ein, dass Sex mit ihr, während ich zusah, das Schärfste wäre, was er je erleben würde. Und er erwies sich als ein williges Opfer. So ging das mehrere Nächte. Bis sie ihn dann schließlich vergiftet hat. Ich habe gesehen, wie sie etwas in seine Cola-Flasche kippte. Nach dem Sex war er sehr durstig und hat die halbe Flasche auf einen Zug geleert.«

Raffael sprach jetzt schneller, ohne Pausen, und ich unterbrach ihn nicht, nur bemüht, das, was er beschrieb, nicht allzu plastisch vor meinem inneren Auge mitzuerleben. Vielleicht musste er sich die Dinge einfach von der Seele reden. »Der Mann starb rasch und qualvoll«, sagte er, »aber es gelang ihm noch, ein paar Schüsse abzufeuern, als er endlich verstand, dass Leonore ihn reingelegt hatte. Zum Glück war er nicht mehr in der Lage, genau zu zielen.«

Raffael betrachtete den Verband an seinem Arm. »Nur ein Streifschuss für mich, und Leonore blieb unverletzt. Ich bat sie, meine Fesseln zu lösen, dankte ihr schon für meine Rettung – erst da habe ich bemerkt, was in ihr vorging. Sie gestand mir ihre Liebe und wollte Sex mit mir, auf der Stelle, gleich neben Mikaels Leiche. Und sie sprach plötzlich davon, dass wir gemeinsam fliehen würden, irgendwo ans Ende der Welt, ich sollte sie heiraten, wir würden eine Familie gründen …«

Raffaels Augenlider zuckten. »Ich hätte zu allem Ja sagen sollen, bis sie meine Handschellen gelöst und ich die Chance gehabt hätte, mir Mikaels Pistole zu schnappen. Ich war ein Narr.«

»Wie hat Leo sich diese Kopfwunde zugezogen?«, fragte ich.

Ein Schatten huschte über Raffaels Gesicht. »Das war ich,

wenn auch unabsichtlich. Vor ein oder zwei Tagen – mein Zeitgefühl hat etwas gelitten in der Mine – bereitete sie wieder einmal ein romantisches Dinner für uns zu, wie sie das nannte. Aber diesmal hat sie mir irgendeine Droge unters Essen gemischt. Oder in den Wein. Die Wirkung war … heftig. Ich dachte, dass sie mich umbringen wollte. Und dann warf sie sich auf mich, wollte unbedingt mit mir schlafen. Ich stieß sie von mir, sie fiel von der Pritsche und schlug sich den Kopf an der Felswand auf. Sie schaffte es gerade noch aus der Zelle, schleppte sich auf das Feldbett, auf dem du sie gefunden hast, und kurz darauf verlor sie das Bewusstsein. Ich fürchtete schon, sie würde sterben, auch wenn ich das alles nur halb mitbekam. Ich hatte mit der Wirkung der Droge zu kämpfen. Stellenweise war ich mir nicht sicher, ob ich überleben würde.«

»Viagra«, sagte ich. »Das war es, was sie dir eingeflößt hat. Ich habe es in ihrem Zimmer gefunden – und zunächst ganz falsch gedeutet. Aber am Ende hat es mich zu dir geführt. Das und die Bücher, die Leonore las. Jede Menge Ratgeber über die große Liebe. Wie man sich einen Traummann angelt und dergleichen mehr. Und mit ihrem Freund hatte sie auch gerade Schluss gemacht, scheinbar ohne jeden Grund. Außerdem habe ich mein Notizbuch bei ihr gefunden. Ach, und sie hat versucht, mich umzubringen. Wohl um die lästige Konkurrentin loszuwerden.«

»Oh Gott, Clara«, stöhnte Raffael und zog mich enger an sich.

»Ich habe es ja überlebt«, sagte ich. Jetzt, in der Geborgenheit seiner Arme, schien dieser Anschlag auf mein Leben unendlich weit weg. Nicht mehr von Belang. »Jedenfalls wurde mir dann endlich klar, dass es um dich gehen musste«, fuhr ich fort. »Dass Leonore es war, die dich entführt hatte. Aber dass sie verrückt genug war, dich in ein Bergwerk zu verschleppen und am Ende beinahe mit Viagra zu vergiften … auf die Idee wäre ich nie gekommen.«

»Das war es also«, sagte Raffael. »Viagra. Ich hatte es schon vermutet. Der Effekt war … Nun, sagen wir einfach, sie muss mir eine ziemliche Überdosis verpasst haben. Es fühlte sich nicht allzu gut an.«

Bestimmt war das die Untertreibung des Jahres. Ich sah auf Leonore hinab, die schwer atmend, aber immer noch bewusstlos dalag. Hass stieg in mir auf. Ich konnte nicht anders, als sie vor mir zu sehen, wie sie Raffael mit Viagra abfüllte und dann versuchte sich über ihn herzumachen.

»Schon vorher hat sie alle Register gezogen, um mich zu verführen«, sagte Raffael. »Sie schwor mir, dass ich ihre große Liebe sei, dass sie nie wieder einen anderen Mann auch nur ansehen würde. Abends tauchte sie mit Essen und Wein hier auf, zündete Kerzen an und ließ romantische Musik laufen. Sie las mir Liebesgeschichten vor und strippte für mich. Auch wenn sie mir nie so weit vertraute, meine Fesseln zu lösen. Bevor sie zu mir hereinkam, gab sie mir immer erst die Schlüssel für die Handschellen und bestand darauf, dass ich mich damit an den Rahmen des Feldbetts fesselte. Abgesehen von gestern – da baute sie wohl auf die Wirkung ihres vermeintlichen Liebestranks.«

Er verzog die Mundwinkel, die Muskeln in seinem Kiefer spannten sich an. »Sie behauptete außerdem, dass sie dich ebenfalls in ihre Gewalt gebracht hätte. Dass sie dich an einem Ort gefangen hielt, den ich niemals finden würde. Wenn ich ihr etwas antat oder zu fliehen versuchte, so wäre das dein Tod. Also versuchte ich, auf Zeit zu spielen. Sie irgendwie zur Vernunft zu bringen. Aber keine Chance. Und irgendwann war ihre Geduld mit mir dann wohl zu Ende.« Er schüttelte den Kopf. »Viagra. Sie hatte wohl eine ziemlich abstruse Vorstellung davon, wie das Zeug funktioniert.«

»Wie konnte sie Daniel Crane töten?«, fragte ich, während ich mich mühte, die Bilder von dem, was Raffael mir gerade geschildert hatte, aus meinem Kopf zu verdrängen.

Raffaels Augen schlossen sich für einen Moment, als kämpfte er genau wie ich mit dem, was er vor sich sah. Nur dass es für ihn echte Erinnerungen waren, kein bloßer Albtraum. »Daniel muss ihr in die Mine gefolgt sein. Eines Nachts stand er plötzlich da, kurz nachdem Leonore bei mir aufgetaucht war. Sie bot ihm Sex an, wenn er im Gegenzug ihr Geheimnis für sich behalten würde. Und er stimmte sofort zu.«

Raffael lachte hart auf. »Sie trieben es stundenlang, Leonore tat, als könnte sie gar nicht genug bekommen von ihm, und Daniel unterschätzte sie völlig. Er legte die Pistole, die er bei sich trug, achtlos beiseite, als er über Leonore herfiel. Vermutlich dachte er, er wäre auch ohne Waffe Herr der Lage.«

»Was ein Fehler war«, sagte ich.

Raffael nickte. »Er war ganz verrückt nach ihr. Nach dem Sex zog sie eine Art Parfümflakon aus ihrer Tasche. Sie scherzte, dass sie beide wie die Jaguare riechen würden, nachdem sie es so wild getrieben hatten, und dann begann sie, ihn einzusprühen. Er dachte sich nichts dabei, hielt das Zeug offenbar für ein harmloses Deo – und ein paar Minuten später war er tot. Ohne auch nur in Griffweite seiner Waffe zu kommen. Er glaubte bis zum Schluss, er hätte einen Herzinfarkt.«

Bestimmt war in dem Zerstäuber das gleiche Gift gewesen, das Leo auch in meine Bodylotion gemischt hatte. Blauer Eisenhut. Sie hatte es wirklich verstanden, diese tödliche Pflanze kreativ einzusetzen.

42

Das Rettungsteam fand uns kurz nach Sonnenaufgang. Es traf gemeinsam mit einem ganzen Schwarm von Polizeibeamten ein, und wir wurden per Hubschrauber ins Krankenhaus von St. Johann geflogen.

Leonore wurde bereits von einem Ärzteteam erwartet und verschwand aus meinem Blickfeld, kaum dass wir in der Notaufnahme angekommen waren. Ich gab den Polizeibeamten einen ersten konfusen Bericht, aber ich wollte nichts mehr, als dass Raffael gut versorgt wurde. Die Schusswunde an seinem Arm war vielleicht nicht so harmlos, wie er sie dargestellt hatte. Er war dehydriert, hatte eine Überdosis Viagra bekommen …

Doch die Ärzte hatten ihre eigene Agenda. Natürlich kümmerte man sich höchst professionell um Raffael, aber ich wurde von der Begleitperson selbst zur Patientin, ehe ich wusste, wie mir geschah. Der Spießrutenlauf durch die Mine hatte Spuren an mir hinterlassen, die ich im Adrenalinrausch der Nacht überhaupt nicht bemerkt hatte. Mein ganzer Körper war übersät von blutigen Kratzern, Schnitt- und Schürfwunden, viele davon durch Rost verunreinigt. Es wurde ein langer Tag voller Untersuchungen, Tests und Behandlungen, und schließlich nahm sich auch noch ein Psychologe meiner an.

Im Anschluss daran wartete erneut ein Polizeibeamter auf

mich. Raffael und ich wurden getrennt verhört. Der Inspektor, der meiner Version der Ereignisse lauschte, machte keinen Hehl daraus, dass er noch nie mit einem so seltsamen Mordfall konfrontiert gewesen war. Er hörte nicht auf, mir Fragen zu stellen, jedes noch so kleine Detail der letzten Tage musste ich mir wieder ins Gedächtnis rufen, Szenen schildern, an die ich mich nie wieder erinnern wollte, aber letztlich konnte ich den Beamten überzeugen, dass ich weder wahnsinnig war noch dem Täterkreis angehörte, wie er das ausdrückte.

Vermutlich glaubte er mir am Ende nur, weil ihm Beatrice, Viktor und Raffael jeweils dasselbe erzählten, vielleicht aber auch, weil er sich einfach nicht vorstellen konnte, dass jemand eine derart verrückte Geschichte erfinden könnte. Der Abend dämmerte erneut, als die Befragung endlich endete. »Lassen wir es gut sein. Für heute«, meinte er. »Wir werden aber sicherlich weitere Fragen an Sie haben. Sie halten sich zur Verfügung, ja?«

Ich nickte und stimmte allem zu. Und dann waren wir endlich allein, Raffael und ich, in dem Krankenzimmer, das wir teilten. Am nächsten Morgen sollten wir bereits entlassen werden, versprach uns der Oberarzt.

Beatrice trippelte zur Tür herein, bevor wir noch ein Wort miteinander wechseln konnten. Sie brachte einen dunkelblauen Pyjama für Raffael, der aussah, als hätte sie ihn einem englischen Lord entwendet, und ein hauchdünnes Nichts von Nachthemd für mich. *Stil über alles*, selbst wenn man im Krankenhaus lag. Typisch Beatrice. Außerdem überreichte sie uns eine Schachtel mit den größten Schoko-Muffins, die ich je gesehen hatte. »Was Ordentliches zu essen«, wie Beatrice es ausdrückte. Ich schloss meine schrille Freundin in die Arme und presste ihren knochigen Körper so heftig an mich, dass sie protestierte.

Kurz darauf steckte Viktor seinen Kopf durch die Tür. »Darf ich?«, fragte er mit einem schüchternen Lächeln.

Ich bat ihn herein, stellte ihn Raffael und Beatrice vor und bedankte mich bestimmt drei oder vier Mal für all die Dinge, die er für mich getan hatte. Dann drückte ich auch ihn, bis mich die Kraft in meinen Armen verließ.

»Ist schon gut, Clara«, erwiderte er – und wandte sich Raffael zu. »Ist dir eigentlich bewusst, was für ein Glückspilz du bist?«, sagte er und grinste dabei wehmütig. »Wenn du schlau bist, lässt du diese Frau nie wieder gehen.« Er nickte mit dem Kopf in meine Richtung, und sein Blick bohrte sich in meinen.

»Keine Angst«, sagte Raffael. »Ich bin schlau. Also zumindest, was Clara anbelangt. Ansonsten ... na ja, lassen wir das lieber.« Und dann grinste er ebenfalls.

Meine Eingeweide verwandelten sich in Pudding.

Ungefähr eine halbe Stunde später, als Beatrice und Viktor sich verabschiedet hatten und ich mit Raffael allein war, saß ich an der Bettkante und hatte keine Worte mehr. Mein Körper fühlte sich bleischwer an, aber gleichzeitig war ich so überdreht, dass ich bestimmt kein Auge zutun konnte.

Raffael rückte in seinem schmalen Bett ganz an den Rand, hob die Decke an und streckte einen Arm nach mir aus. »Magst du zu mir herüberkommen?«

Das musste er mir nicht zweimal sagen. Ich hüpfte aus dem Bett, kroch zu ihm unter die Decke und schmiegte mich in seinen Arm. Ein Teil von mir sträubte sich dagegen, wie sehr ich diesem Mann verfallen war. Ein ziemlich kleiner Teil.

»Willst du mit mir nach Hamburg fahren?«, fragte Raffael. »Sobald wir hier entlassen werden? Ich muss noch einige Dinge für Matthias' Sohn regeln.«

Ich nickte. Ich war diesem Mann gerade in die Unterwelt gefolgt, zumindest kam es mir so vor. Da war ein Ausflug nach Hamburg meine leichteste Übung. Und Matthias' Sohn, der unter so schrecklichen Umständen zum Waisen geworden war, konnte bestimmt jede Hilfe gebrauchen.

»War Matthias tatsächlich ein Nachfahre von diesem St. Germain?«, fragte ich Raffael. »Hatte er deswegen diese Briefe von Marions Ahnin in seinem Besitz. Und den Ring?«

Raffael nickte kaum merklich. »Ja, er stand in direkter Erblinie zu St. Germain. Wenn auch nicht in Blutsverwandtschaft, denn dazwischen gab es die eine oder andere Adoption.«

Ich schüttelte meinen Kopf. »Ich verstehe nicht, wie Marion glauben konnte, dass er St. Germain war«, sagte ich. »Ein Unsterblicher. Das ist doch Wahnsinn.«

»Natürlich ist es das. Obwohl Matthias selbst auch dieser Meinung war. Er war sogar fest davon überzeugt. Wenn auch nicht so, wie Marion sich das vorstellte.«

»Wie bitte? Was soll das heißen?«

»Matthias war ein glühender Anhänger der Reinkarnationslehre. Er dachte, er wäre Graf St. Germain gewesen – in einem früheren Leben.«

Ich erinnerte mich an Marions Behauptung nachts im Waldchalet, als sie mich gekidnappt hatte: Matthias habe bei dem Verhör darauf beharrt, nicht unsterblich zu sein, sondern sich nur an eine frühere Inkarnation zu erinnern. Dass er einst St. Germain gewesen wäre, der Mann, der Marions Ahnin liebte. Blanken Unsinn hatte Marion das genannt – während ihre eigene Wahnvorstellung, Matthias könnte das Geheimnis der körperlichen Unsterblichkeit besitzen, ihr durchaus wissenschaftlich vorgekommen war.

»Matthias ließ sich in Hypnose rückführen«, fuhr Raffael fort. »Damit hat es angefangen. Schon bei seiner allerersten Sitzung erlebte er sich im 18. Jahrhundert, im Leben des Grafen. Das hat ihn so begeistert, dass er sich selbst zum Rückführungsleiter ausbilden ließ, laufend weitere Reisen in die Vergangenheit unternahm und schließlich vollkommen überzeugt davon war, der wiedergeborene St. Germain zu sein.«

»Aber St. Germain lebte doch angeblich hundertzwanzig

Jahre oder so am Stück!«, protestierte ich. »Das hat doch nichts mit Reinkarnation zu tun! Und war Matthias nicht ein zurückgezogener, unauffälliger Illustrator von Kinderbüchern? Wie kann er da die Wiedergeburt eines berüchtigten Haudegens und Abenteurers sein? Wenn man schon unbedingt an Reinkarnation glauben will.«

»Matthias behauptete, der Graf habe im 18. Jahrhundert einen Weg gefunden, den Tod hinauszuzögern, wenn auch nur für einige Jahrzehnte. Es war angeblich eine Art Elixier, wie das, nach dem die Alchemisten seit Menschengedenken forschen. Es verjüngte und besaß große Heilkraft, auch wenn es keine Unsterblichkeit verlieh. So hat Matthias es mir erzählt. Er wollte das bei einer seiner Rückführungen herausgefunden haben. Und vielleicht gefiel sich Matthias in der Rolle des Grafen ja genau deswegen, weil sein eigenes Leben bis dahin eher ruhig und unspektakulär verlaufen war. So habe ich es mir jedenfalls erklärt.«

»Hast du dich auch rückführen lassen, von Matthias?«, fragte ich.

Er nickte. »Wir haben alle ein paar Sitzungen gemacht. Andreas, Beatrice und ich.«

»Und, wie war es?«

»Andreas war begeistert davon. Er ist vollkommen überzeugt, dass Reinkarnation tatsächlich existiert. Für Beatrice war es wohl eher eine Art Party-Vergnügen. Bei einer ihrer Sitzungen war sie ein Varieté-Girl im Paris der Jahrhundertwende. Das gefiel ihr sehr, wie du dir bestimmt vorstellen kannst.«

»Und du? Du glaubst doch nicht daran, dass es wirklich möglich ist, oder? Dass man tatsächlich mehr als nur einmal lebt?«

»Ich weiß es nicht«, sagte Raffael. »Ich war einfach neugierig. Aber ich muss sagen, die Sitzungen waren eine spannende Erfahrung. Man erlebt die Vergangenheit wirklich sehr – wie soll ich sagen – sehr intensiv. Es ist wie virtuelle Realität, nur mit allen Sinnen.«

»Denkst du, wir beide waren schon einmal ein Liebespaar? In einem früheren Leben?«, fragte ich in einem Anflug von Romantik.

»Das wäre doch eine schöne Vorstellung«, sagte Raffael und zog mich zurück in seine Arme.

Personenverzeichnis

Clara Annerson: Schriftstellerin & Amateurdetektivin

Raffael Lamarck: Claras Geliebter

Andreas Brandauer: Raffaels Assistent und Mitbewohner

Gräfin Beatrice von Glantz: eine (ur)alte Freundin Raffaels

Marion Schiller: Hotelmagnatin & Gründerin der Schiller Foundation

Leonore Schiller: Marions Tochter

Benedict (Benny) Stamford: Hotelgast & Leonores Freund

Daniel Crane: Marion Schillers Sekretär

Dr. Ray Minsky: Arzt & Forschungsleiter der Schiller Foundation

Naomi: Wanderführerin im Schiller Grand Hotel

Mikael, Sven, Ramón: Sicherheitspersonal

Matthias Rothenach: ein verunglückter Hotelgast

Viktor Kössler: ein erholungsuchender Hotelgast

Wer andern eine Grube gräbt …

Frances Brody
MORD ZUR TEESTUNDE
Kate Shackleton ermittelt
Aus dem Englischen
von Sabine Schilasky
416 Seiten
ISBN 978-3-404-17837-7

Kate Shackleton ist mehr als überrascht, als eines Morgens eine unbekannte Frau vor ihrer Tür steht. Es ist niemand anderes als ihre Schwester Mary Jane, von deren Existenz sie bis dato gar nichts wusste. Und damit nicht genug! Mary Janes Ehemann Ethan ist verschwunden, und sie fürchtet, dass er einem Verbrechen zum Opfer gefallen ist. Daher bittet sie die Amateurdetektivin um Hilfe. Bei ihren Nachforschungen wird Kate schnell klar, dass Ethan als Gewerkschaftsaktivist für reichlich böses Blut gesorgt hat. Und nicht nur das: Offenbar gibt es viele, die ihm den Tod wünschen. Natürlich setzt Kate wieder alles daran, den Fall aufzuklären …

Bastei Lübbe

Auf Deutschlands beliebster Insel tun sich Abgründe auf

Sabine Weiß
FINSTERES KLIFF
Sylt-Krimi
400 Seiten
ISBN 978-3-404-17822-3

Ein Orkantief liegt über Sylt. Nicht die beste Zeit, um auf die Insel zu reisen, doch Liv Lammers ruft die Pflicht. Auf dem Morsum-Kliff wurde eine Leiche entdeckt, kurz nach dem Biikebrennen, und der Tatort sieht aus, als habe ein blutiges Ritual stattgefunden. Das Opfer: ein Hobby-Archäologe, der angeblich einem Wikingerschatz auf der Spur war. Hat er seine Passion für die Wikinger zu weit getrieben? Oder ist die grausige Inszenierung nur ein Ablenkungsmanöver? Liv Lammers und ihre Kollegen von der Flensburger Mordkommission ermitteln in alle Richtungen. Die Zeit drängt, denn eine junge Frau ist verschwunden – die Freundin des Opfers ...

Bastei Lübbe